「みんなで、絶対に――」

「た、倒しましょう！

ク――クソ女神を……ッ！」

セラス・アシュレイン
JN109375

「樹っ――私の動きに合わせて、援護をお願いっ」
「――……見、敵、殺、……、殺、敵、見……――」
高雄聖

「姉貴っ」
高雄樹（たかおいつき）

虚人
ヨミビト
初代勇者
アルス
堕神
ヨールムガンド

ハズレ枠の【状態異常スキル】で最強になった俺がすべてを蹂躙するまで 12

篠崎 芳

CONTENTS

Illust：KWKM

プロローグ

安智弘（やすともひろ）が同行する北のヨナト公国を目指す一行。

道中、彼らは休息のため小さな村に立ち寄った。

といっても村民の姿はない。

廃れ具合からして、少なくとも半年は人が住みついていないと思われる。

ここはまだミラ帝国の領内。

だが、ようやくヨナトとの国境が近づいてきていた。

その廃村には安たちの他に十数名の旅人たちが集まっていた。

彼らは言った。

〝北へ向かう街道に金眼（きんがん）の魔物が集まっている〟

そのため北へ向かうのを一時中断し、引き返してきたのだという。

つまり、今は安たちも彼らと一緒に足止めを食らっている状態だった。

そんな中でのことである——旅人の中の一部から、十河綾香（そごうあやか）の話が出たのは。

現在起こっているミラとアライオンの戦争は、ミラ軍優勢で進んでいたらしい。

が——たった一人のアライオンの勇者の参戦により、その戦況は一変した。

戦局をたった一人で変えた勇者の名は、アヤカ・ソゴウ。

旅の途中で伝え聞いたという戦況について、旅人の一人はこう語った。

『その女勇者の参戦で一気に攻勢へ転じたアライオン側は、ミラとウルザの国境までミラ軍を押し返す勢いだそうだ。もしかしたらそのまま西のミラ帝国に攻め入る気かもしれない。とすると……ヨナトに避難するのを選んだのは正解だったかもな』

安の目的の一つは綾香に会うこと――そして、謝ることである。

元々は北回りでヨナト、マグナル、アライオンといったルートをとる予定だった。

綾香たちが北のマグナルへ向かっている――そう思っていたためである。

しかし肝心の綾香は今、出発地点だったミラ方面に向かっているそうだ。

当初の予定ルートをとると、会えるのは相当先の話となりかねない。

悩んだ末――安はミラに引き返すことにした。


馬車をとめてある村の外れでリンジに声をかける。

一行のまとめ役である彼に多少ぼかしつつ、事情を話した。

「ふーむ、なるほどなぁ。尋ね人がミラの方にいるのがわかった、か」

「すみません……」

バシッ！

リンジに背中を叩かれる。

「おいおい、なんで謝んだよっ？　尋ね人の居場所がわかってよかったじゃねぇかっ。よし、あんたとの旅はここまでだな――おい」

リンジが呼びかけると彼の仲間のオウルが頷き、場を離れた。

ほどなくして、オウルが馬を引いて戻ってきた。

見ると馬には鞍が載せてあった。また、手綱や足掛けが少し普通と違っている。

「兄ちゃん、片手が不自由なんだろ？」

リンジはそう言って親指で馬を示し、

「ちょいと手を加えて、片手でも操りやすくしてみたんだ。あれなら片手しか使えなくてもそれなりに操れるはずだぜ。乗馬する時もけっこうやりやすいはずだ。兄ちゃん、馬には乗れるんだろ？」

「あ――」

「気にしなくていいって。まーこういうこともあるだろうと思って、最初から馬は二頭ほど余裕をもたせてあったからな」

「ですけど……」

声を潜めるリンジ。

「実を言うとな、あの馬は例の白人間が暴れてた時のどさくさで拾ったモンだからよ……

元手はかかってねぇんだ。これ、秘密な？」

　言って、リンジは安にウインクした。

「…………」

タダで馬を貰うことへの躊躇いもあった。

でも――違う。この感情は多分、また違ったものだ。

「ありがとう……ございます」

こちらの事情で、自分はこの一行から離れる。

なのに――そんな自分のために、彼らは馬を用意してくれた。

それだけじゃない。片手でも乗りやすいよう気まで回してくれた。

安の戸惑い。その理由の大半は、この溢れんばかりの気遣いへのものだった。

どうして。どうして――自分なんかのために。

「おにいちゃん、行っちゃうの？」

おずおずと近づいてきたのは、ユーリだった。

馬車の中でパンをもらって以来、なんだか懐かれてしまっている。

ユーリの母親が優しく娘の肩に手を置き、

「おにいちゃんの大事な人が、ミラにいるのがわかったんですって」

「だいじな人？」

くりっとした目で、ユーリが無邪気に見上げてくる。

（……大事な人、か）

安は苦笑し、

「そうだね……僕にとっては大事な人、だと思う……」

ユーリは、

「そっか」

自分に言い聞かせるようにそう呟くと、母親を見上げた。

母親と何かを確認するみたいに目を合わせるユーリ。

そうして自分の中で何か納得したみたいに、うん、と頷いた。

「じゃ、仕方ないね」

そして――とてとて、と。安に近づいてきて、ユーリが両手を伸ばしてきた。

「おにいちゃん」

差し出された小さな両手。何を求められているか、安は理解した。

片方の手はほとんど力が入らないが――ユーリの手を、両手で優しく握る。

そして安は、微笑みを浮かべた。

「短い間だったけど……ユーリちゃんと一緒に旅ができてよかった。ありがとう」

ひひっ、と。健康的な白い歯を剥き、ユーリも笑みを浮かべた。

「ゆーりも、ありがとっ、です。ありがと、ありがと」

見ると、他の人たちも馬車の外へ出てきていた。

皆、優しい顔をしていた。

まあ、純真なユーリの微笑ましさによるあの表情なのだろうけれど。

ただ、安が一行を離れることへのネガティブな空気はない。

どころか、心配や気遣いがうかがえる。

そこにあるのは、ただ、純粋な優しさだった。

救われた——心から、そう思えた。

よかった。出会えたのが、この人たちで。

数秒だけ、安は目を閉じた。胸に芽生えたその感情を、嚙(か)みしめるようにして。

（この人たちに出会えて、本当によかった……）

ユーリの母親が微笑み、

「お話はうかがいました。どうかお気をつけて。あと……ユーリと遊んでくれて、ありがとうございました」

「あ……いえ。こちらこそ、ありがとうございました」

感謝の言葉を返す。

真(ま)っ直(す)ぐに——目を、逸(そ)らさず。

できた、と思った。
そう……できるように、なれた。この人たちのおかげで。
安はそのまま全員に向かって、
「ありがとうございました、皆さん」
深々と、一礼した。
こうして――十河綾香に会うべく、安智弘は南へ引き返すことにした。

1. 変われない偽物の選択

黒衣の少年と別れたあと、ヨナトを目指すリンジら一行は廃村を離れた。

新たに北のヨナトから来たという旅人たち。彼らは、リンジたちが黒衣の少年と別れた直後くらいに廃村を訪れた。それが出立のきっかけとなった。

彼らは例の白人間の騒ぎを聞きつけ、逆にミラに住む親族が心配で来たのだという。

〝少し西に行ったところに林道がある。そこを通ってきた〟

彼らはそう話した。

馬車が通れるくらいの道幅はあるそうだ。

ただし当然ながら街道と違って路面の整備は行き届いていない。

道の状態はそこまでよくないらしい。

が、これなら北の街道に集まった金眼を避けてヨナトへ行ける。

この廃村でモタモタしているのも危ないかもしれない。

北の街道で群れている金眼がこっちへ来る可能性だってある。

南のミラ方面へ引き返すか、このまま北のヨナトを目指すか……。

すると、また別の旅人たちが村を訪れた。彼らはこう話した。

〝北の街道に集った金眼の一部が南へ移動を始めている〟

彼らはそこから逃げるように移動してきた結果、この村に辿り着いたのだという。
リンジらも南へ引き返せばその金眼たちと鉢合わせするかもしれない。
〝あの別れた若者が巻き込まれていなければいいが〟
リンジたちはそれを懸念した。
しかし、こちらものんびりしてはいられない。
話し合いの結果、リンジら一行は予定通りヨナトへ向かうことにした。
また、足止めを食らっていた他の旅人も同行することになった。
旅人たちの中にも少し傭兵がいるので、結果として戦力の補強にもなった。
こうして、一行は話に聞いた西の林道に入った。
道は想像より悪路ではなさそうである。
林道の脇には背の高い樹木が密生していた。枝には薄い葉が連なっている。
折り重なるその葉の隙間から陽光が細々と漏れ出ていた。
思ったより周囲の視界は悪い。とはいえ森ほどの深さはなさそうだ。
ただ、背の高い茂みが多いためある種の圧迫感を生んでいる。
が、これは逆の考え方もできる。
林の外側から自分たちの姿を隠す意味では、この茂みも悪くないかもしれない。
――夕刻が、近づいてきていた――

ひたひたと夕闇の足音が聞こえてくるような――そんな時刻。
辺りは静けさに包まれている。
鳥の声もなく、風も吹いていない。
この長い林道を抜けて一日半も行けばいよいよヨナト領に入る。
皆、願った。
〝どうかこの旅路が、無事に終わりますように〟――と。

決死の様相で速度を上げる二台の馬車が、林道を走る。
車輪が時おり出っ張りに乗り上げ、嫌な角度で跳ねた。
跳ねるたびユーリは怖がり、目をきつく瞑(つぶ)って母親にしがみつく。
馬車は激しく速度を上げていた。
まるで、心臓に無理をさせて走ってでもいるかのように。
数刻前――
『行け！　おれたちはあとで追いつく！』
リンジら数名の傭兵はそう言って馬車を先に行かせた。
少し前、彼らは金眼の襲撃を受けた。

どうやら茂みの中で金眼たちが息を潜めていたらしい。

入る前はまったく気づかなかった。

気配を消し、獲物が来るのをジッと待っていたのだろう。

〝金眼の群れは林道から離れた東の街道の方に集まっている〟

リンジたちは、こう聞いていた。

事実、ヨナトから来た旅人たちはこの林道を抜けて無事ミラへ辿り着いている。

ならばこの林道は安全なはず。

しかし——ヨナトから来た旅人たちの話は、半日以上前のものであった。

そして、リンジらは半日かけてこの林道に辿り着いた。

つまりヨナトから来た旅人たちが無事ミラへ抜けてから約一日が経過している。

〝その間に、東の街道方面にいた金眼の一部がこちらへ来てしまった〟

これが、考えられる現実であった。

——迫る金眼たち。

足が速い。馬車の速度では、逃げ切れない。

リンジは、こう言っていた。

『こっちに金眼どもを引きつける——大丈夫だ。あのくらいなら多分おれたちでやれる。しかし、馬車を守りながらじゃちと厳しい』

安心しろ、とリンジは言った。
『必ず、生きて追いつく』
彼の妻子はその決意を汲み、涙を堪えて夫とその仲間を送り出した。
リンジらは元々、名のある傭兵団に属していた者たちだ。
さらにその傭兵団の中でも特に手練れだった男たちである。
年齢的に全盛期こそ過ぎてはいるものの、今でも相当に腕は立つ。
だから皆、リンジたちを信じている。きっと大丈夫だ、と。
一方、先を行くこの二台の馬車の方には戦える者が四人残った。
連なる二台の馬車は小さな石を弾き、疾走を続け――
ドガァッ！
前を走っていた馬車が、横転した。続き、衝突音。
「きゃあぁぁあああ――――ッ！」
衝突音は、後続の馬車が横転した前の馬車に追突した音だった。
追突した馬車の一部が破損し、そこから数名が外へと投げ出される。
外に放り出された者の中には、ユーリとその母親もいた。
「大丈夫、ユーリっ!?」
「……ぅん」

駆け寄って尋ねる母親に、へたり込んだユーリが小さく答える。

動揺のせいか、ユーリはまだ状況が摑めていないようだ。

傭兵の一人が慌てて様子を確認しに来る。

「大丈夫か!?　あ――車輪が……」

傭兵の視線が〝それ〟を捉える。

そばに転がっていたのは、人の頭部の三倍はあろうかという岩だった。

この岩が車輪を破壊し、それによって均衡を失った前方の馬車が横転したのである。

傭兵は御者台にいた仲間を見た。衝突で投げ出されてどこか強く打ったのか、倒れて呻いている。こんな岩が進む先にあれば、あの御者が見逃すはずがない。

おそらく、この岩は横合いから投げ込まれた。そう、何者かによって。

その時、大きな葉擦れの音がして――

「！」

茂みから現れたのは、灰色の体毛に覆われた人型の魔物だった。

耳が巨大に発達した猿――そんな第一印象だった。

筋肉質で巨軀。体長は馬車より少し高いくらいか。

その巨大耳の猿が、ボリボリと自分の灰色の胸を掻く。

「き、金眼の魔物……」

「オぼゥあ」

「ひ、ぃ――」

猿の首もとから肉厚の胸にかけて、人の頭蓋骨が垂れていた。

どうやら首飾りの装飾らしい。また、猿は耳輪もしていた。

飾りのごとくその耳輪に連なっているもの、それは――干からびた人間の舌。

馬車から投げ出されたユーリたちを認めた猿の目が、ニヤリ、と弧を描く。

「あぁ、ぁ……」

地面に倒れた状態の老婆がガタガタ震え、顔面蒼白になっていた。

すでに剣を構えていた傭兵の一人がその猿と相対する。

「この野郎、待ち伏せしてやがったのか……このっ――、……うっ!?」

……ガサガサ……ガササ……

葉擦れの音が立て続けに鳴り――茂みから、ぞろぞろと別の金眼猿が姿を現す。

傭兵は状況を把握すべく視線を巡らせ、

「数は……四……六……、――いける！」

剣を構えた傭兵が他の傭兵に呼びかけ、指示を出す。

一人が魔術杖を手に、横転していない方の馬車の上に飛び乗った。

他の者は馬車を守る形で展開する。

「みんなは、倒れた馬車を背にして集まってくれ！」

慌てて集合する一行の者たち。彼らは傭兵たちを信頼している。

足が竦んでいる者もいたが、他の者の手を借りてなんとか集まった。

剣を構えた傭兵と対峙する金眼猿は石斧を手にしている。

猿はへらへら笑っていた。見くびった顔だった。

「舐めるなよ……おれたちがこっちを任された理由を、教えてやる」

足捌きに騙しを入れつつ、機を計って素早く踏み込む傭兵。

金眼猿は、肉薄してきた傭兵の脳天めがけ勢いよく石斧を振り下ろした。

が、傭兵は石斧を危なげなく躱す。金眼猿が〝おや？〟という顔をした。

傭兵は回避の姿勢のまま、落ち着いて剣を振る。

狙うは――石斧を振り下ろしたことでやや下がった首筋。

鋭い煌めきを伴った刃が奔り、

「ぎャ！」

金眼猿が首筋から出血した。

「おぉ！　さすがはモイル！」

馬車の上の傭兵が喝采を送る。同時にその傭兵は、魔術杖から攻撃術式を放った。

「ぎェ！」

斬られた金眼猿の援護に入ろうとした別の金眼猿。その猿の肩に、攻撃術式が直撃した。

今の攻撃術式は躱す方向を先読みした上で放たれていた。

馬車の上の傭兵もまた、手練れの術式使いである。

モイルはとどめの機をうかがいつつ、構えを取り直す。

「冷静に対応すれば、いける……ふぅぅぅ……」

呼吸を整え、集中力を高めるモイル。事実、冷静に相手の動きを見れば対応できそうだった。体格差も絶望的なほどではない。

「ぎギぎ、ギ……」

出血した首筋に手をあてる金眼猿。こめかみに血管を浮かべ、モイルを睨みつけてくる。

そして――

「ぎィぃヤャァあアあアあアあア――――ッ！」

猿が、吠えた。

肌をビリビリと打つような金切り声にも似た雄叫び。

やがて茂みのあちこちから――葉擦れの合奏が、近づいてきた。

動けぬ馬車を、取り囲むようにして。

瞠目するモイル。

「なっ……」

馬車を背に集まった者たちの中から「ひっ」と短い悲鳴が上がる。
金眼猿が、増えた。数は三十近い。しかも、
「う……」
ひときわ、体格のよい大猿がいる。
まず背丈が突出しており、周囲で最も高い木のてっぺんくらいまである。
その大猿は寝ぼけまなこだった。多分、横になって寝ていたのだ。
だから、あの背丈でも今まで目視できなかった。
大猿の背後では、たくさんの葉がヒラヒラと宙を舞っていて——
ブンッ！
大猿が、人の頭部ほどの石を投げた。
それが、馬車の上にいた傭兵に直撃した。
「あ——ぐぁ!?」
濁った呻き声をあげ、傭兵がそのまま地面に落下する。
落下を待ちかねていたように二匹の金眼猿が群がった。
恐怖に満ちた吐血まじりの悲鳴が上がる。
モイルがそちらへ駆けつけようとした時——
ぞくりっ、と。

突き抜けるような一筋の悪寒が、背筋から後頭部にかけて奔った。
刹那――振るわれた筋肉質な腕に、モイルが吹き飛ばされる。
速い。振り返りざまの防御も、間に合わなかった。
視界の端に、また他とは違う黒い体毛を持つ金眼猿がいた。
今自分は、あの猿の攻撃でやられたのだ――やや遅れて、モイルはそう理解した。
あの黒毛も、強い。
そしてその黒毛の傍らには、先ほど首筋を斬りつけた猿が立っていた。
ニヤニヤしてモイルを見ている。ざまぁみろ、という目で。
「ギぎギぎ♪」
「くっ……」
吹き飛ばされて馬車に衝突したモイルは、立ち上がろうとする。
ガクガクと震える膝。さっきの衝撃の影響が、膝にきている。
それでも必死に震える膝を叩き、モイルは立ち上がろうとする。
そんなモイルの前に立ちはだかる――首をおさえた金眼猿。
猿は夕日を背に受け、逆光気味になっていた。
モイルにやられた首筋の出血は、もう止まっているように見えた。
その手には石斧。すかさず――石斧の一撃。

「ぐ、ぅあ!?」

「ギぎ♪」

「ひっ——」

猿の腕が、体勢を崩したモイルの腕を摑み——

自分の方へ、引きずり込んだ。

「うわぁぁあ——ッ」

「ぁ——モ、モイルさんがっ！　だ、誰かっ！」


モイルの叫び声は、次第に嗚咽へと変わっていった。

彼の腕は見るも無惨な状態になっていた。

金眼猿の首筋を斬った剣を手にしていた腕は、今や石斧でぐしゃぐしゃにされてしまっていた。徹底的に、粉砕されてしまったのである。

最初は激しい悲鳴を上げていたモイルも、今は生気のない表情になっていた。

すると、不満そうな猿がふにゃふにゃのモイルの腕を、ぐいっ、と引っ張った。

モイルが、なりふり構わぬ慟哭を上げる。猿は、満足そうにきゃっきゃと嗤った。

一方——

「ぎゃぁぁあああああ！」

先ほど馬車の上から落下した傭兵が、左耳を引きちぎられた。

人間の誰かが悲鳴を上げるたび、猿たちは頭上で両手を叩いた。

歓喜の拍手。

他の傭兵もねじ伏せられ、生きる玩具になっていた。

生かさず殺さず……弄ばれている。

馬車の方に集まっていた者たちは、動けずにいた。

本当はこんな場所から今すぐにでも逃げ出したい。

けれど、囲まれていて身動きが取れない。

彼らは項垂れ、また、少しでも恐怖を和らげるように互いに抱き合うしかなかった。

腕に覚えのある戦士たちでああなら、自分たちにはなすすべなどない。

一斉に逃げても逃げ切れるとは思えない。

もし一縷の望みがあるとすれば、リンジたちが追いついてきてくれること。

そう、彼らに残された希望はリンジたちだった。

リンジたちは強い。

戦っていた金眼たちを片づけ、すぐに追いついて助けてくれる。

きっと――リンジたちなら。

しかし――

「……あ」

暇を持て余していた他の猿たちの興味が、いよいよ〝彼ら〟に向いた。

その時、ユーリと猿の目が合った。

「ひっ――ぅ、うぇぇえええ……」

ユーリの泣き顔が、さらに強くゆがむ。

母親はユーリを自らの胸の内に抱き締め、猿の方を一瞥(いちべつ)した。

「…………」

母親は、腰の袋に入った短剣に手をのばす。

そして鞘(さや)から刃を出し……柄(つか)を、握り締める。

血の気が引いていく思いがした。

手に、力が入らない。指が震えているのがわかる。

震えを抑えようと、彼女は必死に柄を握り込んだ。

――怖い。

けれどこの子を……ユーリを、守らなくては。

救わなくては――殺して、あげなければ。

この手で。

理解、できている。

あの金眼たちは生きたまま人間を痛めつける。

楽しいのだ、それが。

ならばいっそ——長く苦しみを味わい続けるよりは。

ひと思いに、この子を逝かせてあげるべきではないか？

そのあと……間に合うなら、すぐに自分も。

わんわん泣きじゃくり、母親の胸に顔をうずめるユーリ。

「怖いよぅおかーさぁぁん……っ」

「……大丈夫——大丈夫よ、ユーリ……」

母親は手を一度柄から離し、優しくユーリの両肩に手をやった。

ゆっくりと、自分の胸元からユーリを離していく。

互いの顔が、よく見えるように。

「おか——ぁ……さ」

「いつも、言ってるでしょ？　ね？」

「え？」

「怖い時は、誰の顔を見ればよかった？」

「……ぐす。いつ、もの？」

「そう、いつものよ」

　笑顔の、

「笑顔の、魔法」


「あ――」

「ね？　おかあさん、笑ってるでしょ？」

「…………うん」

「だからユーリも笑顔で……ね？　そう――」

　大丈夫だから。

「大丈夫だから」

　大丈夫。

「大丈夫」

　怖くない。

「怖くない」

　怖くないのよ、ユーリ。

「怖くないのよ、ユーリ」

笑顔を、崩しちゃだめだ。絶対に。
どんなに怖くても。苦しくても。
この魔法を、解いてはだめ。
最後まで――この子のために。
足音が迫る。
金眼の魔物が。近づいてこようと、している。
怖い。怖いよ……とても、怖い。
でも、やらないと。
や、ら、な、く、ち、ゃ。
母親は再び、懐の袋に手を入れた。
逆手に――短刀の柄を、握り込む。
苦しませないように、一度きりで。
確実に。
……さようなら。
そして……ごめんなさい。
――ごめんね、ユーリ。
「ユーリ、大丈夫よ……大丈夫。ちゃんと、お母さんだけを見ていてね？」

失敗は、許されない。

「……おかーさん」

「ん？　どうしたの？」

「魔法……」

「ふふ、そう……魔法よ？」

「……でも」

「ん？」

「どおして？」

「え？」

くしゃり、とユーリの顔がゆがんで。

その目尻に、涙が溢（あふ）れ出した。

「どおしておかーさん、泣いてるのぉぉおおお……ッ」

「――【剣眼ノ（レーヴァ）、黒炎（ティン）】――」

暗黒の炎が――夕闇を、切り裂いた。

「ギぃイぇエえエえエえエえ――――ッ!?」

背の向こうで、何かが燃え盛っている。
すると、横転した馬車の前に一頭の馬が飛び込んできた。
そして――その馬から何者かが飛び降り、着地した。
母親は、ようやくそちらを見る。
「……あな、たは」
猿と自分たちの間に割り込むようにして――
黒い炎に上半身を包まれ悶え苦しむ猿の前に、立ちはだかるようにして。
廃村で一度別れたはずの彼が。
そこに、立っていた。
黒い火柱が上がり、さらには列を為し――炎が、馬車を取り囲んでいく。
振り絞ったような声。わずかながら、その声には震えがある気がした。
「この人たちに――これ、以上……手は出させ、ない……」
けれど――決意と覚悟に満ちた声。
「指の一本も……触れ、させないッ……」
どこからともなく、黒炎が発生した。
漆黒の炎。
炎は大蛇のように、彼の腕にまとわりついている。

彼が腕を振るった。

まるで、見えない何かを振り払うかのように。

——ボォオウッ——

黒炎が腕の動きに追従し——波を、描く。

「ただの、一本もだ……ッ」

◇【安智弘】◇

廃村でリンジらと別れたのち、安智弘は南へ移動を始めていた。

一時間ほど移動したあと、安は休憩がてら地図を広げた。

ここから西寄りに移動して大街道に合流すべきだろうか？

地図はあるが、このあたりの地理には詳しくない。

細かな地形までは地図でもわからない。

道筋のわかりやすい大街道を行く方が馬の負担も少ない気がする。

考えた末、安は大街道を目指すことにした。そして、馬をそちらの方角へと向けた。

すると途中、小規模な商隊と出会った。彼らは北の街道から引き返してきたらしい。

『金眼の魔物が群れになってうろついててねぇ……こりゃあ無理だと思って、引き返してきたんだ』

商隊はこのまま、安が今目指している大街道へ行くという。

ミラ北部にある要塞都市の一つを目指すとのことである。

『せっかくだし君も一緒に行くかい？』

安は――丁重に断った。

彼らと一緒に行くメリットはあっただろう。が、その決断には至らなかった。

なんとなく——胸騒ぎがしたからである。

リンジたちの目的地はヨナトだ。

話に出た北の街道を抜ければそのヨナトに辿り着けるが……彼らは、あのまま北を目指したのだろうか？

もし目指した場合……北の街道にいる金眼の群れが、彼らの脅威になってはいないだろうか？

……いや。あの人たちは強い。だから、これはただの杞憂なのではないか？

戦力として自分がどれほど彼らの役に立つかもわからない。

それに……今から戻ってどうする？　綺麗な形で別れを済ませてきたのに——

（……いや）

安は、顔を上げた。

い、い、いや、もうそういうのはいい。

脳裏に浮かんできたのは、自分を送り出してくれた人たちの顔だった。

リンジの、ユーリの、彼女の母親の。

杞憂なら杞憂でいい。無事な姿を遠目にでも確認できれば、それでいい。

「…………」

だけどもし——彼らに危険が及んでいたなら。

自分は、死ぬほど後悔するのではないか？

十河綾香（そごうあやか）への謝罪はもちろんしたい。

けれど今の安智弘には、彼らの無事を確認する方が大事に思えた。

（——行こう）

決意を固めた安は、馬を北へと走らせた。

彼らと別れた廃村に辿り着く。が、そこにひと気はなかった。

やはり北の街道へ向かったのだろうか？

ふと、安は地面に残された足跡や車輪の跡に気づいた。

多分……まだ新しい。

痕跡を調べてみる。

（馬車や馬が移動した形跡……方角は……）

地図を確認する。

（方角的に……北の街道の方には向かっていない？）

馬に乗って移動し、痕跡を辿ってみた。

（あっちの森の方に向かってる……？）

近づいていくと、痕跡が林道に入っていっているのがわかった。

——日は、傾きかけている。

夜になってこの林道の中にいたら危ないかもしれない。
自分が彼らに追いつける保証もない。
それから――なんとなく。
第六騎兵隊。
彼らに〝やり込められた〟あの森を、思い出してしまう。
安は、ぶるりと身震いした。
でも――確認したい。
合流しなくてもいい。彼らが無事であるのを、ただ確認したかった。
この胸騒ぎを鎮めるために。
安は馬を進め、林道の中に入った。
木々の隙間から橙の細い光が差す中、馬を走らせていると――
（何か、声が……）
魔物の声だろうか？　いや……
（誰かが……戦ってる？）
馬の速度を上げ、そちらへ向かう。
戦っていたのは、リンジたちだった。
それを襲っているのは金眼の魔物たち。

馬車の姿がない。

状況から見て……彼らが金眼をここで引き受けて、馬車を先に行かせたのか？

わからない。ともあれ、リンジたちは劣勢に見える。

迷いはなかった。

安は一度、馬から降りる。固有スキルで馬を驚かせる恐れがあるからだ。

数匹の金眼が安に気づいた。やや遅れて、リンジも気づく。

「ど、どうしたんだ兄ちゃん!?　なんで、ここに――」

「か――加勢、します……ッ！」

「き、気持ちは嬉(うれ)しいがっ……加勢といっても、兄ちゃんの荷物には確か短剣一本しか……くっ！　おい誰か、兄ちゃんに予備の剣を貸して――」

「【剣眼ノ黒炎(レーヴァテイン)】」

金眼の9割は、安の黒炎が焼き尽くした。

今や、彼らの周りには消し炭と化した金眼たちが転がっていた。

この黒炎は便利だ。木々に燃え移らないよう安の意思で調整できる。

ゆえに対象以外の者たち――リンジたちに火が燃え移る心配もない。

リンジたちの方の負傷者は二人のみ。命にも別状はなさそうとのことだった。

リンジが、ようやく現実に戻ってきたみたいな表情で言った。

「お、驚いたな……」

「すみません……その……」

その時だった。リンジの表情が、急速に険しさを増した。

まるで、最も重大な世界の危機でも思い出したみたいに。

「──た、頼む！　おれたちはまだ戦えるが……さっきの金眼どものせいで馬が逃げちまったんだ！　すぐに使えるのは兄ちゃんの乗ってきたあの馬しかない！　大丈夫だとは思いたいが……もし先に行かせた馬車が凶悪な金眼どもに襲われてたら、単独であいつらを守れるのは──」

縋るような目で、リンジは言った。

「その力を持ってる、兄ちゃんしかいない」

リンジは、そう判断する根拠について説明した。

自分たちは互いの連携によって何倍もの力を発揮できる。

特に集団対集団においてその効果は絶大。負傷者の少なさもそのおかげだ。

が──単独でとなると、対集団戦は心許ない。

「もしまだ馬車の方が無事だったとしても、兄ちゃんが一緒にいてくれればおれたちも安心してあいつらを追える。さっきのがどんな力なのかはわからねぇが……あいつらのこと、頼めねぇか？　この通りだっ」

　リンジが安の両肩を摑み、頭を下げた。

「今回のことは、おれが判断を間違った結果かもしれねぇんだッ、――頼むッ」

　リンジのその姿は、自責の念という重しによって項垂れているようにも見えた。

　安は、妙な気分だった。

　自分は――こんな風に頼まれる以上のことを、彼らにしてもらったのに。

　なのに、彼らは〝だから借りを返せ〟とは言わない。

　そして思った。

　戻ってきてよかった――最悪の事態にならなくてよかった、と。

　だから、

「わかりました」

　安は請け負い、再び馬を走らせた。

▽

　そうして――現在。

金眼の猿たちに襲われていた馬車隊のところへ、安智弘は辿り着いた。
安はユーリとその母親の前に立ち、燃えさかる金眼猿と対峙していた。
黒毛猿が燃えさかるその金眼猿を見て、ギャアギャア喚いている。

――ボオォウツ！――

安の両肩から黒い炎が逆巻き、翼のように広がっていく。
その炎の翼はすでに炎の円の中へ侵入していた猿たちへ黒炎を燃え移らせていく。
猿たちはなすすべなく黒炎に包まれ、悲鳴を上げた。
やがて悲鳴も聞こえなくなり、黒焦げになった猿たちが倒れ伏していく。
そうして猿たちは、消し炭へと変わり果てていった。

「おに、ちゃ……」

ユーリの震えた声。おにーちゃん、と言おうとしたのだろう。
安は振り返る。努めて、相手を安心させるような笑みを浮かべて。

「大丈夫、だから……この悪い猿たちは――僕に、任せて」

「……ぅん。……うん！」

涙ぐみながらだったが――力強い返事。

「あのっ……」

母親が呼びかけてきた。膝をつき、娘を抱き締める彼女のそばには――

ナイフが、落ちていた。
安は一つ頷いて見せてから、
「ユーリちゃんを、お願いします」
言って、安は炎の円の外にいる猿たちに向き直る。
猿たちは戦意を――殺意を、剝き出しにしていた。
一匹、でかい猿がいる。安から見れば、巨人と言ってもいい。
「ボぉオおン、ぼボん」
巨大猿は、余裕綽々という様子である。炎に怯んだ様子はない。
……メキ、メリ……
巨大猿が木を一本、根ごと引っこ抜いた。
またもう一方の手には、人の頭部の倍くらいある岩を手にしている。
二つを見比べて選別しているようだ。
そして岩で視線を止め、にんまりと巨大猿が笑む。
笑みは安に向けられている。
〝岩なら、燃やせまい〟
――怖い。
安は、足が竦んでいる自分に気づいた。

巨大猿が、黒毛猿が、嗤っている。
多分……怖がっているのを、見透かしているのだ。
がくっ、と安は膝を折った。
片膝が地面につく。土の上に手を置き、身体を支える。
(僕、は――)

□

何も、変わってなんかいない。
臆病で。
卑屈で。
変わったのではなく――戻っただけ。
第六騎兵隊から心身共に拷問まがいのことをされて。
虚勢が剝がれれば、こんなもの。
ふと、蝿王――ベルゼギアの姿が脳裏をよぎった。
あの人ならもっと堂々としているのだろう。
自信に満ちていて、怯えなど感じないのだろう。

自分なんかよりもっとずっと、スマートにやれるのだろう。

そう……最果ての国の城内で、あの人に告白した通りだ。

あんな風に、なりたかった。なれるものなら。

この力だって、自分の努力で得たものじゃない。借り物の力だ。

誇ることなんて、できない力。

この炎があの巨大猿に効くかどうかも、わからない。

不安になる。

足が竦む。怖い――恐ろしい。

重なったのだ。猿たちにオモチャにされていた傭兵たちの姿が、第六騎兵隊に拷問まがいのことをされていた――あの時の自分に。

猿たちと第六騎兵隊が、ダブって感じられた。

震えが、足から顔まで這い上がってくる。

……………人はやっぱり、変わることなんかできない。

〝人は変われる〟

そう励ましてくれる誰かは、あるいはいるのかもしれない。

変われる人もいるのかもしれない。

だけど少なくとも僕は――変われるとは、思えない。

僕は結局、僕のままでしかない。

怖いものは怖いし、急に聖人君子なんかにはなれない。

変れや、しない……でも――

選ぶことはできる。

臆病で、卑屈だけれど。

変わることなんて、できないけれど。

僕は、僕でしかないけれど――

この人たちを守ると決めた。

守りたいと、思った。

ベルゼギアと握手した時、自分はこう言った。

『……元勇者の、安――トモヒロ・ヤスです』

桐原拓斗のようにはなれない。

高雄聖のようにもなれなければ、十河綾香のようにもなれない。

彼らは正しく勇者なのだと思う。

魔王を打ち倒す素質を持った勇者たち。彼らのような勇者には、自分はなれない。

だけどあの時――ベッドの上で自分は、ベルゼギアにこんなことを言った。

『ほんの少しだけでいいから――自分を、好きになりたい。好きになれてから、ちゃんとみんなに謝りたい。そして——誰かの、力になりたい』

〝誰かの、力になりたい〟

自分にとっての——安智弘にとっての、勇者とは。

誰かのために、勇気を振り絞ることができる者。

虚勢でいい。

この怯えを、少しでも取り去ってくれるのなら。

だから、今だけ。

この今だけ——僕は、勇者になる。

▽

地面に手をついたまま——安は、汗まみれの顔で猿を睨みつける。

気圧されるな。気持ちで負けちゃだめだ。

少しだけでいい。どんな手段でもいい。

今は少しばかりの——勇気を。

「……我が名は、トモヒロ・ヤス……異界の、勇者だ。いいか、よく聞け……化け物ども。この人たちは……おまえたちのような悪辣なる者が、手をかけてよい人たちではない。これ以上彼らに……人間たちに手を出すならば、その命……ないものと、思うがいい……ッ」

ひどく、芝居がかっていても。

せめてもの——少しばかりの、勇気を。

「もし引かぬなら、この黒炎の勇者の……漆黒の炎が貴様たちを——焼き尽くす……ッ」

自分のためではなく——誰かのための、勇気を。

安は、猿たちの様子を見た。雰囲気が変わっている。

安の怯えを察してか、全体的に余裕が戻ってきている風にも見える。

「……引く気は——ない、ようだな。いいだろう……」

唾を飲み込む。呼吸が荒くなっていくのが、わかる。

と、巨大猿が岩を投擲(とうてき)してきた。

肩から伸びる炎翼が、絡み合う大蛇のように岩に襲いかかる。

岩が、燃え尽きた。

「ブァァあアあアあアあ————ッ！」

巨大猿が不快そうに叫び、思いっきり両足で踏ん張った。

おそらく——高くジャンプし、炎の壁を乗り越えるつもりだ。

が、

「ギィェえエえエえ――――ッ!?」

巨大猿が、足もとから燃え上がった。

「!?」

何が起こったのかと、他の金眼猿たちが驚いて巨大猿を見上げる。

安は、地面についた手の先から事前に炎の筋を放出していた。

その炎を地中へ潜らせ、巨大猿の足もとまで移動させていたのである。

気づかれぬよう慎重にやっていたため、到達がやや遅れてしまった。

が、間に合った。

「グぎギぎッ……きョアあアあア――――っ！」

最初の猿を焼き殺して以降、ひと際怒りを露わにしていた黒毛猿。

金切り声で喚き、勢いよく指で安を差した。まるで〝あいつを殺せ！〟とでもいうかのように。他の猿も、怒りを沸騰させている。

ああ、と安は理解した。

自分たちより下だと思っていた相手。

そんな相手から尻尾を巻いて逃げるのが――嫌なのだ。

自分もつまらないプライドの持ち主だった。だから、理解できる気がした。

相手が自分より強いかもしれない――そう感じても、プライドのせいで引き下がれない。

十河綾香や桐原拓斗に食ってかかっていた時の自分が、そうだった気がする。
つまらないプライドは——本当にいつも、大切なことの足を引っ張る。
そしてここは……こちらも、引き下がれない。引き下がるわけにはいかない。
ボス猿らしき巨大猿が倒されたことで、他の猿が戦意喪失してくれればよかった。
基本、炎は安の意思で動かす必要がある。自動で猿を攻撃してくれるわけではない。
猿たちが一斉にジャンプして、周囲360度から襲いかかられたら。
対処し切れるだろうか？
——でも、やるしかない。
来るなら……戦うまで。
呼吸を、整える。
地面に膝をついたまま——冷や汗と脂汗がまじり合ったような、そんな感覚のまま。
燃え盛る巨大猿を背に殺意を燃やす黒毛猿を、真っ直ぐに見据える。
互いの目が、合った。
「はっ——はっ……すーっ、すぅー……」
短い呼吸の間隔を、長くしていく。そして——鎮めていく。
落ち着け。落ち着いて、対処しろ……。
守る……守るんだ。

絶対に。

安の背の黒炎翼がひと際、火勢を増した。

「すぅー……ふぅー……、ふぅぅぅぅ……――」

呼吸が、整う。

「――来い――」

彼らは、暗い林道を進んでいた。

馬車は車輪が無事だった一台のみ。

老人や子どもは馬車に乗っている。他の者は馬に乗っており、残りの者は歩いていた。

戦える者たちは馬車を守るようにして歩いている。

その中には、安もいた。

「まさか、兄ちゃんが異界の勇者様だったとはなぁ」

しみじみとそうあごを撫でるのは、リンジ。

あのあと、安は猿たちをすべて固有スキルで始末した。

言葉通りみんなには指一本触れさせなかった。

負傷した傭兵たちに治癒スキルを使いながら、彼らはリンジたちを待った。

そして日が落ちて森が暗くなった頃――リンジたちが追いつき、合流した。

こちらが用意した松明（たいまつ）の明かりを目印にしてきたらしい。松明は金眼を呼び寄せる可能性もあったが、リンジらのために目印は必要と判断した。それに、馬車組の傭兵が〝金眼が来てもきみがいれば対処できるだろう〟と判断したのもあった。

「だ、黙っていてすみませんでした……」

「へへ。なんだよ、照れてんのか――ええっと……」

「トモヒロおにーちゃんだよ」

安の横を歩くユーリがそう言って、安の腰に抱きつく。

ユーリは子ども組だが、馬車ではなく安と一緒に歩きたいとダダをこねた。

母親は苦笑して「すみません、お願いします」とユーリを預けて馬車に入った。

「そうそう、トモヒロだ……よくよく考えりゃあ、まだ兄ちゃんの名前も聞いちゃいなかったんだよな」

そうは言うけれど。多分、リンジはあえて聞かなかったのだ。

いや、名前だけではない。思えば道中、詳しい身の上話なんかも聞かれなかった。

気を遣ってくれていたのだろう。

「いやしかし、すまねぇ……あの廃村からミラに引き返すのも、やっぱアリだったのかもしれねぇな。おれの決めた方針のせいで……」

「まー仕方ないですよ」

そう会話に入ってきたのは、オウル。

「白人間を率いてるのがあの剣虎団だ、なんて話を聞いちゃったんですから」

「……まあ、な」

ばつが悪そうに、リンジが言った。

安にとっては思わぬところで聞き覚えのある名が飛び込んできた。

不思議そうな顔をする安の心情を察してか、オウルが言った。

「いや、実はリンジさんとおれたちの一部は元剣虎団なんだよ」

「え、そうなんですか」

「といっても、おれたちは剣虎団を裏切って抜けたみたいなもんなんだけどね……」

そうか、と安は思った。他のミラの人たちと一緒に南へ行かなかったのは、元剣虎団という話が下手に広がると面倒だと感じたからなのかもしれない。

「グアバンのやつも心底怒ってるだろうからなぁ……もし剣虎団に捕まって身バレしたら、タダじゃ済まねぇと思ってな」

「けどリンジさん、今の剣虎団はグアバンの娘の……ほら、あの子――リリちゃんが団長やってんじゃなかったでしたっけ？」

「その娘がグアバンの野郎からおれたちをぶっ殺すよう吹き込まれてたら、やばいだろ」

剣虎団。

まだ訓練やら何やらでアライオンにいた頃、何度か彼らの姿は目にしていた。

今の自分の視点で振り返れば、いい人たちに見えたけれど。

まあ——リンジたちにも彼らなりの深い事情があるのだろう。

彼らは自分の事情に深追いしてこなかった。

だから自分も深くは踏み込まないようにしよう。安はそう思った。

「ただ、町のみんなもおれについてくるなんて言って……これがまた、決意が固くてよぉ。こっちとしては重圧が半端じゃねぇんだよな……」

「そんだけリンジさんは好かれてるし、信頼されてるってことですよ。それにほら、ついて来た連中はもう家族みたいなもんじゃないですか」

「まあな……」

リンジは苦笑顔から切り替えると、

「ま、とりあえずここまで来ちまったんだ。もうおれたちは、このままヨナトに行くしかねぇよな！」

「それに、こっちには今や異界の勇者様がついてますからねぇっ」

そんな二人に対し、照れまじりの苦笑で応える安。

そういえば——自分が金眼猿と対峙した時にやった、あの芝居がかった言い回し。

意外にも、あの場で聞いていた人たちには好評だったらしい。
状況が状況だったからだろうか？
小馬鹿にされることもなく――むしろ、賞賛されてしまった。
以前はその賞賛が、何よりも欲しくて。
あるいは、以前の自分なら鼻高々だったのかもしれない。
だけど今は――なんだかむしろ、照れくさい感覚で。
「この林道を抜けて少し行きゃあ、いよいよヨナトだ」
……十河綾香(そごうあやか)に会うことを、諦めるつもりはない。
必ず会って、謝りたい。
力にもなりたい。
けれど――まず、この人たちを安全な場所まで無事に送り届けたい。
たとえ、借り物の力であっても。
彼らを守りたい。
だから今は北へ――――ヨナトへ。

2．女神討伐同盟と勇者たち

〝聖体軍が迫ってきている〟

そう報告が入った。半日ほどでこちら側とぶつかる計算になるようだ。

戦いの準備はほぼ整っている。今はいわば、戦いの前の最終調整に近い状態にあった。

俺は新たな蝿王装姿で陣幕の中にいた。

カトレア・シュトラミウス率いる混成軍を味方につけたミラ軍。

この軍勢は改めて〝女神討伐同盟〟と称することになった。

指揮系統において実質的な最高司令官にあたる人物は二人。

狂美帝とカトレア――この二名。

当初、最果ての国からリィゼロッテ・オニクを加え三名とする案も出た。

だが、リィゼの要望で最果ての国の者たちは狂美帝の指揮下で動くことになった。

『アタシは実戦経験豊富じゃないし、こんな大規模な戦いの中で軍を動かした経験もないから。なら、きっちり動かせる人材に任せる方がいいでしょ？』

とのこと。

元々混成軍だったアライオンやウルザの戦力はカトレア指揮下のまま継続。

〝今までそれで動いてきたのだから、その方が動きやすいだろう〟

という判断である。

勇者組も名目上は狂美帝の指揮下となった。浅葱班だけやや別枠感はあるものの——この戦い、勇者たちは全員が狂美帝の指揮下で動く。ただし実際のところは、

『勇者たちをどう動かすかはトーカに任せる。余に言ってくれれば、そちの言う通りに指示を出そう』

こうなっているため、勇者たちは俺の裁量で動かせる。

ちなみにニャンタンは最果ての国勢の中に組み込まれた。

まあ、彼女の場合はニャキと一緒にいた方がいいだろう。

で——俺たち蠅王ノ戦団は、今までと変わらず自由に動く遊撃隊的ポジションとなった。

「報告を聞く限りそれなりに大規模な戦いになりそうだけれど、私たちはまだ温存ということでいいの？」

俺の隣でそう尋ねたのは、高雄聖。その隣には双子の妹の高雄樹もいる。

二人とも蠅騎士装の姿。陣幕の中なので、仮面は外している。

「高雄姉妹の生存は、できるだけ隠しておきたいんでな」

樹が歯を見せてニヒヒと笑い、

「まーアタシはともかく、姉貴は死んだと思われてるだろーしな」

クソ女神に対し、当てつけるみたいに言った。

今迫っている聖体軍の強さによっては、この局面での高雄姉妹投入もありうる。

で、その際に姉妹が固有スキルを使うと正体がバレる可能性はかなり高くなる。

軍魔鳩(ぐんまきゅう)などでそれを報告されるかもしれない。いや……今のヴィシスならではの、特殊な聖体を用いた他の伝達方法があるなんて可能性もある。

「死んでる人間は勘定に入らない——仕掛ける側からすればこれは大きな強みになる。もし上手(うま)く作用すれば、ヴィシス側の想定をいい感じに乱してくれそうな気もするんだが……」

実際、俺も〝死んだこと〟になっていたおかげで色々動きやすかった。

聖が横目で俺を見たあと、視線を前方へ戻す。

「私たちを温存しておきたい理由……何か、明確な理由があるのね？」

ああ、と俺は答える。

「ロキエラの話を聞く限り、ヴィシスの他に厄介そうなのが三人いる」

「私もその話は聞いたわ。ヴィシスの因子を持つ、神徒という存在ね？」

ちなみに今、ロキエラは狂美帝やカトレアがやっている軍議の方にまじっている。

聖体に関する情報などを与えるためだ。

それから、セラスも今はそっちに行っている。

その軍議では各軍の配置や動きの最終確認を行うらしい。

でかい規模の兵士を軍略的に動かす云々の話なら、俺よりセラスの方が向いている。

「実は、ヴィシスとの直接対決で決め手を使う時……俺は、聖たちをそこへ組み込もうと考えてた」

「私たちの生存をそこで初お披露目する予定だった、と」

「ああ。だが……その直接対決の前に、例の神徒とやらがでかい障壁となる気がする」

「神徒を倒しうる戦力として、私たち姉妹が勘定に入ってくる――そういうことね？」

俺は一拍置き、

「そうだ」

ロキエラの話を聞く限り、神徒ってヤツらからはどうにも厄介そうな印象を受ける。

「俺のスキルで問題なくやれるならそれでいい。が、もし効かなかった場合は……おそらく、純粋な戦闘能力同士のぶつかり合いになる」

「ロキエラさんの話によれば、ヴィシスの因子を持つ神徒にはヴィシスも例の【女神の解呪】を付与できないのでしょう？　桐原君と違って」

この話は少し前にロキエラに質問し、回答を得ていた。ただしロキエラは、

『まー〝通常であれば〟っていう前置きがつくけどね。あの三体は、ちょっと特殊な感じがあるから……ヴィシスが付与できるよう手を加えててもおかしくはないのかも。可能性としては一応、考慮しておくべきだと思うね』

とも言っていた。

「付与できる場合、ムニンの禁呪で無効化してからじゃないと俺のスキルは決められない」

「三体同時に襲ってこられたら、あなたの固有スキルを決める前にやられてしまいかねない。しかもその時はムニンさんの身の安全も守りつつ——こういう戦いになるわけね」

「ふむふむ、なるほど……なる、ほど」

理解が追いついてるのか、いないのか。樹は微妙に判定に困る相槌を打っている。

「俺みたいな変化球や各個別の懸念点は一旦横に置いて、純粋な戦闘能力を整理してみようか。まず、最大戦力は十河で間違いないだろう」

「私もそれは同意」

「次点だが——」

「純粋な戦闘能力という意味でいえば、セラスさんじゃないかしら。彼女の場合、次点ではなく十河さんとは同等と言ってよいのかもしれないけれど」

実は以前、進軍中の野営地で高雄姉妹はセラスと剣の手合わせをしている。

むーん、とあごに手をやって複雑そうな顔をする樹。

「セラスさん、あんな強いとはなー。まさか姉貴がああもやられるとは……」

固有スキルなしで聖がセラスとやったところ、

『剣のみだと、十回やってこっちが一回拾えればよいくらいの力量差かしら』

だったそうだ。少し意外だったのは、樹の方が勝率が高かったことか。

といっても、十回やって三回勝てるくらいとのことだったが。

「けど、スキルありだと互角くらいにはやれたんだろ？」

俺が聞くと樹は頭をかき、

「そうだけど……でも、セラスさんの方は切り札の起源霊装を使ってないからなー」

そう、セラスが使ったのは精式霊装（せいしきれいそう）までだった。

まあ起源霊装は対価もでかい。そう安易にポンポンと使えない代物ではある。

聖も樹と似た感想を抱いたらしく、

「私もスキル使用でようやくまともに勝ちを拾わせてもらったけれど、向こうが起源霊装を使っていれば結果もまるで違ってきたでしょうね」

聖は続けて、

「それでも、セラスさんの実力を私自身の肌感覚として体験できたのは大きかったわ。そうね、その経験も含めて言わせてもらうと……今のところ、この軍で純粋な個別戦力として十河さんに対抗できそうなのは、やはり彼女くらいだと思う」

小さいが、聖が感嘆に似た息をつく。

「剣の扱いを筆頭に、本物の戦才とはああいうものを言うのね。ああいった領域の世界は、十河さん固有のものなのかと思っていたけれど」

あの高雄聖の分析だ。精度は高いとみていいだろう。

「こっちは十河とセラス二枚看板のツートップ、ってわけか」

「あれだな――看板娘ってやつだな！」

「……それは微妙に意味合いが違うと思うわよ、樹」

こういう時の高雄聖による真顔の指摘。

真面目なのか冗談なのか、俺も正直判断に迷うところがある。

……ともあれ、過去のセラス談に則れば――

攻の十河綾香と、守のセラス・アシュレイン。

こんな感じか。

「他は……」

トップ二人が突出しているが、他にも特筆すべき実力者はいる。

ジオ・シャドウブレードと狂美帝である。

この二人も個別戦力としてはやはり頼れるだろう。ただ、この二人は指揮官としても動く。そのため、個別戦力としての戦闘にはリソースをあまり割けない可能性がある。

「そこに最果ての国勢のキィルやグラトラ、あとから追いついてくるアーミア、魔物のまとめ役でもあるケルベロスのロア……そしてニャキの姉の、ニャンタン・キキーパット。

他は、黒竜騎士団のガス・ドルンフェッドあたりが入ってくる感じか」

ちなみに俺——蝿王は、五竜士率いる黒竜騎士団を過去に壊滅させている。

あれは表向き、元アシントの蝿王ノ戦団が潰したことになってるからな……。

まあ少し前に顔を合わせた感じだと、あまり俺への悪感情は持ってない印象だったが。

「それから——竜殺しはやっぱり、あの状態だと戦闘は難しそうか」

同じく神族のロキエラも戦闘能力をほとんど失っているらしく、

『ごめん。ボクは戦うの、無理そうだ』

とのこと。

一応ムニンは戦えるが、戦闘能力はさほど高いわけじゃない。

樹がそこで思いついた顔をして、

「あのカトレアっていう女王さまとかは、どーなんだ？」

「セラスに聞いたところだと武芸の心得はそれなりにあるみたいだけどな。といっても、そんなに〝戦える〟って感じじゃないみたいだ」

女王さまはやはり、指揮官寄りの性能なのだろう。

リィゼも軍師ポジションだからか、個人の戦闘能力は低い。

聖が十河とクラスメイト連中がいる方角を見て、

「勇者で神徒と戦えそうな人物となると、こちらも限られてくるわね」

「だな」

「さっき除外した戦力で言えば——浅葱さんのグループは、いわゆるジャイアントキリングが可能な戦力とは言えそうだけれど」

「追放帝（ついほうてい）ってヤツも倒してるしな。ただ……例の敵味方の話を別にしても、浅葱の固有スキルはその場の状況に左右されすぎる気がする」

俺の戦い方のように、搦め手（からめて）が成立する状況でなければ決まりにくい。

そう……あの固有スキルを決めようと思うのなら。

浅葱自身が命の危険を冒す必要が出てくる——気もする。

「安定した純粋戦力と比べると、不確定要素の多い不安定な戦力ね」

「ああ」

……ちなみに勇者といえば、現存する上位勇者が他にも一人いる。

A級勇者の安智弘（やすともひろ）。

あいつは今、どうしているのだろうか？　十河との合流を目指しているなら……

案外、こちらへ向かっていたりするのかもしれない。

しかし現状、あいつの合流をあてにするのは危険だろう。

確実性のない戦力に頼るのは、博打（ばくち）がすぎる。

……他の勇者連中も、強くなってはいるらしいが。

十河や高雄姉妹以外のクラスメイトの中には一応B級もいる。

が、S級やA級との戦力差がやはり大きすぎる。

集団戦なら戦力になるだろうが、神徒相手となると厳しいだろう。

これはミラの輝煌戦団や予備戦団、最果ての国の各兵団や魔物たちにも同じことが言える。もちろん、元混成軍の各国の軍とて同じだ。

集団として見るならどれも戦力としては大きい。ただし——その集団としての力を活かすなら、余計に神徒の相手をできる個別戦力が必要となる。

「向こうは神徒だけを単独で出してくるわけじゃなく、もちろん聖体も出してくるだろう。こうなると、戦いの場で神徒を受け持てる個別戦力が必要になる」

「多対多の戦いでは、敵側の突出した戦力を抑え込むのが勝敗を分ける要素となる——そんな過去の実例は、ごまんとあるでしょうからね」

サッカーでいえば、エースを押さえ込むようなもんか。

「神徒を好きに暴れさせると、全体の形勢をジリジリと持ってかれかねない」

「だから無用な被害拡大を防ぐため、神徒の受け持ち役が必要になってくるわけだけれど……」

緩く腕組みした聖が、こちらを見ないまま指を三本立てて見せる。

「これが、三枠」

「ああ」

Ｓ級の高雄聖とＡ級の高雄樹。

二人とも、純粋な戦闘能力は高い。

「不確定要素をほぼ排除した上で十河とセラスに近い戦闘スペックを出せるのは――高雄姉妹だろうと、俺はそう踏んでる」

実は例の手合わせのあと、セラスの方からも高雄聖評を聞いていた。

これは、その時の評を聞いた上での判断でもある。

「だから神徒が出てくるなりして、そして、もし聖が必要だと判断したなら――戦いには、おまえの判断で参加してくれていい」

「話をまとめると……あなたは〝死者〟かつ〝行方不明〟の私たちをヴィシスとの決戦でカードとして切る予定だった。けれど今後の状況によっては、私たちがそれより前に正体の露見覚悟で参戦するのも致し方なし――あなたは、そう考えている」

確かに固有スキルを使用すれば正体バレにつながりかねない。が、

「まずクソ女神のところに辿り着けなきゃ意味がない。対ヴィシス戦を意識して温存しすぎた結果〝決戦の場に必要そうだった戦力が神徒にやられて残ってませんでした〟じゃ、話にならないからな」

つまり、ヴィシスとの決戦までに被害を抑えるのも大事になる。

「わかったわ」

聖はそう答え、

「必要そうなら、私たちも正体の露見を気にせず参戦する——もちろん、そうならず当初の予定通りいくのを祈るけれど」

「決戦となるだろう対ヴィシス戦について考えるのは俺の役目だ。聖の生存が仮にバレても、そうなった場合の代替策は意地でも捻り出すさ」

「心強いわね。今の三森君なら、クラス委員も向いていそう」

「それを言ったら、今の高雄聖もできそうだけどな」

「…………冗談よね？」

「いや、嘘判定でわかるだろ」

聖が頬に手を添え、ちょっとだけ首を傾けた。

「そうかしら」

意外そうな反応を聖が示している横で樹が、

「姉貴がクラス委員か——……アリかも——……」

脱力したほんわか顔で、ぽけーと妄想に勤しんでいた。

……ほんと姉が好きだよな、この双子の妹は。

俺は一人、戦いの準備を整える兵士たちの行き交う中を歩いていた。

討伐同盟軍は現在、ネーア聖国の王都をすぐ背後に据える位置にいる。

ネーアからはかなりの補給を受けられた。

以後はさらに背後にあるウルザやミラからの補給も受けられる。

ひとまず兵站（へいたん）面での懸念や、背後をつかれる心配はもうしなくてよさそうだ。

北東の聖体軍は大街道を真（ま）っ直（す）ぐこちらへ進んできているという。

かなり大規模な軍勢とのことだ。バクオスの黒竜による斥候が、そう伝えてきた。

「黒竜ってのは、味方側にいると便利なもんだな」

金眼（きんがん）の魔物は一定以上の高度を越えるとヨナトの聖眼（せいがん）に撃ち落とされる。

しかしバクオスの黒竜は普通の魔物カテゴリー。

金眼ではないため、金眼たちより遥（はる）か上空を飛べる。聖眼に撃墜されることもない。

もちろん高度がいきすぎれば、酸素が薄い問題は出てくるようだが。

「ちょっと」

「…………」

「……ちょっと」

「…………」

「ちょ――ちょっとぉ!?」

「ん？　どうした、リィゼ？」

俺を呼び止めたのは、アラクネ宰相のリィゼロッテ・オニク。

一応リィゼの存在には気づいていたが……さっきの、俺を呼んでたのか。

「このアタシが呼び止めてあげたのに、どういうことなのよ！」

いや……呼びかけてる時、明らかに俺の方を向いてなかったよな？

「どういうことなのよ、と言われてもな……ところで、ここで何してるんだ？」

ヒクついた笑みのリィゼが、

「〝と、こ、ろ、で〟でサラッと流すあたりがアンタよね……、――ふん！」

腕組みしたリィゼが（俺より低い位置で）ふんぞり返り、

「ま、答えてあげてもいいけど!?」

「別に無理に答えなくてもいいぞ。じゃ、またあとでな」

「ちょっ……待ちなさいよっ――待ってってたらぁ……！」

立ち去ろうとする俺を慌てて追いかけてくる。俺は立ち止まって振り返り、

「冗談だよ」

「も――もう！　どうして意地悪するのよ！　もーっ！」

肩を怒らせてぷんすかするリィゼ。ぷんむくれてはいるが、微妙に嬉しそうではある。

わかりやすいヤツだな、ほんと……。

「でかい戦いを控えてても、そんなに気負ってる様子はないな。そこは安心した」

歩き出す俺の隣につき、リィゼが並んで歩く。

「これでも緊張はしてるわよ？　けどま、アンタがいるしね」

「俺がいると気負わないのか？」

「アンタは……ほら、勝算のない戦いはしないでしょ？　この戦い、アタシはそう見てるから」

「最果ての国の宰相さまにそうおっしゃっていただけるとは、光栄だ」

「うー……嫌みっぽく聞こえるんだけど？　もっとこう、素直に――」

「いや、素直に嬉しいさ」

「――――うっ、……だから、不意打ちはやめなさいって言ってるでしょ!?　なんなのよ！」

……ほんと、このアラクネ宰相はわかりやすい。

俺はそこで、少し気になっていたことを聞いてみた。

「討伐同盟の他の連中とは上手くやれそうか？」

最果ての国勢にとっては慣れぬ外の世界である。

彼らはまだ外の世界に出て日が浅い。そんな状態で外の世界の者たちと肩を並べて戦おうと言うのだ。何か問題が出るかもしれない。

そうなった場合は、俺が間に入って円滑にいくよう動ければと思うが――

「そうね……アタシっていうか、あのミラの皇帝とか、ネーアっていう国の女王が上手くやってくれてる感じかしら。亜人や魔物が溶け込みやすいよう工夫してくれてる。配置とかも動きやすいように配慮してくれてて――あ、そうそう」

リィゼは何か思い出したように、

「このあとアタシ、ミラの予備戦団のところへ行くことになってるのよ」

予備戦団とは、ミラが国の西地方に集めていた亜人たちによって構成された戦団である。

少しばつが悪そうに、リィゼが鼻頭を指先で掻く。

「その、ほら……最果ての国にずっと隠れ住んでたアタシたちが、外の世界にいた向こう側にどう思われてるかとか考えると、ね。これから一緒に戦うわけだし……互いのしこりが大きいと、まずいかもだから」

「向こうの感情を探りに行く、って感じか」

リィゼは表情にわずかな諦観を刻み、

「向こうがもしこっちを嫌ってるなら、無理に歩み寄ろうとは思わないわ。こっちに対して敵対的なようなら、その時はミラの皇帝に相談して配置を見直してもらうのも考えてる」

……へぇ。

こいつも、変わった。

〝解り合うための話し合いをするスタンスは捨てたくない〟

以前、そう言っていたが。

〝どんな相手とでも話し合えばきっと解り合える〟

それ一辺倒の思考では、なくなっている。

〝無理なら無理で、それを踏まえて全体になるべく悪影響が出ないよう調整する〟

そういうことが、できるようになっている。

リィゼは肩を竦めるみたいにして、

「向こうのまとめ役と会いに行く時は、ジオとキィルも連れていくつもり。アタシは熱くなってカッとなりやすいところがあるけど――癪だけど――ジオはあれで意外と冷静なやつだから。アタシが熱くなったら、抑えてくれると思う。キィルはああいう性格だから場の空気を柔らかくしてくれるし、相手の懐に飛び込むのも多分アタシなんかより上手だから。交渉の場には、適材でしょ」

ふーん、と俺。

「ちゃんと自分ってのを理解して、周りの力を頼れるようになってる」

リィゼは照れ顔になると、指先で頬を擦りつつ視線を逸らした。

「ま――まぁね……でしょ？　そ、そうそうっ――」

視線だけでなく、照れを隠すように話題も逸らすリィゼ。

「アンタたちが手に入れてくれた〝鍵〟も、ちゃんと届いたわよ！」

鍵？

「……ああ、あの大宝物庫の」

アライオン十三騎兵隊を倒したあと、俺たちは狂美帝(きょうびてい)たちと交渉の場を持った。

その交渉の場で、俺たちは大宝物庫の所蔵品リストを渡された。

あの時リィゼたちもリストを見て〝欲しいものがある〟と言った。

で、大宝物庫にあったそれを最果ての国へ向かわせた使者に託しておいたのだ。

「実は城の中に、ずっと開け方のわからない武具庫があったの。昔、鍵なしで開けられないか何人も試したけど何をやっても開かなかったらしくて。もちろんアタシたちも試したけど、無理だった。ただ、それを開けるための鍵がどういうものかは残ってた古い文書(もんじょ)に絵つきで記されてたの。でも、アタシたちの国の中ではずっとその鍵が見つかる気配がなくて」

ちなみにそこが〝武具庫〟だというのは、その文書に記されていたそうだ。

「そしたらあの一覧の中に、それっぽいものを見つけたわけか」

「そう」

ただ、リィゼも確信まではなかったという。

〝もしかしたら、あの武具庫の鍵かも？〟

程度の期待で俺に頼んでおいたらしい。

一般的な鍵ってよりは、水晶みたいな形状だったが。

「その感じだと、開いたんだな？」

「そうなのよ！」

鼻息荒く〝どうよ？〟みたいに胸を張り、どや顔をするリィゼ。

「中には古い武具や魔導具があったんだけど、半分くらいは使える状態だったの。あと、秘薬とかいう怪しい液体もあったけど……あ、あれは……放置されてた年月的に、さすがに飲むのは憚(はばか)られる気はしたわね……腐るものじゃない、とか添え書きがついてはいたけど……あれは、ちょっと……」

歯切れ悪く、苦笑いを浮かべるリィゼ。ま、かなり古いものっぽいしな……さすがに飲料物となると、飲む勇気が出ないのも仕方ない気はする。

「そういえば……添え書きの羊皮紙の切れ端に、竜の血がどうこう書いてあったのよね。ニコはそれを見て、唸(うな)りながら何か考え込んでたみたい。種族的に、何か思うところがあったのかしら？」

竜人のココロニコ・ドラン――愛称、ニコ。

今回、あいつは居残り組である。

ちなみに竜というと、竜殺し（ドラゴンスレイヤー）と呼ばれるベインウルフも連想するが……。

あっちは確か竜人に変身する能力を持ってるんだったか。

まあ今回は、両方ともヴィシスとの決戦には参戦の難しそうな人物だが。

「そうそう、けっこうすごい攻撃術式を撃てる魔導具もあったのよ!?　キィルも古代魔導弓（まどうきゅう）が手に入ったし！　あと、ジオなんかね？　武具庫にあった古い二本のカタナと今までのカタナを合わせて……腰に、四本もカタナを差したりしてるんだから！」

リィゼが、自慢するみたいにまた胸を張った。まるで自分の功績かのように。

しかし――途端、我に返ったようにリィゼはハッとした。

おほん、と仕切り直すかのごとくアラクネの宰相が咳払い（せきばらい）をする。

「と、ともかく……戦力は向上してるから、アタシたちもそれなりに力になれそうってこと。それを言いたかっただけ。それだけ」

「武具庫の開放による戦力向上は喜ばしいことだが、別にそれがなくとも元から頼りにはしてるさ。それに――」

これはジオも言っていたことだが。

「リィゼたちにとっても、この戦いは大事な一戦だろうからな」

これは、最果ての国の未来に繋（つな）がる戦いでもある。

「そうね。この戦いでの立ち居振る舞いで、アタシたち亜人や魔物——最果ての国に対する外の世界の評価……大まかな第一印象が決まってくる気がするもの」

「合流してからおまえ、積極的にミラ陣営や他国の陣営へ挨拶に回ってたんだってな」

「な、何よ……知ってたの……？」

「伝え聞いたのが、ほとんどだが」

するとそこで「そうね」と真剣な面持ちになるリィゼ。

「アタシは戦闘向きじゃないから、戦いが始まればせいぜい頭を捻って後方で指示をするくらいしかできない。戦場の前線に出る仲間たちに比べたら、危険なんてないに等しいようなものよ。一方で、前線に出る仲間たちは命を失う危険の高い状況で戦う……だからアタシは、自分が動けるところではしっかり動かなくちゃいけない。全力を、尽くさなくちゃいけない。その義務がある。戦闘で貢献できない分……やれることは、人一倍やらなくちゃ」

なんつーか、

「成長したな」

「………アンタのおかげでしょ」

リィゼ的には、俺に聞こえない程度の声量のつもりだったらしい。

が、その呟きはしっかり俺の耳に届いていた。

ただ——リィゼに配慮して、ここはとぼけておくことにしよう。

「ん？　なんか言ったか？」

「な、なんでもないわよ！　もう！　相変わらず上から目線なんだから！」

「悪いな。あれだ……娘の成長を見守る親心、みたいな？」

「誰が娘よ！　子ども扱いして！」

「いや多分——もう十分に大人だよ、おまえは」

不意をつかれたみたいに、リィゼが目を皿にする。

そしてタイムラグがややあって、かぁぁあ、と顔を真っ赤にした。

「ちょっ、急に何言って——アンタ、ちょっ——、……て、ていうか——すごいわよね、その蠅王装(はえおう)！」

再び、照れ隠しに話題を転じるリィゼロッテ・オニクであった。

小高い丘の上に張られた陣。

俺とセラスは二人並んで、青空へ羽ばたいてゆく黒竜を眺める。

セラスが言った。

「いよいよ、来たようですね」

蠢く白き軍勢——聖体軍が、遠目に目視できる距離まで迫ってきていた。

聖体は馬に乗っていないが、けっこう足は速い印象だ。

「図体がでかいのもいるな」

中にはサイズが大きめな聖体もまじっている。

ここからでもあれは目視しやすい。

丘の下——そのずっと先ではミラ兵が布陣し、待ち構えている。

最前列は盾隊で、その後ろに弓隊。

さらにその背後には攻撃術式隊が並ぶ。

このあたりがひと通り動いたら騎兵隊が突撃し、最後に出るのが歩兵隊となる。

戦い方としては正攻法だそうだ。

一方、カトレア率いる混成軍はここから離れた場所で待機している。

あっちはまだ控えの状態で、敵の動きが定まってきてから動く。

今のところ聖体軍は一直線にこちらへ向かってきている。

報告では陣形や動きに妙な点はない。

ひたすら突撃してくる——そう見えるとのことだ。

確認できる限り伏兵の気配もないらしい。

また、現在ヴィシスや神徒らしき者の姿は確認できていない。

新情報としては、聖体軍の中に人間がまじっていることか。

指揮官と思しき者と、その周囲を固める数人。

そんな十人に満たないかたまりがいくつか確認されている。

ロキエラや剣虎団から得た情報によれば、聖体に指示を出す役割の人間は……

まず、いまだにヴィシスに媚びを売っている貴族たち。

そして、あのクソ女神を信奉する教団の人間あたりか。

ロキエラはこう言っていた。

『人間をまぜてきてるってことは……逆説的に、ヴィシスはここまで来てないってことかもね。ヴィシスも、ある程度は操作用の装置で聖体を操作してると思うよ？　ただ、操作用の装置と聖体の距離が開くほど細かな指示は出せなくなっていくはず。つまりヴィシスと聖体の距離が開くほど、現場で細かな指示を出す別の誰かが必要になってくるってわけ』

だから指示を出す役割の人間もくっついてきてる、と。

ちなみにヴィシスが装置とやらで操作をしてる状態だと聖体の能力も向上するとか。

逆に――操作状態を解除できれば能力を落とせる、ってことでもあるのか。

「ロキエラ」

今、俺の肩にはロキエラが戻ってきている。

「さっき報告で聞いたところだと、ヴィシスは聖体を武装させてるみたいだが」

「の、ようだね」

〝追放帝(ついほうてい)による帝都襲撃時より武装している数はかなり多いようだ〟

狂美帝は、そう所感を述べていた。

「追放帝とやらはあくまでヴィシスの力を分けてもらった神徒でしかないからねぇ。追放帝が生み出す聖体の能力は、大元のヴィシスより当然劣ってたはずだよ」

そうロキエラは言い、続ける。

「あと、神徒は強くするなら仕上げに膨大な時間がかかる。追放帝ってのはせいぜい100～200年前の人っぽいから、ボクら神族からしたら〝最近〟の人物とも言える。だから神徒として見ても、他の神徒より追放帝は能力が低かったんじゃないかな？」

ってことは、

「例の三体の神徒は、その追放帝以上はほぼ確実ってことか」

「少なくとも……ヲールムガンドは厄介な相手だと思った方がいいよ。昔から摑(つか)み所(どころ)のないやつでねぇ。露骨に怒ったりしなくて飄々(ひょうひょう)としてるけど、やることはエグいくらいやる――そんなやつだよ」

「他の二体は？」

「ボクも詳しくは……ただ、あっちはあっちで得体の知れない雰囲気はあったな。まったく、ヴィシスも厄介な敵を作ってくれたよ……」

迫る白の軍勢を俺は遠目に眺め、

「眼前に迫ったこの戦い……あんたはどう見る？」

むぅ、と考え込むちびエラ。

……どうでもいいが。外見のせいか、仕草が実にマスコット的である。

「蓋を開けてみないと、なんとも。ボクの予想だと神徒連中は出てくる可能性があるかもだけど、ヴィシスはあの中にいないんじゃないかなぁ……？」

そう――神徒がまじってるかどうか。

そして、ヴィシスがこの前線まで出てきてるかどうか。

現状ではこれらがまだ不明な状態にある。

おそらくエリカはまだ使い魔を動かせる状態にない。

一方、アライオンの王都に残ったミラの間者からの連絡も途絶えている。

ニャンタンらの脱出時、ミラにいた間者全員が王都エノーを離れたわけではない。

エノーの状況を引き続き伝えるべく残った者たちもいた。

狂美帝（きょうびてい）は、こう分析していた。

『エノーからの連絡が完全に途絶えた。あのニャンタンという元ヴィシスの徒の脱出の件があったことで、王都にいた間者たちが炙（あぶ）り出され……始末されたのかもしれぬ』

もしそうなら、今俺たちが直近のエノーの動きを知るすべはない。

つまり、ヴィシスや神徒がエノーを出たかどうかはわからない。が、

「一応、ヴィシスや神徒がこっちへ来てた場合の準備はしてある」

「心構えという点でも手抜かりない感じだよねぇ、キミは」

ロキエラが蠅王面の頬のところを指でつっつき、

「頼りにしてるよ、蠅王くん♪」

ちなみに俺から少し離れた後方には、セラスの他にムニンと第三形態のスレイもいる。

さらに——ネーアの聖騎士たちも。

全員ではない。団長のマキア・ルノーフィアとその一部は女王のそばについている。

しかし他はカトレアの指示でセラスにつけられた。蠅王ノ戦団が自由に動かしていいとのことである。騎士団の中でも精鋭を回してくれたらしい。

カトレアは元混成軍全体も動かさねばならない。こうなると、指示の手の回りきらぬ精鋭を遊ばせておくのも忍びない——そういった事情で、騎士団の大半をセラスに預けることにしたそうだ。ま、こっちとしても動かせる戦力としては規模的にちょうどいい。

トーカ殿、と控えていたセラスが口を開いた。

「始まります」

「準備はしておけ。状況を見て俺たちも動く」

「はい」

「ピギッ！」

「うぉぉい⁉　うわー、びっくりしたーっ」

懐のピギ丸が突然鳴いたからか、ロキエラが真上に跳ねた。

……ピギ丸の存在はすでに説明しといたはずだが。

「ピギー……」

「いやいやごめん、ちょっと不意打ちで……だ、大丈夫だから！　大丈夫だよピギ丸ちゃん！」

ちなみにロキエラも、俺の懐にポケットを作って収納可能にしている。

二人は懐仲間、とでもいったところか。

さて――俺たち蠅王ノ戦団や勇者も、ここでの戦いには参加する。のだが、

「金眼を倒せば、キミたち勇者は魂力吸収による加護強化もあるからねぇ」

俺はそのロキエラの発言に「どうかな」と返す。

「ん？」

「勇者がレベルアップで強くなるのをヴィシスは当然知ってる。なのにあんな大量の軍勢やデカブツを送り込んできてる……確かに倒せば、レベルアップでさらに強くなれるのかもしれない。が――」

目は節穴なくせに、いらぬ悪知恵の方は回るらしいあの性悪女神のことだ。

「レベルアップできないよう〝改良〟しててもおかしくはないだろ」

「むむぅー、それはありえないとも言い切れないねぇ……、――ってトーカ、キミってこっちに召喚された時以降ヴィシスとは一度も会ってないんだよね？」

「ああ」

「なのによくもまー、ヴィシスの性根をそこまで理解してるねー……」

「何かを憎むと、むしろその憎む対象について誰より詳しくなったりするもんなのかもな」

そうこうしているうちに、ついに聖体軍がミラ軍の前線とぶつかる直前まで来た。

小刻みな地鳴り――迫る、白き波。

その波の先には、整然と美しく並ぶこちらも白装のミラ軍。

最前列を指揮するのは、ミラ選帝三家（せんていさんか）の一翼であるオルド家の次期当主チェスター・オルド。ウルザ攻めの際、ミラ軍の総司令官を務めていた男でもある。

彼は戦いの中で十河綾香（そごうあやか）に捕縛され、捕虜となっていた。

今は復帰し――ミラ軍の、最前線の指揮を執る。

「弓隊、構えぇ！」

チェスターの号令で弓隊が矢を力強く引き絞り、鏃（やじり）を斜め上空へと向ける。

機を見定めたチェスターが、

「放てぇぇぇぇぇっ――――！」

飛び立つ無数の鳥がごとく、大量の矢が空へと解き放たれた。

飛翔（ひしょう）するその数多（あまた）の矢は鋭く空気を切り裂き、一糸乱れぬ姿で空を進む。

盾を手にした聖体が、速度は落とさずに盾を斜め上に掲げた。

激しく吹きつける風雪のような矢の波は、弧の軌道を描き――

矢の雨となって、聖体の群れに降り注ぐ。

矢の突き刺さった聖体が白い血を流す。

情報通りなら人間と同じく、血を失いすぎれば失血死するはずである。

聖体の死を確認するには――

バサァッ！

矢を深く受けた聖体がやや後ろへ傾き、その眼窩（がんか）から〝翼〟を生やした。

飛び出した、と表現してもいい。

そう、聖体は死ぬと目から白い翼が飛び出す。あれが死亡の合図だという。

また、なぜか死んだ聖体は他の聖体と手を繋（つな）ごうと手を伸ばす。

『一つに還（かえ）りたがっているのかもしれないわね』

これは、その情報を聞いた際に発した高雄聖（たかおひじり）の推察である。

矢を受けた聖体たちが横転し、後続がそれにつまずいていく。

「第二隊っ——放てぇええ！」

最初の弓隊の背後で準備していた二列目の弓隊が、同じ動作で矢を放つ。

立て続けの矢雨が聖体を襲い、白い身体(からだ)に突き刺さっていく。

この第二射により、波の最前列の動きがほんのわずかだが勢いを削(そ)がれた。

が、全体の勢いを押しとどめるには至らず。

武装の少ない後続の聖体が、死んだ聖体から武装を奪って装着していく。

倒れた聖体を踏み潰し——そのまま、駆けてくる。

そう、あの程度では止まらない。

目標を外して地面に刺さった矢を小枝のように折りながら、白き群れが進む。

……とはいえ聖体も不死身の兵隊ではない。生死の確認もしやすい。

もちろん死んだふりによる罠(わな)も想定はしておくべきだが……。

こっちの世界の兵士が〝戦えない〟相手では、決してない。

「術式隊、一斉射撃！」

弓隊に続き、今度は術式隊が攻撃態勢に入る。

先端に媒介水晶のついた杖(つえ)。それらが、揃(そろ)った動きで斜め上空へ向けられる。

すると、杖の先に尖(とが)った氷が形成されていく。そして——

槍の先端の刃ほどの大きさになった氷が、矢と同じ軌道で放たれた。
氷の矢が雹となり、上空より聖体へと襲いかかる。
つらら状になった氷が聖体を穿っていく。
一方、今その氷の術式を受けた列――それよりも前方にいた聖体たち。
こちらは最初の弓隊の矢の雨を潜り抜けてきた聖体たちである。
それが勢いそのままに、待ち構えていた盾隊に衝突した。
硬い金属に肉がぶつかる鈍い音が鳴り、盾隊の隊長が声を張り上げる。
「踏ん張れぇ――――ッ！」
盾隊は深く腰を落とし、聖体たちの勢いに耐える。
そして盾兵たちは、手にしていた剣で盾の隙間から聖体を突き刺し始める。
ザシュッ！　ザシュッ――ザシュッ！
無言で聖体を次々と串刺しにしていく兵たち。
それはまるで、時間制限のある忙しない単純作業のようでもある。
盾に飛び散る白い血液。所々で、翼が生える音が立て続けに上がった。
力尽きてゆく聖体たち。この間に、弓隊と術式隊が後退を始める。
「盾隊、後退せよ！」
チェスターが号令をかけると、盾隊は後退しながら左右に分かれていく。

彼らはそのままさらに斜め後ろへ下がっていった。まるで、道を空けるみたいに。
馬上のチェスターが剣を抜き放ち、聖体たちに剣先を向ける。
「踏み荒らせぇぇ――――ッ！」
騎乗兵の奮起に呼応し、武装した馬たちがいななく。
チェスターはその場に軍師を居残らせると、自らが先頭となって飛び出した。
疾走するチェスターの馬。馬蹄が、硬い地面を力強く踏み締める。
そして、騎兵隊が勢いを増しながらチェスターに続く。
怒濤の地鳴りと化した騎兵隊の蹄音が、戦太鼓のごとく地を打ち鳴らす。
先ほど盾隊が引き、その開けた視界の先にいる聖体のかたまり。
騎兵隊がそこに、雪崩れ込んだ。
騎乗兵が馬上から聖体を剣で斬り伏せ、また、槍で突き貫く。
一方、恐れを知らぬ聖体も馬上の兵たちに果敢に立ち向かった。
が、騎兵と歩兵では前者が有利。聖体たちは続々と目から翼を噴き上げ倒れていく。
その時、
「……あれは」
敵の第二陣が、横一列になって突っ込んできた。
今度は向こうも――蹄の音を響かせて。

その聖体が、走りながら槍を投擲してくる。

「盾を構えろ！　剣で打ち落とせそうなら、打ち落とせ！」

この前、アライオンの王都を脱出してきたニャンタンたち。彼女たちを追ってきた下半身だけが馬の形をした聖体――確か、それを半馬聖体と呼んでいたのだったか。

なんというか……見た目的に、キィルたちケンタウロスが嫌がりそうな聖体かもな。

飛来した敵の槍。これを防ぎ、高い技倆で打ち払った者もいたが――

「ぐぁ！」

槍に貫かれ、落馬するミラ兵もいた。

見ると、仲間の聖体が投げた槍が突き刺さっている聖体もいる。

どうも向こうは、仲間の聖体に攻撃が当たることに対して抵抗がない印象がある。

これが人間の場合だと、普通は仲間に攻撃が当たらぬよう配慮する意識が生まれる。

が、聖体にはどうもその意識が希薄のようだ。

「半馬聖体の中にも、サイズの大きいのが数体まじってるな」

俺が言うと肩のロキエラが、

「でも、ミラの騎兵隊はよくやってるよ」

確かにミラの騎兵隊は踏ん張っている。が、

「来るよ――第三波」

敵歩兵聖体、第三陣。
そいつらが揉み合っている前線に追いついてきている。
対するこちらも、ここで歩兵部隊の出番である。
ミラの将の一人が号令をかけた。
「我々も行くぞぉ！　進めぇ！」
陣形を取った歩兵たちが足並みを揃え、駆け出す。
その時、歩兵たちの間を縫うように――
弾丸のごとき黒き影たちが、疾走していく。
これには歩兵たちも一瞬驚いたようだった。
しかし黒き影たちは、その歩兵にぶつかることもなくすり抜けていく。
そのスピードは歩兵たちよりも目に見えて速い。
否――先頭をゆく十数名は、下手をすると騎兵より速いかもしれない。
戸惑いつつ進む歩兵たちの間を、低い姿勢で駆け抜けてゆく黒き影――
最果ての国の黒き豹の戦士たち。
ジオ・シャドウブレード率いる、豹煌兵団の出陣である。

先日、ジオからこういう相談を受けた。

『初手の第一陣に加わりたい？』

『援軍とはいえ、おれたちは外の世界じゃまだなんの実績もねぇからな』

『最果ての国勢もしっかり戦力になるのを早めに示しときたい――そういう感じか？』

『それもある。働きぶりを見せときゃ後々の扱いもよくなるだろう……そういう算段もある。だがまあ……それ以上に、お客様気分じゃねぇってのを示しときてぇ。おれたちも――』

ジオは言った。

『肩を並べて戦う仲間だってことをな』

〝おまえのおかげで上に話が通しやすくて助かるぜ、蠅王（はえおう）〟

そうも、言っていた。

そのジオ・シャドウブレードが、豹煌兵団の先頭をゆく。

あいつは部下たちに示す――自らが、先陣を切る姿を。

ジオの前方部隊は敵の猛攻に晒（さら）され、乱戦に突入しかけていた。

大槌（おおつち）を軽々振り回す大きめの半馬聖体。大槌でミラ兵が次々と吹き飛ばされている。

そいつは前線で妙に強さの際立っている聖体だった。

ジオはその聖体に的を絞ったらしい。

黒豹の双刀士が、跳ぶ。

一方、半馬聖体も接近するジオにしっかり気づいていたらしい。

迎撃体勢へ移るのはかなり素早かった。大槌を右手で持ちつつ、左手で長刀の曲刀を鞘から抜き放つ。飛び込んでくるジオへ聖体はそのまま曲刀を振るった。

ジオは右手の黒刀でそれを受け止める。そして角度をつけ、斬撃の力を逃がした。

刃と刃が激しく擦れ合い、火花が散る。

と、ジオがもう一方の刀――左手の黒刃を、半馬聖体の頭上へ振り下ろす。

半馬聖体が、動揺とも取れる反応を示した――ように見えた。

速い。

〝この速さでは大槌で受けるのが間に合わない〟――そう判断したか。

聖体が大槌から手を放し、腕でのガードを試みた。

その腕には銀色の腕甲が装着されている。

――――ズバァンッ！

半馬聖体が――頭上から、真っ二つに割れた。

豪快な斬撃とは打って変わり、トンッ、と両足で静かに着地するジオ。

振り切ったジオの黒刃は今、切っ先が地面すれすれまで降りていた。

そう、ガードを試みた腕ごと頭上から聖体をたたっ斬ったのである。

腕甲などものともしない強烈な黒の斬撃。しかもそれは、片手で放ったものである。

その姿を見た周囲のミラ兵たちは、何かとんでもないものを目にした反応をしていた。

さらには周りの聖体たちも〝警戒すべき相手〟とでも判断したか。

少し、ジオから距離を置いたようにも見えた。

そこへ後続の豹兵たちが雪崩れ込んでくる。彼らはジオを追い越し、周りのミラ兵へ加勢していく。着地した姿勢のまま黒刀を構え直したジオが、

「────行けッ！」

兵団長に雄叫び（おたけび）で応える豹兵たち。そして、続々と聖体との交戦に入っていく。

これに鼓舞されたか。ミラ兵の勢いも増した。

「わ──我々も豹人たちに負けてはいられぬぞ！　ここでミラ兵の力を陛下に存分に披露しないで一体いつ披露する!?　ゆくぞッ！」

喊声（かんせい）が巻き起こった。

ここに、やや遅れていたミラの歩兵部隊も合流する。

これにより、こちら側の軍勢が聖体たちを押し込み始める。

その様子を見ていたセラスが、

「さすがは、ジオ殿と豹煌兵団ですね」

「ああ」

後続の聖体の群れはまだまだ途切れる気配を見せない。

絶え間なく押し寄せる白の波を受け、前線の敵の数が膨らんでゆく。

ミラ軍の前線にぶつかる聖体の波は、そのまま左右へ広がりつつあった。

このままだと、包み込まれるようにして最前線が左右から飲み込まれる。

と――地を轟く馬蹄音が迫ってきた。

こちらから見て左側へ広がった聖体軍――その横っ腹目がけ、迫る軍勢があった。

カトレアが受け持つ混成軍である。

混成軍の第一陣は、左手側にある低い小山の向こうに伏せてあった。

その第一陣が聖体の波の腹に雪崩れ込む。聖体軍もこれに気づいて応じる姿勢を見せたが、こちらの騎兵の突撃にやや対応が遅れた。

これにより、左に広がった聖体軍の勢いは削がれた。

「絶妙なタイミングで横っ腹に一撃を加えたな」

セラスも信頼を込めた声で、

「さすがは姫さまです。もし私が敵側だったなら……実に嫌な機で出てきましたね」

左翼側はカトレアに任せておいてよさそうだ。さて、右に広がった方の聖体軍は――

「右翼は……ミラ軍と予備戦団、そして最果ての国勢で構成された軍だな」

この前、砦の一件で縁のできたロウム伯もあの中に編入されている。

その右翼後方で指揮を執る者のうち一人は、リィゼロッテ・オニク。

予備戦団はミラに身を寄せた亜人たちで構成された戦団。

閉ざされた国に籠もった亜人たちと、外の世界に残った亜人たち。

最果ての国勢が予備戦団と上手くやれるか、リィゼは危惧していたが――

そこへ、白馬に乗った狂美帝がやってきて言った。

「あの者――蜘蛛の宰相は、予備戦団の者たちの心を見事摑んだようだな。我がミラ軍の騎士や兵たちも、最果ての国の者らとは今のところ上手く意思疎通できている」

「まとまりがあるのはミラの者が陛下へ寄せる信頼の厚さもありましょう。陛下が信じるならばと、そう思っている面も大きいかと。ただ、その下地を無駄にせずリィゼがしっかりやりきった――そういう意味では、リィゼの手腕でもありましょう」

「あの蜘蛛の宰相も最果ての国で以前会った時とは変わったな。あれならば、今後も心配なさそうだ」

伝令が立ち替わりやって来て、狂美帝に報告をしていく。

ちなみに伝令は、通常の馬を走らせる伝令だけではない。

黒竜とハーピーもいる。飛行できる黒竜やハーピーはやはり役に立つ。

それから、ニャキも巨狼に乗って伝令をしている。これは本人の望みだった。

『ニャキもお役に立ちたいのですニャ！　微力でも、お力になりたいのですニャぁ！』

とはいえ、危険な前線からは念のため遠ざけてある。

それに、ニャキも一応ジオたちから最低限の戦い方は学んだそうだ。

そばには姉のニャンタンもつけてある。だからそこまでニャキに危険は及ばないはずだ。

また、ニャキの乗る巨狼の足は馬より速い。

なので伝令としては十分に役立ってくれている。

見ると——右翼では、最果ての国の魔物たちも暴れ回っていた。

敵の大半が見分けやすい聖体なのはありがたい。こちら側も敵味方を識別しやすい。

敵味方を見分けるのが〝金眼(きんがん)か否か〟だけだと微妙に危うい。

特に乱戦中。気が昂(たか)ぶっている状態だと、敵味方の判別を誤りかねない。

己の命がかかっている状況だ。いわゆる〝事故〟としてのフレンドリーファイアは起きうる。が、基本的にこの戦場は〝聖体か否か〟を見定めればいい。

これならば人間たちも最果ての国の魔物を常に〝すべて味方〟と認識して戦える。

「アライオン十三騎兵隊との戦いでも感じたが……こうして、魔物と手を携えて戦う日が来ようとはな」

そう口にしたのは、狂美帝。

魔物の中でも特にケルベロスのロアは大活躍していた。

ロアは魔物たちのまとめ役でもある。魔物部隊は最果ての国で今回待機になった竜煌(りゅうこう)兵団の所属だが、ロアと魔物部隊はこっちへ寄越してくれた。

その魔物たちは怯むことなく聖体へ果敢に立ち向かっている。

キィルの馬煌兵団も、いい具合にミラ兵と連係して戦っているようだ。

そこにグラトラ率いるハーピー部隊も加わっている。ただ、

「他を、いつ動かすかだが……」

俺も全体に気を配ってはいる。が、基本として全体の動きは狂美帝とカトレアに任せてある。でかい規模の指揮は、俺の領分ではないためだ。

俺が直接的に動きを指示する対象は大きく分けて三つ。

蝿王ノ戦団。

カトレアから預かったネーア聖騎士団。

そして——勇者たちである。

「王都エノーからの情報が途絶えたのが、やはりネックだな」

ミラの間者からの報告が途絶えて久しい。エリカの使い魔にも動きはない。

ここで勇者を動かすか、否か。

例の神徒やヴィシスが今どこにいるのか。

これを解決できるかもしれないと思い、一応ロキエラに尋ねてみる。

「そういえば、あんたは王都にある頭部から分裂してきたんだよな？　そっちの……つま

り、王都に残してきた頭部を通じて何かわかったりしないか？」

が、ロキエラは首を横に振った。

「今あっちの頭部は――なんて言えばいいかな……独立した自律的状態にあるんだ。つまり、ここにいるボクは干渉できない。そして残ってたわずかな力はこっちのボクにほとんど移したから、あっちはほとんど死にかけだと思う……そもそも今、まともな意識があるかどうかも怪しいかも……」

一応聞いてみたが――ま、やっぱそうか。

可能なら、ロキエラもとっくにそうしてただろうしな。

「…………」

俺が危惧するのは〝この戦場でヴィシスと神徒が同時に仕掛けてきた場合〟である。

三体の神徒――そこにぶつけるのは十河綾香と高雄姉妹。

狂美帝やジオも候補には入るかもしれないが、この二人はやはり指揮の方を優先させる。

特に狂美帝は指揮の方に注力すべきだろう。

で、ヴィシスにぶつかるのは――俺、ピギ丸、セラス、ムニン。

また、別働隊的な動きとして浅葱とそのグループが臨む。

――となると、今は勇者を投入しにくい。

いわば、勇者は大ボスやボス級の敵を引き受ける役割。

その時のために温存しなくてはならない。

問題点は、ＭＰにある。

固有スキルの使用には多めのＭＰを消費する。

ゆえにＭＰ切れ――あるいは、大きく減った状態での神徒との戦いは避けたい。

減ったＭＰの回復方法は二つ。レベルアップか、睡眠となるわけだが――

「報告です！」

飛び込んできたのは、前線中央からの伝令だった。

少し前、前線中央にはミラの輝煌戦団が参戦した。

輝煌戦団は現在、浅葱グループと行動を共にしている。

俺はその輝煌戦団の協力を得て、ある試みをしてもらっていた。

〝聖体のとどめを、なるべく浅葱グループの連中に回してやってほしい〟

今来た伝令が持ってきたのは、これについての報告だった。

「ご命令通り、勇者殿たちに極力とどめを譲る形で戦いを続けていましたが……」

これから口にするのはおそらく、期待された報告ではない。

伝令の表情からそれがわかった。

「現状……どの勇者殿にも、レベルアップは起きていないとのことです」

「……わかりました。引き続き、経過報告を頼みます」

伝令が下がる。嫌な予感は的中したようだ。俺は肩のロキエラに、

「ヴィシスは聖体を倒しても経験値が得られないようにした——どうやら、こう考えてよさそうだな」

「の、ようだねぇ……」

一応〝ごく微量の経験値なら得られる〟という可能性も残されてはいる。

だとすれば、大量に倒せばレベルアップするのかもしれない。が、その可能性に懸けてここでMPを普通に消費するのは——さすがに、博打がすぎる。

ならば〝この戦いの間、減ったMPは睡眠でしか回復できない〟——やはり、こう考えるべきだろう。

となると、ここで勇者を出しても固有スキル使用は難しい。

当然、スキルを使わなくとも戦えば疲労も出てくる。休む必要も出てくる。

「このあとの敵の増援規模については未知数だ。その点を考えれば勇者以外の兵たちもできるだけ被害を抑えて、数を維持したい」

「兵の数を維持するなら、やっぱり勇者の投入が効果的ではあるよね」

「特に十河と聖には広範囲の敵を蹴散らせるスキルがある。巨大な聖体にもあのS級二人のスキルは有効だろう……ま、でかい個体の方は俺のスキルでもやれるだろうが」

「でも、対軍勢規模の広範囲攻撃となると——」

「ああ。俺の状態異常スキルよりも、あの二人のスキルの方が適してる」

……白の波は続く。

そして——見えている。

遠くに、巨大な聖体の影。

あれは俺がやるべきかもしれない。

幸い状態異常スキルのＭＰ消費量は圧倒的に少ない。疲労もそこまで溜まらないだろう。

ただ……もしあの巨大な聖体が〝エサ〟だったとしたら。

ヴィシスがあの中に紛れ、隙をうかがっているとしたら。

そう、これについてはいくつかのパターンが考えられる。

〝ヴィシスは、この戦場に来ている〟

〝ヴィシスはこの戦場ではなく、ヨナトを目指している〟

〝ヴィシスは——今も、アライオンの王都にいる〟

確率としては……。

実は、三番目が高いのではないかと俺は見ているが。

これはロキエラの予想を聞いたのもある。ロキエラはこう言っていた。

『ゲートの展開座標……つまり、展開場所はそうそうエノーから変更できないはず。変更するにしても最低で半年くらいは必要になるんじゃないかな？　そして、もし聖眼破壊直後にゲートを展開するつもりなら、発動者であるヴィシスはエノーにいなくちゃならない。つまりボクの予想通りさっさと〝勝ち逃げ〟したいんだったら、ヴィシスがエノーを離れる意味は薄いんだ。ちなみにエノーを留守にしてヨナトへ向かった場合でも……エノーに残してきた対神族聖体の軍勢を、エノーに辿(たど)り着いたボクたちに破壊される危険がある。聖眼破壊前に肝心の対神族聖体を壊されたら、これはやっぱり意味がないからね。それに自ら聖眼を破壊しに出向いても、ヴィシスはゲート展開のためにわざわざ往復してエノーへ戻ってこなくちゃいけないわけで――これも、動きとしては無駄に思える』

ロキエラのその推測には一定の説得力があった。

ただ、ヴィシス自身は動かずとも神徒だけをこっちへ寄こしてくるかもしれない。

あるいは三体の神徒をこちらとヨナトに分散させてくるか。

もちろん――全員がエノーにとどまっているパターンだって、ありうる。

そして、今挙げたすべての想定が外れており、あえて裏をかいてくるパターンだってなくはないわけで。

たとえば――全員でエノーを出て、直接こちらを潰しに来るパターン。

聖眼破壊直後のゲート展開――つまり〝勝ち逃げ〟など考えておらず、神徒を引き連れたヴィシスがこの戦場で、こちらとの雌雄を決するつもりなら。

残りうるのだ。

〝聖体軍で勇者たちを消耗させ、そこを狙って殺りにくる〟——そんな可能性が。

ない、と思っているからこそ——ありうる。

裏の裏をかく。

そう、俺たちが今必要なのは確証である。確証を持てる情報。

確証を得られると特に大きい情報は——

今、ヴィシスや神徒が王都にいる。

これだ。

今必要としているのは——その、確かな情報……。

逆にここを解決できれば、気兼ねなくこの局面で勇者を出せる。

ロキエラが言った。

「後続の聖体の波が途切れない……戦線に到達する敵の数が増えてきてるんだ。ヴィシスは……この戦場で、決めにくるのかな？　それとも……」

ロキエラも判別できていない。俺は、手袋を嵌め直した。

「……ま、ある程度は俺も打って出る。勇者にＭＰの温存をさせるなら——ＭＰ消費問題の影響が最も少ない俺が出るのがベターだろう。ひとまず、デカブツの処理は俺がやる」

ここで——ヴィシスや神徒が出てくるか否か。

一応、十河たちにも準備をさせておかないとな。

……ん？

「あの、トーカ殿」

セラスも気づいたらしい。それには、俺も気づいていた。

鴉(からす)が一羽、近づいてくる。

「まさかあれ……使い魔か？」

あの鳴き方は、使い魔だと示す合図の一つ。

鴉が俺の前の地面に舞い降りる。そして、羽を動かした。

モールス信号にも似た独特の動かし方。

間違いない。この鴉は、使い魔だ。

「エリカが復帰したか」

いつ使い魔が来てもいいように文字盤は常に近くに置いてある。

セラスが文字盤を持ってきて、地面に置いた。俺はメモを取る用意をする。

鴉が文字盤の上を移動し始めた。俺はそれを見ながら——

「………………」

「どうされました、トーカ殿？」

「この前の……魔防の戦城の西の砦(とりで)を襲った北方魔群帯の人面種(じんめんしゅ)ども……そいつらを俺たちで倒しに行った時、エリカの使い魔をロウムに預けたよな？　そして、その使い魔はロウムがあとでこっちまで持ってきてくれた」

「え？　ええ……」

「エリカがいつ使い魔の中に戻ってもすぐ気づけるように……あの鳥かごのそばには、今も人をつけてある。教えてある合図をあの使い魔がすれば、俺にすぐ報告が来るはずだ」

「あ……確かに」

「なのに今、なぜかエリカはあえてあっちの使い魔じゃない方を使っている……ってことか？」

何か、事情があるのかもしれないが。

……いや、ひょっとして――この鴉は、エリカの使い魔じゃない？

「悪い」

俺が声をかけると鴉は、ピタッと動きを止めた。

「エリカか？」

一拍あって鴉が文字盤で示したのは――

〝いいえ〟

鴉は文字盤の上をさらに移動する。

そして次に鴉が示したのは、この文字だった。

〝リズ〟

使い魔は便利だ。

しかしヴィシスはこれを用いない。否——用いることができない。

エリカ曰(いわ)く、

〝この大陸で今、使い魔を生み出すすべを識(し)るのは多分もうエリカだけ〟

失われた古代秘術。エリカはこの秘術に手を加えた。

条件を足したのである。それは以前、エリカから聞いていた。

その条件とは——ダークエルフであること。

ゆえにヴィシスは使い魔を用いることができない。神族も人間も使えない。

だが、もしダークエルフなら——エリカ・アナオロバエルから伝授されたなら。

第二の秘術使いが誕生する。

やや感極まった様子のセラスが、その使い手の名を呼んだ。

「——リズ」

こく、と挨拶するみたいに鴉が頷(うなず)く。

そして、鴉がちょこちょこ文字盤の上を動き回る。

〝申し訳ありません、ここに至るまでの経緯は省かせていただ——〟

使い魔の紡ぐ文字の流れを見ながら、俺は制止の声をかけた。

「リズ」

使い魔の動きが止まる。

「敬語も、極力省いてくれていい。謝罪関係も省いて問題ない——団長命令だ」

一瞬、使い魔が動きを止める。しかしすぐに頷き、動きを再開した。

ちなみに今の俺の蠅王装（はえおう）はリズの知らないものだろう。

が、声で俺だと確信を得たようだ。しゃべったあと、安心した様子が伝わってきた。

使い魔は動き以外でも、くちばしや羽先で文字を示していく。

〝エノーの情報は必要？　それ以外に早めに知りたい情報は？〟

「ああ、エノーの情報は必要だ。できればヴィシスや神徒ってヤツらが今王都にいるかを知りたい。わかるか？」

使い魔から返ってきたのは——イエス。

今、ヴィシスが王都にいるかどうか。この情報は定期的に得ておきたい。

前からエリカにはそう伝えてあった。

だから。

これが重要な情報だと、エリカからリズにも伝わっていたのだろう。

「さすが、あのクソ女神が煙たがっただけはある」

復讐対象が同じだから協力してくれているとはいえ……。
すべてが終わったら、エリカにもなんらかのお返しをしないとな。
あの皮袋からまた高い酒でも出てくれるといいが。
さて――この局面において、使い魔は実に重要な役割を果たす。
使い魔は〝切り替え〟ができる。
エノーにいる使い魔と、今ここにいる使い魔。
その二匹の使い魔の〝切り替え〟は、とてつもない大きなメリットをもたらす。
それは、距離によるタイムラグをほぼなくせることだ。
軍魔鳩だと、
〝確認した時にはいたが、確認直後にヴィシスらがエノーを発った〟
〝俺に情報が伝わる頃には、すでにエノーを発ってこの戦場近くまで来ていた〟
これが、起きうる。
たとえばヴィシスが例の魔導馬を使えばそれも起きうるだろう。
そう、軍魔鳩の場合はエノーからここまで空を移動しなくてはならない。
が、使い魔ならこの問題をほぼ解決できる。
使い魔だと〝ついさっき確認した〟が可能となるためだ。
……周りも固唾をのんで文字盤を覗き込んでいる。

皆、使い魔の〝答え〟を待つ。ここで得られた答えが――

〝わからない〟

〝姿が確認できない〟

こうならなかったのは、幸いだったと言える。

使い魔はこう答えた。

〝エノーの王城に、いる〟

念のため、リズに神徒の数と特徴を伝える。

神徒の実物を目にしたロキエラが肩にいるので照合できる。

ちゃんと、合致していた。

てことは――

「今、この戦場にはヴィシスも神徒もいない」

予想は、当たっていた。

ヴィシスたちは全員エノーの王城にいる。ヨナトへも向かっていない。

ロキエラが言った。

「ヴィシスは、籠城の構えを取ってるのか」

「つまり――」

「うん」

おそらく、とロキエラは独りごちるように言った。

「時間稼ぎが必要なんだ」

時間を稼ぐほど有利になる、ってことか。

あるいは、王城やその付近に何か籠城に有利な仕掛けがあるか。

俺は使い魔に向かって、

「本気で助かった、リズ。可能なら他の情報もいくつか確認したいんだが……負荷の方は大丈夫か？」

こくこく、と頷く鴉。

本来なら使い魔の〝切り替え〟の多用は避けるべきだ。意識を同調させたり剝がしたりはその時点で強い負荷を伴うと聞いた。無理をしてリズまで倒れたら大変である。

……ま、個人的に無理をさせたくないってのもあるが。

リズやニャキには妙に甘いと言われようと——あの二人に、無茶はさせたくない。

あいつらはいわば〝本当の自分を偽る必要なく、まっとうに育つ可能性を得た三森灯河〟でもある。

だから——守ってやらないといけない。強く、守りたいと思う。

これはきっと、本能みたいなものなのだろう。

「遠くにいてもこうして蠅王ノ戦団の古株が手伝ってくれるのはありがたいが、休む時は無理せずちゃんと休めよ？　いいな？」

錯覚かもしれないが――使い魔は、嬉(うれ)しそうに微笑(ほほえ)んだように見えた。

文字盤を羽で示し、答えが返ってくる。イエス、と。

「よし」

さて……

「ロキエラ」

「うん」

「神族関係のことはあんたの方が多くを知ってる。ヴィシスが籠城を選んでいる理由……それを考察しといてくれ。より確信を得るためにこの予想――予感を補強したい」

「わかった」

「こっちは――」

俺は顔の向きを戻し、セラスや狂美帝(きょうびてい)に言う。

「まず、この戦場の聖体軍を片付ける」

ヴィシスの目的は時間稼ぎ。

確証まではいかないが、この可能性がかなり高まった。

ならば――ここからはできるだけ早く先へ進むべきだ。

戦場の方へ目をやる。巨人めいた聖体が迫ってきていた。

まだそれなりに遠いが、すぐに前線へ到達するだろう。

もちろん想定外の事態は常に考慮すべきだ。

が、考えすぎて身動きが取れなくなるのもまずい。

様々な事態を想定はしつつ、臨機応変に動く。

基本はやはり、これしかない。

俺は聖騎士の一人に指示を出した。

「十河綾香に、伝令を」

狂美帝とやり取りし、他にも指示を出す。

さらに、リズから得るべき他の情報を得た。そして、

「あとあと十河と入れ替わりで俺も出る——動くぞ、俺たちも」

◇【十河綾香】◇

カチューシャを、付け直す。

割れてしまったサークレットの代わり。

三森灯河からの伝令——ニャキという少女が来た。ニャンタンと一緒に。

出陣の指示。

槍を、手にする。この青空の下で。

「十河さん」

声をかけてきたのは、周防カヤ子。

「行ってくるね、周防さん」

「あの——」

「みんなを、お願い」

周防カヤ子、室田絵里衣、二瓶幸孝。

この三名の率いる勇者グループはまだ待機状態。

今回は十河綾香単独での出撃となる。

〝クラスメイトが前線にいると安否が気がかりで動きが鈍る〟

灯河はおそらくそれを見越し、綾香単独での出撃とした。

「……任せて、十河さん」

「周防さん。改めて――」

「うん」

「あなたが私のグループに入ってくれて、本当に感謝してる。あなたにはずいぶんと助けられた。ありがとう」

「私、も」

カヤ子が胸の前で両手を組んだ。

そして、言葉に力を込める準備をするような溜めがあって――

「私は……十河さんだから、よかった」

少し、妙な言い回しな気もした。でも、気持ちは伝わってきた。

彼女は――周防カヤ子は。

自分を、とても大切に想ってくれている。

感情を鎮めるみたいに、カヤ子が息を吐く。

「今はこれが、精一杯」

ふふ、と微笑む綾香。

「大丈夫。それだけで今、私は百人力だから」

あれだけ、みんなに迷惑をかけて。

まだ自分はクラス委員だ――なんて。

そんな恥知らずなことは、言えないけれど。

「周防さん」

綾香は、こぶしを前へ突き出した。

「みんなで戻りましょう――私たちの、いるべき世界に」

かすかな照れを覗かせたのち、カヤ子もそっとこぶしを前に出す。

互いのこぶしの先が、こつ、と触れ合う。

カヤ子は珍しく口の端を緩め、

「……こういうの、どちらかというと男の子がするイメージがあった」

「そ、そう？」

「似合う」

「え？」

「男の子よりよっぽど十河さんは――素敵、だと思う」

綾香は馬で左翼方面へと向かった。

そして、乗馬して指揮を執るネーアの女王――カトレアのもとに辿り着いた。

「カトレアさん」

「来ましたわね、アヤカ・ソゴウ」

カトレアが前線のさらに向こうへ視線を飛ばす。大型聖体が、迫っていた。

「残念ながら、わたくしたち左翼の軍だけであの巨大聖体相手にどこまでやれるか、正直わかりません。倒せるにしても、こちらの損耗も激しくなりますし……他の中型以下の聖体へ割く戦力も大きく減じてしまいます。あれを貴方(あなた)に処理してもらえれば、とても助かりますわ」

「任せてください。あと、できれば聖体たちに指示を出しているアライオン貴族の捕――、……処理、ですね」

捕縛、と言いかけて綾香は言い直した。灯河からの指示を頭の中で反芻(はんすう)する。

〝殺すかどうかは、おまえに任せる〟

生かしたまま捕縛すれば情報を吐かせられる。

ただし、殺すことで聖体軍を大幅に弱体化できるなら殺した方がいい。

聖体軍を弱体化させられればこちらの被害を減らせる。

味方の死者を、減らせる。

委ねられた。命の天秤(てんびん)を。

「あの大型聖体はまだ遠いですし……少し、よろしいかしら?」

遠目に映る大型聖体を見据えながら、カトレアは続けた。

「アヤカ、この戦場では貴方の好きなようになさって」

「……私は」

多分、自分についての情報が伝わっている。

あの時——ニャンタンたちを追ってきたアライオン騎士団の男たち。

彼らの引き連れてきた聖体はすべて綾香が駆逐した。

……でも。

聖体をすべて失った彼らに——命乞いをされて。

自分はあの時……固有剣を握る手に、力を込めようとした。

すると——ニャンタンが騎士団の男たちの首もとをナイフで裂き、殺した。

自分はその様子を、見ているだけだった。

あの時は自分も……殺そうとしていた、と思う。

見逃した彼らがもしアライオンに情報を持ち帰った場合、再びクラスメイトたちに危機がもたらされるかもしれない。

だから——やるべきだ、と。そう覚悟を決めたつもりだった。でも、

『久しぶりに再会した勇者たちの前で、キミがわざわざ人を殺す姿を見せる必要はないでしょう』

ニャンタンはそう言って、気遣ってくれた。

けれどこの前の対ミラ戦で――自分はすでに、人を殺めている。

死者を最大限に減らす努力はした――つもりだ。

だけど、何人かはきっと命を落とした。間接的要因も含めて。

「先の対ミラ戦において貴方が無用な殺害を好まなかったのは、共に戦ったわたくしも当然知っていますわ」

カトレアはそう言って、綾香の横に馬をさらに近づけた。そして続けた。

「だからこそ、あの時敵だったミラ側の者たちも大した遺恨なく貴方と共に戦えているのでしょう。たとえば、いま中央の前線で戦っているオルド家の次期当主……貴方は彼も殺さずに捕縛した。そして今――戦線へ復帰した彼と同じ戦場に、こうして味方として立っている。彼は配下や兵たちから強い人望があるようです。もし殺していたら、到底こうはなっていませんわ」

言って、力づけるように微笑みかけるカトレア。

「よろしいこと？　昨日の敵は今日の友……これは、殺してしまえば実現しない言葉です」

「…………」

「もちろん無用な慈悲を持たぬ方が功を奏する場合もあります。しかし今の貴方に限れば……結果だけ見るなら、それなりに上々な戦い方だったのではなくて？」

「……でも、私は」

「聞けば貴方には、反省し、改善しようとする意思がある。自分を責める勇気がある。それこそ〝勇者〟の素質——わたくしは、そう思いますわ」

「勇、者……」

「この世に完璧な人間などいません。人は過ちを犯す。わたくしもです。大事なのはその過ちと、どう向き合うか。貴方は逃げずに向き合おうとした。ゆえに長い精神的苦痛を味わった。ですが恥じることはありません。貴方は——過ちから学ぶことのできる、勇ある者ということなのですから」

「……ありがとう、ございます」

ふふ、と。カトレアは長手袋に包まれた手を口もとに添え、楚々と微笑んだ。

「今の貴方は、自分で考え、自分の信念に従って戦えばよいのです。だっておそらく——トーカ・ミモリは貴方の考えや行動も、ある程度想定して全体図を描いているはずですもの」

……そうだ。

自分が壊れそうだった時、彼は聖を〝用意〟していた。

十河綾香に最も〝効く〟のが彼女だと想定して。

……自分がかけた迷惑を省みれば。

こんなことを言えた義理ではないのだろうけれど。

十河綾香は——私は。

彼が2‐Cにいたことを、感謝すべきなのだと思う。

「貴方はその生真面目そうなところが……少し、あの子に似ているから。つい、いらぬお節介を焼いてしまいましたわ。それと——ごめんなさい」

「え？」

視線を落とし気味に、カトレアは言った。

「対ミラ戦の時……貴方が何か抱えているのを感じ取りながら、わたくしは何もしませんでした。申し訳なかったと思います。ただ、あの時の貴方の状態は判断が難しかった上……なんだか触れるのが怖かった、というのもありました。いえ……この局面で下手なことを言って鬼気迫るこの戦意を挫いてしまうのは、混成軍にとって悪手になるのでは——そうも思ったのです。ええ、打算ですわ。そういう意味では、わたくしも過ちを犯したようなものです。だから、ごめんなさい」

「いえ……私こそ、あの時はおかしくなっていましたから……カトレアさんが責任を感じることなんて、ありません」

はぁ、とカトレアが天を仰ぐ。

「そう……こういうところが、似ているんですのよね……」

そしてカトレアは前線の方へと視線を戻し、

「まあ、これからは大丈夫ですわ。あの蠅王（はえおう）のてのひらの上で踊っていれば、少なくとも崖から足を踏み外すことはないでしょうから」

「……はい。私も、そう思います」

綾香は槍（やり）を握りしめ、

「では、そろそろ——」

前線に近づきつつある大型聖体を、見据える。

「行って、きます」

一度、下馬する。まだ綾香は固有銀馬（こゆうぎんば）に乗っていなかった。

ここから——MP消費を、開始。

恩返し。そして償い。

できるなら自分が駆逐したい。引き受けたい。

この戦場すべての聖体を。

今、そんな気分だった。

地を蹴り、十河綾香は駆け出す。

その〝先〟にはきっと、そんな色に輝く世界があると——そう信じて。

左翼前線も混戦に入っていた。

聖体相手なら大魔帝（たいまてい）軍と違い邪王素（じゃおうそ）による弱体化はない。

それもあってか、味方の動きはそう悪くない印象があった。

左翼軍は混成軍が主体となっている。

ポラリー公爵率いるアライオン軍もそこに編入されていた。

中にはあの魔防（まぼう）の白城（はくじょう）の激戦を経験した者も多い。

聖体を馬上から斬り捨てながら、ポラリー公のそばを固める騎士が声をかけた。

「公爵！　少しお下がりください！」

ポラリー公が槍で聖体の顔面を突き刺し、

「一体一体はそこまででもないが……敵の波が、途切れん……ッ」

絶え間なく、敵が押し寄せてきている。

味方の敷いた陣形は崩れつつあった。そして、崩れた〝穴〟へ聖体が詰めかけてくる。

その穴が少しずつ押し広げられ、陣形の内側で敵味方は揉（も）み合い気味になっていた。

槍で串刺しにされ、白い血液を地面にまき散らす聖体。その白い血はシュワシュワと音を立てて消えていく。それは、まるで蒸発しているみたいにも見えた。

　ポラリー公は頭上でグルンッと槍を回し、

「それに、あの中型ッ――」

　穂先の方向を変え、近くにいた聖体を貫く。

「あれらが厄介だッ！　しかも――」

　歯ぎしりするポラリー公。

「………ぐ、ぅッ」

　彼の瞳には、迫る大型聖体が映っていた。

　もはや、巨人と言って差し支えない大きさである。

「術式部隊と弩弓部隊に迎撃の準備をさせよ！　その周囲を固め、二つの部隊を守りながら――」

「公爵！　あれを！」

　騎士の一人が、こちらを指差した。

「あれは――、……ア、アヤカ殿か！」

　固有銀馬にて十河綾香が前線に迫る。

　彼女がまず目指すのは、兵たちが苦戦している中型聖体。

「アヤカ殿！　あっちの大型だけでなく、あの中型聖体にも気をつけなされい！　個体によって使う武器も違うようですぞ！　しかも、通常個体と比べてかなり戦闘能力が高い！」

綾香は通り抜けざま、

「情報をありがとうございます、ポラリーさんっ」

礼を言い、軽く槍を手元から浮かせた。

そして軽快な音を立て、その槍を再び握り直し——

ブンッ！

力強く、投擲（とうてき）する。

唸（うな）りを上げて迫る槍。それに気づいた中型聖体が、飛来する槍を戦斧（せんぷ）で打ち払う。

今の投擲は——周囲の味方への攻撃を一時的に止めさせるためのもの。

頭上の中空に出現させた【武装戦陣（シルバーワールド）】の銀球。

膨張するように、それが巨大化していく。

次の瞬間、銀球が弾（はじ）けた。

綾香は己の周囲に浮遊武器を生成。

さらに固有騎士——銀騎士たちが空から降ってくる。

突出して先頭を行く浮遊武器を従えた十河綾香。

その数２００はいるであろう剣を構えた銀騎士たちがそれに続く。

手前のアライオン兵を吹き飛ばし、中型聖体が綾香の方へと的を絞った。

構えを取りながらこちらへ駆けてくる中型聖体。

が、綾香は一切スピードを緩めない。その手には――銀の固有剣。

他の聖体が味方の壁を抜けて押し寄せるも、綾香はそれらを一切寄せつけない。

もはや通常の聖体は障害物にもならない。

蹄(ひづめ)が力強く地を蹴り上げるたび、硬い泥が跳ね上がる。

綾香に気づき通り道をあける味方たち。

聖体たちは、範囲内の浮遊武器に蹴散らされていく。

スゥッ――と、軽く息を吸う。

射程距離に、入った。固有剣の切っ先を中型聖体へ向ける。

猛然と襲いかかる浮遊武器たち。必死に斬り払おうとする中型聖体。

が、多勢に無勢。数の暴力。中型聖体はなすすべなく――

ぐ、ち、ゃ、ぐ、ち、ゃ、ぐちゃぐちゃに切り裂かれていく。

綾香はそのまま、浮遊武器を射程内の他の聖体へ放つ。やや遅れて銀騎士たちも追いついてくる。苦戦している味方への加勢を優先し、銀騎士たちが聖体たちを斬り伏せていく。

「――次」

綾香は次の目標を、大型聖体に定めた。

大型聖体が迫ってきている辺りは味方が後退している。

敵の身長は、30メートルくらいあるだろうか。

問題ない。

固有銀馬を走らせる。じりじりと後退する味方とは、逆へ——

一点も曇りなく、決然と大型聖体に迫る銀の勇者。

歓声が上がった。

「アヤカ殿だ！　アヤカ殿が来てくださったぞ！」「勇者様！」「小型の聖体どもにアヤカ殿の邪魔をさせるな！」「よぉし！　おまえたち、我らも行くぞ！」

守る。守るんだ——あの人たちを。

ダァンッ！

ひと際、力強い硬音。

固有銀馬が後ろ足で地を蹴り——跳んだ。大型聖体、目がけて。

迫る敵を打ち墜とさんと、大型聖体が巨大なフレイルを振るう。

——ブンッ！——

綾香の固有剣が巨大化した。

そして襲い来るフレイルごと、大型聖体を斜めに——

一刀、両断。

さらに綾香は馬の身体を蹴り、宙へ飛び上がった。

そこから唐竹割りの要領で、聖体の頭上から縦の一閃を見舞う。

振り抜いたのち、股下まで裂かれた聖体の眼窩から翼が飛び出した。

四つのパーツに分かたれた大型聖体が盛大な音を上げ、倒れ伏す。

ズズゥン……ッ！

やがて大型聖体は煙を上げながら、溶解を始める。

数秒の間があったあと、わぁぁあああ、と大歓声が上がった。

「さすがアヤカ殿！」「そりゃあ当然だ！　あの人は、人面種すら余裕で倒せるお人なんだからな！」「勝てる……あの人がいれば勝てるぞ！　どんな敵が来たって勝てるさ！」

「しかも、可愛いしな！」

そこかしこで称賛の声が上がる。

綾香はその声を背に聞きながら、移動を始めた。

若干の後ろめたさと——面映ゆさ。

三森灯河と桐原拓斗の戦いを止めに行って以降。

あれからここまで立ち直るまでの自分を思い返せば——

自分は、あんな風に褒められるような人間ではない。

（でも——）

その時、綾香の思考は中断された。

疾走する中、目的の〝それ〟と思われるものを目にとめたからだ。

「――見つけた」

聖体が厚く密集している一帯があった。守りを固めて円を成している。

あの中心部におそらく――聖体に指示を出す〝人間〟がいる。

円の中心の方から焦りの声が上がった。

「や、やはりアヤカ・ソゴウかッ！　ぐぅぅ……ええい、聖体ども！　妾たちを守れ！

時間を稼ぐのです！　皆の者、撤退です！」

密集してくる聖体を難なく蹴散らしていく綾香。

貴族風の鎧を着た者たちが半馬聖体に乗っているのが目視できた。

おそらく彼らが聖体に指示を出している――女神側についたアライオンの貴族たち。

綾香は馬のスピードを上げ、接近する。

こちらを振り向いた最も位の高そうな女貴族が、恐慌状態に陥った。

「ぎゃぁあああ来たぁああ！　バケモノぉおお――――ッツ！　ぐ、ごっ!?」

綾香は一顧だにせず、鈍器化させた浮遊武器をその女貴族にぶつけた。

周りにいた他の護衛騎士たちにも浮遊武器をぶつけていく。

半馬聖体はすべて殺した。

人間の方は全員落馬し気絶している――と、思う。

（確か……女神さ――ヴィシスはエノーにいて、この距離だと細かな指示は出せない。だから、女神についた指揮官役の貴族や何やらを送り込んできている――だった、かしら）

この指揮官役を潰していけば聖体の統率を乱せる。弱体化できる。

しかし当然、指揮官役は分厚い聖体の壁に守られている。

これを優先的に潰していくのが――自分の役目。

綾香は気絶状態にした指揮官役の女を担ぎ上げた。

他の護衛騎士たちは銀騎士に担がせる。

そうして一度、後方へ戻った。

「情報を引き出すのに使えるかもしれません。お願いします」

後方の味方にそう言って女と護衛騎士を預け、前線へ戻る。

再び浮遊武器と銀騎士を引き連れ、戦場を駆ける。

やっぱり――人間相手の方が、大変だ。

巨大聖体が見えた。

どうやって用意したのだろうか。フルプレートの鎧を着ている。

あの鎧のせいか、味方の攻撃術式や矢がほとんど効いていない。

しかも巨大聖体は人の頭部ほどのサイズの鉄球を、散弾のように投擲していた。

浮遊武器を盾に変化させ、可能な限り鉄球から味方を守る。

同時に綾香は手もとの武器をモーニングスターに変形させた。

固有銀馬（こゆうぎんば）の速度を上げる。そして、鎖の先のトゲのついた球体を振り回す。

ブンッ……ブンッ、ブンッ、ブンッ――

遠心力で、勢いをつけていく。

全身鎧の巨人が綾香に気づき、鉄球を五月雨のごとく投擲してきた。

すべて――浮遊武器で弾く。

「！」

全身鎧の巨人が、驚きに似た反応を示した。

――ヒュッ――

風切り音の直後、モーニングスターの鎖から先が巨大化した。

全身鎧の巨人に対抗できるサイズとなった鉄球部分が、破裂的な金属音と共に――

巨大聖体を鎧ごと、爆散させる。

聖体の死を告げる翼と白い雨が降り注いだ。綾香はその下を駆け抜ける。

自分は指揮官役の人間と大型聖体を狙う。その過程で、手強（てごわ）い中型も倒す。

銀騎士は劣勢な味方に加勢させる。

味方を守りながら、味方の脅威となる敵を倒す。

これが今、この戦場において自分がやるべきこと。

後方で、再び味方の歓声が強まった。

「我々も負けてはいられないぞ！　勇者アヤカに、続けぇええ！」

「おぉぉおおおおおお――――ッ！」

……私の力が、誰かの役に立つ。誰かを救える。

誰かを元気づけることができる。あんな風に。

――まだ、勇者としてこの世界に来たばかりの頃だったと思う。

勇者とは、なんだろう？

そんな疑問を抱いた。

なんだか〝勇者〟という響きが、嫌だった。

〝今では苦手な響きの言葉だ〟

〝まるで勇気を持つのを、強制されているようで〟

〝勇者〟

〝逃げ道を塞ぐ魔法の呼び名〟

確かそんな風に思っていた。

でも、今は違う。

『自分を責める勇気がある。それこそ〝勇者〟の素質』

カトレアさんは、そう言っていたけれど。

いや……自分の本質は多分、そっちなのだと思う。
だけど――今は、せめて。
みんなの望む〝勇者〟でありたい。
ありたいと思う。
この戦いが、終わるまでは。

□

――勇者とは、なんだろう？――

それは案外、単純で。
実はとてもシンプルな答えが、正解なのではないか。
そう、本来の勇者とはきっと――
〝誰かに勇気を、与える者〟

◇【三森灯河】◇

左翼の戦況は十河綾香の投入によって一変した。

正直、想定以上だった。

思い返すと、俺は十河の〝戦争〟をまともに目にしていない。

桐原との戦いのあとにセラスとの一対一の攻防を少し目撃したくらいだ。

当然、十河がスキルで何をできるかは把握しているが――

「アヤカ殿は左翼から中央へ移動しているようです！」

伝令からの報告。今のはつまり、

〝左翼で十河綾香が今やるべきことは、おおよそ片付いた〟

こう、受け取っていいのか。

報告によると左翼方面の聖体軍は相当崩れている。

数を減らしたのもあるが、指揮系統をあらかた潰せたのも大きい。

俺の指示を十河は忠実に実行している。

「すごいね……さすがは、最高等級の勇者」

ロキエラも感嘆を伴って、そう述べた。

最高等級――S級。

考えてみれば、S級は三人とも最上位にふさわしい能力を持っている。
万能型の高雄聖は純粋な戦闘能力だと他の二人にはやや劣る印象がある。
が、その一方で応用の幅は他二人と比べて格段に広い印象だ。
桐原拓斗。
辿り着いた先は、やはり最上位に分類していいだろう。
自在に操れる高質量の攻撃エネルギー。さらにそれを自らへの加速移動にも使える。
また、自分の周囲を守る自律防御に等しい小型の金波龍も出せる。
極めつけは――金眼を隷属させる力。
あの人面種すらその支配下に置くのを可能とした能力。
あの力で桐原拓斗は金眼の軍勢を作り出した。
たとえばもし――使用者が違っていれば。
まったく違った戦いが、この世界で繰り広げられていたのかもしれない。
そして、十河綾香。
他二人と比べると、十河は完全な戦闘特化と言っていい。
そもそも十河はS級以前に本人自身の戦闘資質がケタ違いだった。
原理はよくわからないが〝極弦〟とかいう強化技も持ち合わせている。
どうも異世界とは無関係に、元の世界にいた頃から知っていた技らしい。

祖母から古武術を習っていた――だったか。
十河綾香だけが。やはり元から何か、違っている。
事実、あいつは一人で戦況に大きな影響を及ぼしている。
対ミラ戦でも――今も。
一対一の戦闘能力はいわずもがな。同じ戦場にいても、恐ろしいと感じる部分はある。
つまり――逸している。常軌を。
「…………」
左翼側にいた巨大聖体は次々と十河に倒されたようだ。
指揮官役の人間も続々と捕縛され、捕虜として後方へ送り込まれた。
展開された十河の銀の軍勢は、聖体の領域を確実に削り取っていった。
それらは今も、現在進行形で行われている。
あれで今はMPの〝持ち〟もいいというのだから――
もはや、隙がない。
……伝聞から想像はしてたつもりだったが。まさか、
「ここまでとはな」
「トーカ殿、いつでも行けます」
セラスの声。肩越しにそちらを見る。

セラスの後ろには出陣を控えたネーアの聖騎士たち。

スレイに騎乗している俺は、右翼方面へと馬首を巡らせた。

十河の戦果を見て、俺も動ける状態になった——そう判断した。

ロキエラは一旦この場に預けておく。今は連れて行く必要はない。

俺は狂美帝（きょうびてい）に、

「あとはお願いいたします、陛下」

「ああ、気兼ねなく行ってくるとよい」

全体の指揮は元から狂美帝の役目。元々、俺たちは遊撃隊のポジション。

蠅王（はえおう）面に手を添え、軽く位置を整える——

「行くぞ」


右翼の前線目指し、駆ける。

やはりスレイが突出して速い。セラスたちは置き去り気味になっていた。

が、それは折り込み済み。あとで追いつくよう事前に言ってある。

報告によれば右翼だけ巨大聖体の到達が遅れている。

十河を先に左翼へ回したのはそれもあった。

しかし――いよいよ右翼にも、巨大聖体が到達しつつある。

最前線の乱戦へ飛び込んだあと、

「貴殿か、蝿王」

俺に声をかけてきたのは、ケルベロスのロア。

「あんたも魔物部隊も、奮戦してるな」

「わたしたちも、がんばっているである」

飛びかかってきた聖体にロアが炎を吐き、焼き殺す。

ちなみに、炎を吐いたのは右の頭部だった。

「だが、わたしたちでは……あれの相手は手こずるであろう」

ロアが視線をやった先――巨大聖体。

ポンッ、と俺はロアの身体に手を置く。

「任せろ」

再びスレイを走らせる。

俺の前方の聖体たちがスレイに吹き飛ばされていく。

上限数を意識しつつ、通り道の聖体に状態異常スキルを散らしていく。

これが後続のセラスたちへの道しるべにもなる。

それから――俺は、長剣を手にしていた。

ピギ丸が形成した武器。スライムウェポン、とでも言おうか。

ピギ丸の第三強化で可能となった芸当である。

俺は駆け抜けるついでにその剣で聖体を斬り伏せ、その首を刈り取っていく。

「にしても、ピギ丸」

「ピギ？」

「この剣、別に色までつけなくても大丈夫だったぞ？」

「プニ！　ピニニ！」

〝ででも、その方がかっこいいよ！〟……だそうだ。

俺は微笑み、フン、と鼻を鳴らす。

「おまえにそう言われてみると、まあ——そうかもな」

両刃の長剣。刃は黒く、その剣身の中心面を通る溝には深紅の色が引かれている。

先端は軽く曲線を描き、シミターのようでもある。

また、刃の片側は尖った山と谷を形成していた。まあ、いわゆるギザギザである。

が、ノコギリのような細かいギザギザではない。

攻撃的な印象のソードブレイカー、とでも言えばいいだろうか。

なんにせよ、凶悪なフォルムなのは確かである。

こうなったのは……やはりピギ丸のセンス、としか言えない。

ピギ丸は以前、いくつかの武器が描かれた書物を閲覧していた。

その上で〝格好に合うと思った形にしたよ！〟とのこと。

……ま、形や色はピギ丸に任せたからな。

それに――結果として、この最終蠅王装にはぴったりな気もする。

刃を振り、流れるように白い命を刈り取っていく。

強度も切れ味も、十分。

多分ステータス補正のおかげもあるだろうが、重量も切れ味に対し驚くほど軽い。

セラスやイヴから習った剣の使い方も役に立っている。

刃に付着した聖体の血がシュワシュワ音を立て、消えていく。

視線を上げる。

影が。上空から覆うように、俺を包む。

急に日陰に入った――そんな感じだった。

背中に陽(ひ)の光を受けた巨人が、視線の先にいる。

……、――よお。

手を斜め上方へ突き出し、巨人へ向ける。

「――【パラライズ(麻痺性付与)】――」

振り上げた巨剣を振りおろそうとした巨大聖体。

そいつが、振りおろす直前の姿勢で固まった。

——よし。

一瞬【女神の解呪(ディスペルバブル)】の付与のことが頭をよぎったが。

今回の聖体どもにも、問題なく状態異常スキルは効く。

通り過ぎざまに【バーサク(暴性付与)】を放つ。

爆(は)ぜる——巨大聖体。

落下したそいつの巨剣が、そばにいた聖体たちを押し潰す。

前方の聖体を蹴散らし、駆けるスレイ。

俺は馬上で刃を斜め下に構え直し、別の巨大聖体に目標を定めた。

移動線上の聖体を——殺しながら。

「——次」

巨大聖体に的を絞り、殺していく。やがてセラスたちが追いつき、合流した。

「ルダの隊は囲まれつつあるあちらの援護を！　私の隊はこのままトーカ殿の後続として援護に回ります！　ドロシー、残りの隊の振り分けは任せていいですね!?」

剣を掲げて指示を飛ばすセラス。ルダと呼ばれた大柄な女聖騎士は微笑み、

「ふふ……マキア様の団長姿が馴染(なじ)んできた我々ネーア聖騎士団ではありますが、やはりセラス様に率いられると……より気持ちが、高まります」

彼女の名はエスメラルダ。ルダというのは愛称だそうだ。

聖騎士団でも古株の一人で、セラスとも長いつき合いだと聞いている。

「そうねー、懐かしいわ」

そこに、ドロシーと呼ばれた女聖騎士が続いた。

こちらも聖騎士団では古い中核メンバーの一人だという。

ルダと似た関係性の人物とのことだ。なかなかの食わせ者とも聞いている。

聖騎士団の動きは迅速で乱れがない。

セラスは過去に最果ての国のヤツらを指揮したことがある。

が、明らかに指揮を受ける側の動きが違う。戦場にあって浮き足だったところもない。

可能なら人間の指揮役に狙いを定め、スムーズに処理している。

冷静で——広く、戦場が視えている。

劣勢な味方のかたまりがあれば、そこへも的確に戦力を投入している。

彼女たちは武力面においても不足はなかった。

少なくとも——この戦場にあって、不足という言葉が不適当に思えるほどには。

「トーカ殿！」

俺を見て、セラスが声を上げる。

「あなたは他を気にせず大型に集中してください！　手強そうな中型聖体は、すべてこちらで引き受けます！」

精式霊装を纏ったセラスが早速、中型聖体を仕留めながら言った。

「移動もどうか気にせず、ご自由に！　こちらで見つけて追いつきます！」

俺は状態異常スキルを蒔きつつ、手の動きで応えた。

セラスは手強そうな中型聖体を難なく始末している。

起源霊装はまだ使っていない。

十分なのだ。精式霊装で。

この戦場におけるセラスの戦いはまるで――そう、少し先の未来でも視えているかのような、そんな危なげなさがあった。

味方側で、唯一あの十河綾香と正面から一対一で戦り合えるであろう戦力。

まったく――心強い。

次の目標目がけ、俺はスレイを走らせた。

状態異常スキルを放ち、蠅色の凶剣を振り――女神の下僕たちを、刈り取っていく。

〝トーカ殿〟

この戦場――進軍では、セラスにはあえて〝その名〟を呼ぶよう指示してある。

少し前から狂美帝や他の者にも、俺の名は隠さず呼ばせている。

クソ女神。

もし、おまえがこの戦場から情報を得る手段を持っているのなら。

それは、それでいい。

〝蠅王はトーカ・ミモリである〟

それで、いい。

今さら何をわかりきったことを――これは、そう思われて当然の情報。

が、この情報も保険――布石の一つになりうる。

この目立つ最終蠅王装も。

この姿でスキルを放っているのも、その一環。

敵の指揮官役の人間も一部を〝あえて見逃す〟よう指示を出してある。

可能なら〝俺〟の情報を持ち帰ってもらうためだ。

これもやはり、今後への布石の一つ。

活きるかは未知数。それでも、蒔ける種は蒔いておく。

いつ、どこで芽吹くかわからないのだから。

……今いるこの戦場だけの話ではない。

ああ、そうだ……ヴィシス。

予防線も含め――

すでに情報戦は、始まっているということだ。

敵の波はほぼ絶え間なく、約三日間に亙って押し寄せ続けた。
結果から言えば、この三日間の戦いはこちらの勝利で終わった。
なんというか——とにかく、十河綾香だったと言える。そう言っていい。
十河はまだ交戦域に到達していない後続の聖体軍にも、単独で突撃した。
が、無茶な単騎突撃でもなかったそうだ。
後方の味方の動きを確認した上での〝先制攻撃〟だったとのこと。
大型聖体、中型聖体、そして指揮官役のヴィシス側の人間たち。
十河は移動先で常にこの三つを優先し、叩き潰していった。
さらに劣勢にある味方の〝穴〟を銀騎士で埋めていく……。
これらの十河の働きにより味方は純粋な〝多対多〟の戦いに集中できた。
俺も、ほぼ同じ動きを右翼側でしていた。
が、十河ほどの広範囲な戦果はもちろん出せていない。というか——
最後の方には、十河は俺たちのいる右翼方面にまで到達しつつあった。
特筆すべきは十河綾香の戦闘継続能力だろう。
レベルアップによって今はＭＰ消費も格段に抑えられているという。

ただし今回、この戦いは三日に亘った。

兵たちも後方の待機軍と入れ替わりながらの戦闘となった。

いくら十河綾香といえど、三日ぶっ続けでの戦闘継続はさすがに厳しい。

俺は一時的に十河を下げさせ【スリープ】で睡眠を取らせた。

この戦いでは経験値取得によるレベルアップができない。

睡眠は現状唯一のＭＰ回復手段。そして【スリープ】は〝気が昂ぶって眠れない〟みたいな状態でも問答無用で眠らせられる。たとえばそれは、不眠症であろうと眠らせられる。

〝明日大事な用事があるのに、なんだか目が冴えて眠れない〟

こんな時でもしっかり深い睡眠が取れるわけだ。導入剤や睡眠薬もいらない。

……人によっては、元の世界でこそ重宝しそうな気もするな。


――さて。


十河が眠っている間は、主に俺が大型聖体を引き受けた。

周りの中型と小型はセラスと聖騎士団に受け持ってもらった。

戦果は及ばずとも、戦闘の継続力では俺も引けを取らない自信がある。

なんせ【パラライズ】＋【バーサク】のコンボの消費ＭＰはたったの20。

俺のＭＰ量に対し雀の涙ほどの消費でしかない。

それに、もちろん大勝の要素は俺だけではなかった。

三日に亘り戦いを継続できたのは単純に味方の質も大きい。

また、三日目には遅れていた最果ての国勢も追いついた。

追いついたラミア騎士のアーミアたちも、すぐに戦列へ加わった。

三日目ともなるとさすがに兵たちにも疲労の色が見えてくる。

そういう意味でも、ここでの援軍はありがたかったと言える。

十河は短時間の睡眠を取りつつ、時に俺たちと交代で前線へ戻った。

結局、高雄（たかお）姉妹は投入せずに済んだ。

実は二日目の昼頃、姉妹から〝出る〟と申し出があった。

しかし俺は〝こっちが劣勢に見えればな〟と返した。

出る出ないの判断は姉妹側に任せてあったが、それは〝必要なら〟という条件付きでの話である。俺がそう説明すると姉妹は素直に引き下がってくれた。

その辺りの物分かりのよさは、さすが高雄聖（ひじり）と言える。

ともかく――この初戦は、女神討伐同盟の勝利で終わった。そう言える結果だった。

聖体軍を壊滅させたあと、黒竜とハーピーを偵察に出してみた。

俺たちの行く先に敵の姿は確認できず――少なくともアライオンの国境線までは、それらしき敵影は確認できなかった。

三日目の戦いが終わり——日が、傾いていた。

溶解してゆく聖体が散乱する大街道と、その周囲の平原。

まだ溶けきっていない聖体の残骸を、夕日が橙色に染め上げていた。

「三日三晩ほぼ絶え間なく攻めてきたが……戦力の逐次投入、って感じでもなかったのかもな」

俺の言葉に、肩の上のロキエラが応える。

「ヴィシスは強めな大型や中型を投じつつ、数の暴力で押し潰す算段だったのかもね。殺意の高い数と質だったと思う。けど、まとめてぶつけた形にしたのは悪手だったかもねぇ」

「十河か」

「うん。正直ヴィシスがアヤカの存在を想定してたとしても、この規模の戦いを単独であそこまでどうにかできるとは思ってなかったんじゃないかな？　もっとボクら側の被害を大きく出せると踏んでたと思う……このまま進むかどうか迷わせる程度には、ね。ま、こっちはアヤカ以外の戦力も十分な質があったけどさ——ほら、特にキミとか」

「十河ほどの活躍はしてないけどな」

「ふふーん、何をおっしゃいますか蝿王さん？　アヤカが引っ込んでる間、疲労感一つ見せず戦場を駆けずり回ってたのがキミなのは、けっこう色んな人が知ってると思うけどね？　キミには、この広い戦場で全体の流れを潤滑にした功績がある」

フン、と俺は鼻を鳴らした。

「まあな」

「うむうむ、そこで謙遜しないとこがロキエラちゃんにとってはなかなかの好感触だよ。やりおるじゃないか、ヒトよ」

「……女神ってのは、変なのが多いんだな」

「あー！　キミ今、ヴィシスとボクをひと括りにしたでしょー!?　ひどーい！」

「ピギ」

「おわぁぁあ!?　ピギ丸ちゃんが急に出てくるとボクびっくりするんだよぉ！　きゅ、急に出てこないでよー!?　はー、びっくらこいたぁ……」

「ピギ丸とは、仲よくやってるみたいだな」

「そりゃあヴィシスよりはね！」

「ピギッ♪」

閑話休題。

ロキエラはそこでふと何か思い出したように、

「そういえば……空を飛ぶ聖体はいなかったな。飛行能力の付与は対神族用の方に全振りしたのかも？　うーん……大量生産はできないってことだろうな、多分」

つまり、リソースを割いた聖体をこっちに寄越していない……ってことか？

「今回戦った聖体は、主力級じゃなかった線もありうるのか」

リズによると、現在もヴィシスと神徒は王都にいる。

肩に座るロキエラが左右の足を交互にパタパタ動かし、

「――とも言えるけど、ヴィシスが生成に最も労力を割いたのは対神族特化の聖体で間違いない。つまり、キミたち用じゃないんだ。だから前も言ったように、神族ではないキミら相手だと主力の対神族聖体は本来の力を発揮できない。要するに……」

後頭部に両腕を回して上体を後ろへ傾け、空を眺めるロキエラ。

「対神族以外の聖体は、ヴィシス的には〝残りカス〟みたいなものなんじゃないかな？」

「余り物を、まとめてぶつけてきたと？」

では、もし……この大陸に住む者たちを殲滅するための聖体に、生成リソースを全振りしていたら。こんなもんじゃ済まなかった――そんな可能性も、あったわけか。

バネみたいな動きで上体の傾きを戻し、ロキエラが息をついた。

「ま、残りカスとはいえ……これ以上の戦力を向こうがまだ温存してる可能性は全然ある。この先さらにきつい聖体軍との戦いが待ってるかも」

生け捕りにした貴族連中への尋問はすでに行っている。

が、今回の戦い以外の戦力についてはは大した情報を持っていなかった。

ヴィシスや神徒についても、有力情報を得られたとは言い難い。

尋問は嘘(うそ)判定を利用したので信頼性はある。

——向こうの戦力の全貌は現時点ではまだ不明、か。

「連日この勢いと戦力で来られると……さすがに、まずいかもな」

しかし、ロキエラはこれに否定的な顔をした。

「どうだろう……他に戦力を温存していたとして……聖体軍の本命は、ボクとしてはやっぱりあっちな気がするんだよなぁ……」

「…………」

リズの使い魔が最初に到着した時のことである。

十河(そごう)の出陣指示を出したあと、俺はしばらくその場に残っていた。

それは〝ある情報〟をリズから得られるか確認するためだった。

結果、その情報は得られた。

「聖体の大軍がアライオンの王都から北へ向かっている、か」

そう、こちらとは逆の方向……つまり——

「十中八九、聖眼(せいがん)があるヨナトの王都に向かってる」

夕暮れ時の空を見上げる。

数日前、ゲートを破壊したレーザーが奔(はし)った空。

「ここはロキエラ、あんたの読み通りだったな」

やはりロキエラが前に話していた通りになった。

これで推測は——確信へと変わった。

俺たち側の戦いと同時に、ヴィシスは別の聖体軍をヨナトへ向けて動かしていた。

「聖眼の機能停止……つまり破壊を達成した時点で、やっぱりヴィシスはすぐにやるつもりなんだと思う——もう一度、ゲートの展開を」

「そして……対神族聖体や神徒と共に改めて天界へ殴り込む、と」

「ボクができたように、聖眼が機能してるかは神器で確認できるからね」

となると——可能な範囲でだが、やはり俺たちも急がねばならない。

深刻な顔つきでロキエラが続ける。

「あの使い魔ちゃんから得た情報と照らし合わせると、大型や中型の数もヨナト方面の方が多い印象がある。つまり〝残りカス〟の中にも、本命の戦力とそうじゃないのがいるのかも。で、こっちには本命じゃない方が送られた——そういう見方はできる」

「……アライオンからヨナトまでは幸いけっこうな距離がある。ヨナト方面の聖体軍はアライオン北部とその先の広大なマグナル領を横断しなくちゃならない。仮に魔群帯を突っ切るにしても、どのみち両国の距離を考えればかなりの日数がかかるはずだ。地形的な点でも、魔群帯は大軍の移動には向かないだろうしな」

リズから受けた報告。

ヨナト方面に向かった聖体軍の位置――そして、移動速度。

これらを鑑みれば、日数的な猶予はまだ十分あるはず。

「ヨナトの方には、一応あの狂美帝っていう皇帝くんの国から援軍が出てるんだよね？」

「ああ、あいつの兄貴が帝都防衛用のミラ兵を率いてヨナトへ向かってるはずだ。敵の移動速度にもよるが、距離の差を考えればおそらくは間に合う」

上手く運べば白狼王――マグナルも味方につけられる。

剣虎団も。

使える戦力は、できる限り集約すべきだ。

「とりあえず心当たりには援軍を頼んである。問題はヨナト……ヨナトの女王ってのが、あのスマホの証拠でちゃんと女神を敵と認識してくれるかどうかだが……」

そう、そこにかかっている。

俺たちがこの先、アライオンの王都までの道のりで予想以上に手こずった場合。

ヨナトの王都にいるヤツらに聖眼を守ってもらわなくてはならない。

つまり――ヨナト側の連中に時間稼ぎをしてもらう必要が出てくる。

聖眼が破壊された瞬間ヴィシスは再びゲートを開き、対神族聖体を天界に送り込む。

さらに言えば――俺たちをあえて始末しない場合、そのまま神徒を引き連れてヴィシスも天界へ逃げるかもしれない。

まあ、ヴィシスからしたら〝勝ち逃げ〟ってことになるのだろう。

しかし——聖眼が破壊されない以上、逆にヴィシスは身動きが取れない。

今もって籠城の構えを取っているのがその証拠に思える。

現在のヴィシスにとってはおそらくそれが最適解なのだ。

籠城し、聖眼破壊までの時間を稼ぐことが。

ロキエラによればゲートは同じ場所——アライオンの王都エノーでしか展開できない。

また、ヴィシスはエノーを空にもできない。

送り込む前に肝心の対神族聖体を俺たちに破壊されては困るからだ。

ゆえに、聖眼がまだ破壊されていない状況でエノーに到達したら——ヴィシスは駆逐しなくてはならない。

西から来た、俺たちを。

◇【ヨナトの女王】◇

ヨナトの女王――アルマ・セントノキア。
彼女はヴィシスから届いた伝書を手にしていた。
伝書には聖眼の機能を停止させるようにとの指示が記してあった。
理由は〝この世界を守るため〟とのこと。
少し前、聖眼がアライオンの方角へ聖撃(せいげき)を放った。
あれが関係しているのだろうか？
アルマは混乱した。聖眼はいわばこの国の守り神である。
起動後、その機能を一度として停止させたことはない。
何が起きているのだ？
あの女神を心から信用しているかと問われれば――否である。
が、女神の力なくしては根源なる邪悪に対抗できないのもまた事実。
心酔こそしないが神聖連合(しんせいれんごう)による協調はやぶさかではなかった。
ヨナトへの女神の干渉も他国と比べれば薄い。
理由は不明だが、この国への干渉は少ない印象が強かった。
守り神である聖眼のおかげかもしれない。そう思っていた。だからアライオン一強の中にあっても、ヨナトはそれなりの自由と平和を享受できている——そう、思っていた。
けれどある日、迷うアルマのところへミラから軍魔鳩（ぐんまきゅう）が来た。
この軍魔鳩の到来によって状況は一変した。
ミラの軍魔鳩が運んできた〝スマートフォン〟という古代魔導具。
それによって確認された女神の音声記録。
長方形の小さなガラス（?）の中で動き、悦に入った様子で語る女神。
礼儀作法に欠けた態度や言動がたまにあるくらいなら、ともかく——
（まさか、この大陸に住む者たちを滅ぼそうとしているなんて……そんなもの——）
ただの、邪神ではないか。
先（せん）だっての狂美帝の反乱。
あれは正気を失ったゆえの行動ではなかったらしい。
今やネーアやバクオスの黒竜騎士団も狂美帝側についたそうだ。
さらにはアライオン軍の一部と、あのウルザさえも反女神側に回ったとか。
極めつけには、あの蠅王（はえおう）ノ戦団も味方しているという。
（まさか……異界の勇者たちも？）
ふと、アルマの脳裏に蘇（よみがえ）った記憶。
苦い思い出——というより、苦手な相手。

（あの不気味な少女……アサギ・イクサバも、反女神側に……？）

いや——あまり考えたくない。あの少女のことは。

思考を切り替え、アルマはミラ側からの伝書を再確認する。

真実を知ったマグナルの白狼王も反女神側についた。

白狼王は自国の各所へ軍魔鳩を飛ばしたという。

聖眼防衛のため、マグナルの戦力を結集するために。

ルハイト・ミラも帝都防衛用の軍隊を引き連れてこちらへ向かっている。

道中でミラ北部に残っていた戦力の大半も束ねてくるそうだ。

伝書によるとその軍にはあの剣虎団も同行している。彼らとは先の大侵攻においてこのヨナトの地で共に戦った。味方としては実に心強い者たちだ。

そして——そこに、最果ての国という亜人の国の戦力が加わるとか。

ゼクトと名乗るその国の王から申し出があったとのことだが……。

（……本当に、破壊しにくるの？　ヴィシスの軍勢が？　この王都アッジズへ……聖眼を破壊しに？）

聖眼はアルマにとっていわば〝自分〟そのものと言っていい。

つまり自己と同一の存在に等しい。

ゆえに聖眼の破壊——停止は、自分の心臓が止まるにも等しいのである。

「…………」

先の大侵攻でヨナトは決して小さくない被害を受けた。

防衛力の回復を急ぎ図っていたものの、万全ではない。

今はあの四恭聖（しきょうせい）もヨナトにはいない。

聖女のキュリアは奇跡的に回復傾向にあるが、果たして戦えるかどうか。

目眩（めまい）がしてきた。

それでもアルマはふんばり、持ち直す。

さて——どちらを信じるか。

……決まっている。確かな証拠を突きつけられたのだ。

古代魔導具越しとはいえ、この耳で聞き、この目で見た。

あの邪悪を。

それに、あの白狼王が反女神側なら信用できる。

他はともかく、白狼王は信頼に値する人物だ。

（いえ……）

何より——聖眼の停止など、認められない。

認められるわけがない。

絶対にだ。

歴代のセントノキアの一族にどこまで〝それ〟があったかをアルマは知らない。

が、現ヨナトの女王の信仰心をヴィシスは見くびっていた。

現ヨナトの女王にとっての〝絶対〟は女神ではなく、聖眼（せいがん）である。

それに――この、裏切られたような不快感。

白い光の差し込む女王の間。

アルマは、玉座で前のめりになった。そして、

「ヴィシ、ス」

くしゃりっ、と。

改めて確認していたヴィシスからの伝書を、アルマは、憎しみを込めて握り潰した。

「ふざけんじゃ、ないわよ……ッ」

◇【安智弘】◇

安智弘（やすともひろ）はリンジら一行と共に、ヨナト領内に入っていた。

気になったのは行き逢（あ）う人たち。

大きな荷物を抱えた人たちが多く目についた。荷馬車も目立つ。

そのおかげか、大所帯の自分たちもその風景に違和感なく溶け込めていた。

馬車の先頭を行くオウルが馬上から後方を振り返る。

彼の瞳には、先ほどすれ違ったミラ方面へ向かう荷馬車が映っていた。

「で、リンジさん……おれたちはどっちに行きます？　といっても、こっからまたミラの方に引き返すってのも……」

同じく後ろを見ていた馬上のリンジが前方へ向き直り、

「聞いたところじゃ、ミラ方面よりヨナトの西地方へ向かう連中の方が多いって話だ。今のミラ北部は、まさにおれたちが経験してきた通り金眼（きんがん）の魔物に襲われる危険もある」

一応ミラへ向かう人たちにも警告はしたが、彼らはそれでも南下するという。

そもそも彼らはなぜミラ方面へ向け南下するのか？　離れようとするのか？

リンジたちはその理由を彼らから聞き、すでに知っていた。

ヨナトで大きな戦いが始まるというのだ。

邪悪なる軍勢がこの国の守り神である聖眼を破壊しに来る――と。

今、それを知ったヨナトの人々の多くが西へ避難しているという。

逆に聖眼を守るべく王都アッジズを目指す人々もいるらしい。

ため息まじりに後頭部をガシガシ掻くリンジ。

「ご乱心かなんか知らんが、この大陸に住む人間をアライオンの女神サマが滅ぼそうとしてるのがわかった……か。しかも、例の白人間騒ぎも女神サマが引き起こしたってんだろ？　証拠もあるって話だが――ったく、何がどうなってんのか。さっぱりわかんねぇ……」

空を見上げるリンジ。

「女神サマにとっちゃ、おれたちを滅ぼすのに聖眼が邪魔って話らしいが……この前あの空を横切った聖撃――あれも、関係あんのかねぇ？」

ぼやくリンジ。オウルが肩を竦める。

「この大陸の人間を根絶やしにしようとしてるなら、どこに逃げたって同じな気もしますけどねぇ」

「まあなぁ……」

言って、オウルが安に問う。

「トモヒロはどう思う？」

安が異界の勇者なのは彼らに明かしている。

勇者は女神が召喚する存在だ。ならば彼らより女神を知っている――そう思われるのも当然だろう。しかしその時、

「おい、オウル」

「あ――すみません、リンジさん。悪いなトモヒロ……今の質問は忘れてくれ」

リンジが気を遣ってくれたようだ。しかし、安は答えた。

「……ありうる、と思います」

そう――ありうる。

リンジたちはヴィシスのことを知らない。

けれど自分には、その話を信じるに足る経験が一応ある。

しばらく黙ったのち、リンジは短く「そうか」と目を細めた。

それから彼は、自分の妻子の乗る馬車を見た。

「おれたちの世界の危機……か」

短い話し合いの結果――一行は当初の予定通り、やはりヨナトの西地方にいる知人のところを目指すことにした。

引き返すにしても食べ物や物資がどのみち足りない。

さすがに気力、体力共に疲労の色が濃くなってきた者も多い。

ここで引き返す選択は気力を大きく削いでしまいかねない。

ヨナトの知人のところの方がひと息つける可能性も高いだろう。

そして一行はそのまま北上し、ヨナト南部の交易都市に立ち寄った。

今、安たちは都市の出入りを管理する大門を出てすぐの街道にいる。

ここは、いくつかの方角へ分かれる起点となっている場所でもあるらしい。

街道というよりは小さな中継地みたいな印象である。大きな広場もあって、平時なら露店なんかが出ているのかもしれない。広場にはステージのようなものも見えた。

リンジが額に手で庇を作り、短く口笛を吹く。

「すげぇ人だな」

広場は、人でごった返していた。

一行は人だかりから少し距離を取って休息することにした。

ユーリや彼女の母親が馬車から降りてきて、身体をのばす。どうやらユーリは母親に倣っているらしい。二人揃っての動作が、なんだか微笑ましかった。

数名が大門の方へ向かい、都市内で物資を調達できそうかを確認しに行った。

と、別方向からオウルと数人の傭兵が戻ってくる。オウルが指差し、

「あっちの道――北西に行くと、ヨナトの西地方です。で、あっちの道を行くと聖眼のある王都アッジズに着くみたいですね」

アッジズ方面からも避難民がこっちへ続々と押し寄せているという。

一方、北西からこっちへ来る人たちもたくさんいるようだ。

つまり――避難する者と、王都へ戦いに行く者で分かれているのだ。

その時、

「みんな、聞いて欲しい！」

広場のステージの上から何者かが、人混みに向けて大声で呼びかけた。

人々の話し声のトーンが落ちる。

ステージから放たれたそのよく通る声の主に、注目が集まる。

そこには騎士風の出で立ち（いでたち）の者たちがいた。

鎧（よろい）の紋章から察するにヨナトの騎士だと思われる。

（それにしても……この人の多さ）

広場にごった返す人々を改めて見て、安は思った。

自分たちは何も知らずここへ来たけれど、ヨナトの人々がこの中継地に集まるよう、事前に募集でもかけられていたのかもしれない。

場が静まったのを確認すると、騎士装の男は語り始めた。

「すでに伝え聞いた者もいるかもしれないが、今まさに我がヨナトの聖眼――いや、この大陸に住まう者すべてが大きな危機を迎えている！」

聴衆に小声のさざ波が広がる。

ヴィシスの〝ご乱心〟の話を知らぬ者もまだ多くいるのだろう。

騎士装の男は、朗々と語って聞かせた。

〝ヴィシスが、この大陸に住む者たちを根絶やしにしようとしている〟

特にそのあたりで、聴衆のざわめきは一気に跳ね上がった。

前半部分は、安たちが道中で会った者たちから得た情報と同じだった。

が、後半部分には知らぬ情報もまじっていた。

「ミラの狂美帝（きょうびてい）はいち早くヴィシスの企（たくら）みを察知していたらしい！　現在その狂美帝は女神討伐同盟を立ち上げ、ネーア、バクオス、ウルザ、そして女神の本性に気づき目を覚ました一部のアライオン軍と共に、今まさに女神ヴィシスとその軍勢を討つべく、アライオンの王都へ向かっている！」

ざわめきが、どよめきへと変わる。

「生死不明となっていたマグナルの白狼王（はくろうおう）も生きていたことがわかった！　現在はルハイト・ミラ率いるミラ軍と共に、ここヨナトへ向かっている！」

聴衆たちは目を白黒させ、

「え？　てことは……すべての国が、反女神様側に回ってるってことか⁉」

「し、しっかしよぉ？　あの女神様がおらたちを滅ぼそうとしてるなんて……ほ、ほんとなんか？　ぁ――で、でもよぅ!?　女神様がおらんくなったら、根源なる邪悪はどうすんだよ!?　女神様を倒しちまって、勇者様を召喚できなくなったら……」

「その点は安心していい！　女神ヴィシスの邪悪な企みに気づいた別の神族がこの大陸に降臨し、協力を求めてきた！　だからこその狂美帝のこたびの動きとも聞いている！　ゆえに、根源なる邪悪のことは心配ない！　勇者召喚の役目は、ちゃんとした別の神族が引き継ぐそうだ！」

「な、なら安心なのか……うん、つまり神様たちん中でもヴィシスは悪いやつだって認識なんだな？　てことは……おらたちが戦いに参加しても、神族様たちへの反逆にもならんわけか……」

　傍観していたリンジが親指で唇を押し、うーん、と唸った。安は小声で、

「あの……どうかしましたか？」

「ん？　あ、いや……質問を投げたやつの要領が、やけにいいと思ってな」

　安はその言葉の意味を理解した。

　サクラ――つまり仕込みなのではないか、とリンジは言っている。

　が、リンジはむしろ感心顔だった。

「もっともな疑問を一つずつ解消していかないと、こんがらがって先の話が頭に入ってこないこともあるからな。有効な手段ではある」

騎士装の男が続ける。

「ルハイト・ミラ率いるミラ軍には、剣虎団も同行している！」

その時、腕組みをして聞いていたリンジの眉がわずかに跳ねた。

彼の目はいくらかの驚きを示していた。すると聴衆の一人が、

「剣虎団っていやぁ、例の白人間を率いてミラを襲ったって話じゃなかったか？」

「けど今は味方なんだろ？　剣虎団も女神様に騙されてたんじゃねーか？　で、真実に気づいて寝返った……とか」

「あれ？　処刑されたって話は、あくまで噂だったのか？」

「つーかよ！　うちらヨナトの人間にとっちゃ剣虎団は味方だろ!?　この前の大侵攻では、おれたちの殲滅聖勢と共にヨナトを守るべく戦ったんだぜ!?」

「そ、そうだ！　ミラの方はどうなってんのか知らねぇが、うちらヨナトは剣虎団になんもされてねぇ！　むしろ心強いぜ！」

オウルが隣を見て「リンジさん」と問いかけるように声をかけた。

リンジは壇上の騎士装の男に視線を置いたまま、

「……剣虎団、か」

決して深くはないが、安も剣虎団とは一応顔見知りの間柄である。

あの頃、彼らは戦場浅葱たちのグループを鍛えていた。

聴衆の人混みの中、安(やす)は空を見上げる。
鍛えてくれるといえば——
(ベインウルフさん……申し訳、なかったな……)
手を、差しのべてくれたのに。
あの人からしっかり学んでおけばよかった。色んなことを。
けれど自分は、差し伸べられた手を振り払ってしまった。
何度、人の厚意をむげにしてきたのだろう。
つまらなくて、なんの役にも立たない——ちっぽけなプライドのために。
(……十河(そごう)さんの手も)
その時、ふと脳裏に浮かんだのは——元の世界での記憶。
(三森(みもり)君の、手も……)
嫌なのは……。
つまらない自尊心も臆病さも、まだ完全に消え去ってなんかいないということ。
人は、簡単には変われない。
だからこそ——向き合わなくちゃいけない。逃げずに。
(そう、決めたんだ……)
伏せかけた顔を上げる。すると、ちょうど聴衆が落ち着いたのを見計らって騎士装の男が再び話し出したところだった。

「このヴィシスとの戦いには他にも、最果ての国と呼ばれる場所に長らく隠れ住んでいた者たちも加わっている！」

「！」

安の心臓が、跳ねた。

「彼らはヴィシスを討つ力の秘密を知っていたために、身を隠すしかなかったそうだ！　私も驚いているが亜人……さらには、正気を保った金眼ではない魔物すら味方についていると聞いている！　今も彼らは、狂美帝と共に戦っているとのことだ！」

安は、今も包帯を巻いている傷口にそっと触れた。

最果ての国——自分を、救ってくれた人たち。

騎士装の男は腕を振って訴えかけるようなジェスチャーをしながら、

「それから！　魔防の白城の戦いで側近級を倒したあの蠅王ノ戦団も、今は狂美帝の指揮下にいる！」

「！　ベルゼギア、さんも……」

ベルゼギア、セラス・アシュレイン——彼らは。

（僕の……）

恩人だ。

と、聴衆の中から手が挙がった。

「あの！　ゆ、勇者様はっ!?」

この質問によって、聴衆のどよめきが激しく波打った。

互いに顔を寄せ合い、小声で会話を始める者も出てくる。

「そうだ……ヴィシスの側には、召喚された異界の勇者がいる……」

「と、特にほら……アヤカ・ソゴウだ。聞けば、たった一人で戦局を左右しちまうほどの勇者なんだろ？　そんなのを敵に回すのは、やっぱ怖ぇよ……」

そうだ。

（十河さんたち……クラスメイトのみんなは……？）

「あたし、大魔帝も勇者アヤカが倒したって聞いたわ……」「あれ？　倒したのは、もう一人の最上位の勇者だったたんじゃないっけ？　ほら……前の大侵攻の時、東軍で活躍したっていう——」「なんとか姉妹の……姉の方、だっけ？　美人だっていう……」「え？　そうだったたか？　なんか、男の勇者がもう一人いるって聞いたような——」

「と、ともかく！」

さっき手を挙げた男が顔に恐怖を滲ませ、騎士装の男に問いを投げた。

「そんなバケモンがヴィシス側にいて、か、勝てるんですか!?」

「安心してくれ！　戦える勇者たちは全員が真実を知り、今は狂美帝に賛同して女神討伐同盟の側についている！」

波が、静まった。そしてややタイムラグがあったのち、安堵の波紋が広がっていく。

「おぉ……さ、さすがは人たらしとも言われるミラの狂美帝……」

「いやいや、ヴィシスを罰するために来たっていう神族がいるおかげじゃないか？　そうじゃなきゃ、女神に逆らうなんて……なぁ？」

力が入る方の手に——安は、力を込めた。

この感情は、安堵だろうか？

それから……力強い何かが、自分の背中を押している感覚。

やっぱり十河さんだ、と思った。

おそらく彼女がみんなをまとめているのだ。

きっと以前安グループだった二瓶幸孝たちも。

〝この大陸に住む者たちを、ヴィシスが根絶やしにしようとしている〟

そうだ……十河綾香は。

そんな話を知って、ヴィシス側に加担するような人間じゃない。

……高雄姉妹はどうだろう？

なんとなく、ヴィシス側につくような印象はないけれど……。

（そういえば……桐原君も、参加してるんだろうか……？）

案外、彼も今は十河綾香と肩を並べて戦っているのかもしれない。
小山田翔吾はどうだろうか？
彼も精神が回復し、今は十河綾香に賛同して戦ってくれているのだろうか？
ともあれ——————みんな、戦っている。
最果ての国の人たちも、ベルゼギアさんも、セラスさんも。
そして、十河さんも。
おそらくあの人たちはアライオンで——
2-Cの自分たちが召喚されたあの王都エノーで、ヴィシスと戦うのだろう。
そして……エノーに赴く彼らを攻とするなら、こちら側は守。
詳しくは知らないけれど、ヴィシスにとって聖眼の存在はとにかく不都合らしい。
もしかしたらこの戦いの勝敗を左右するのかもしれない。
ヨナトの聖眼を守ることが、もし彼らの助けになるのなら……。
「…………」
(——それに)
ユーリが安に近づいてきた。
彼女は小さな指で安の服の裾を摘まみ、不安そうな顔でこちらを見上げている。
「この怖いの……女神さまのせいなの？　女神さま、わたしたちのこと……嫌いになっちゃったの？　さっきみんなが……みんな、死んじゃうかもって……ユーリも、おかーさんも、おにーちゃんも、リンジさんも……みんな……死んじゃう？　死んじゃうの？　さよなら――なの？」

ユーリは、泣きそうになっていた。

「怖いよぉぉ……」

安は屈(かが)んで視線の高さを下げ、ユーリに向き合う。

「大丈夫」

「おにー、ちゃん――」

小刻みに震えるユーリの手。力の入る方の手で、それを緩く包む。

「僕は……知ってる。この大陸には、強い人たちがたくさんいる……色んな国の強い人たち……蠅王ノ戦団の人たち……そして、勇者って人たちもいる。知ってるよね？」

「……うん。勇者さんは、おにーちゃんも」

「うん。でも……僕なんかよりずっと強い勇者の人たちが今、力を合わせて、この怖いのをやってる女神様を倒そうとしてくれてる」

「おにーちゃんと……他の、勇者さんたち？」

元々は。

「僕たちは――ユーリちゃんたちが生きてるこの世界を守るために、この世界に来た」

〝勇者〟
一般的には、世界を救う者を示す言葉。
最近はメタ的に揶揄(やゆ)っぽく扱われることも多いけれど。
本当はとても強くて――そして、とても優しい人を示す言葉。
たとえばそう、十河さんのような。
いや……最果ての国の人たちだって。
ベルゼギアさんだって、セラスさんだって。
それこそ、リンジさんたちだって。
その定義で言うなら、きっと勇者なのだ。
ユーリの目を見て、努めて優しく微笑(ほほえ)みかける。
……最近、人の目を真(ま)っ直(す)ぐに見られるようになった。
「だから僕は勇者として……戦ってみようと思う。ユーリちゃんが――」
上手(うま)く〝勇者みたいな笑み〟を作れたかは、わからなかった。
「こんな風に怖くならなくていい世界を、取り戻すために」
そう、
(今の僕には)
確かな戦う理由が、ある。

誰かのために、戦う理由が。

「おにー、ちゃん」

「いや……取り戻すって、約束する。だから……そんなに怖くならなくても大丈夫。あとは……僕たち勇者に、任せてくれる？」

ユーリが――勢いよく、抱きついてきた。

彼女の小さな手に、精一杯の力がこもったのがわかった。

短く、ユーリは言った。

「――うん」

彼女の手の震えは、止まっていた。

（……え？　あれは……）

騎士装の男が場違い感のある〝それ〟を手に、壇上から降りてきた。

古代魔導具だと説明しているが――

（スマート、フォン……？）

ヴィシスが邪悪である証拠を今から提示するという。

前列の何人かがその〝証拠〟を見て、仰天した。

「こ、こりゃあ……確かに女神様だぜ！」

「私以前、女神様のお声を聞いたことあるわ！　これ、確かにあの女神様の声よ！」

「女神様が――ヴィシスが私たちを滅ぼそうとしてるのは、やっぱり本当だったんだ！」

安は理解した。

多分、勇者の誰かがスマートフォンで録音や録画をしたのだ。

したのは誰だろう？　高雄聖あたりだろうか？

頭が切れそうと言えば彼女のイメージがある。

充電問題は、スキルでどうにかしたのかもしれない。

と、リンジが聖眼防衛の参加者を募る騎士装の男たちの方を一瞥し、

「任意だが、聖眼防衛に参加するやつはあっちで記帳するみたいだ。できれば自分だと証明可能な何かを預けてほしいとさ。戦死した場合、ミラが中心となって残された妻子や肉親に当面食いつなげるだけの支援をしてくれるらしい。可能な範囲で、らしいがな」

リンジは再び視線を記帳台の方へやり、

「おれたちも、アッジズへ行く」

「リンジさん……」

「原理はよくわからねぇが……とりあえず聖眼を守る戦いが、この世界を守ることに繋がるんなら――これは同時に、あいつらを守る戦いでもあるってことだ」

リンジの視線の先には、彼の妻子の姿があった。

「それに剣虎団とは、ちょっとした因縁もあってな。その剣虎団の現団長は、まあその……あいつの身内みたいなもんなんだ」

リンジが指で示したのは、彼の妻。

「こんな状況になっちまうと、さすがにその団長を黙って死なせるわけにもいかねぇからな……ったく、それにしても変な話だぜ。剣虎団から逃げるように北上したってのに、今じゃ剣虎団の助けになるべく合流しようとしてんだからな」

言って、皮肉っぽく口端を歪めるリンジ。

そこに荷物をまとめたオウルがやって来て、軽い調子で言った。

「ま、このことがきっかけでグアバンさんが許してくれるかもしれませんしね？」

グアバンという人物は剣虎団のリリの父親だと聞いた。

詳細は語られなかったが、彼らと剣虎団の間に何か複雑な事情があるのは知っている。

リンジはユーリたちのいる馬車の方をあごで示し、

「おれと元剣虎団の面々は兄ちゃんと一緒にアッジズへ行く。それ以外は予定通り、こっちの知人を訪ねて西の方へ行くことになった。向こうにも元剣虎団じゃない戦えるやつらをつけてある。何があるかわからんからな」

安はホッとする。

「そう、ですか」

そのあと、彼らはそれぞれに別れを済ませた。

安も改めて別れを済ませる。もちろん、ユーリと彼女の母親とも。

「…………」

正直、自分がこれほど誰かに別れを惜しんでもらえるとは思わなかった。

少し、名残惜しくもある。

そして——また生きて会えたら、と思う。

別れを済ませたアッジズ組は、繋いでおいた馬の方へ向かった。

リンジの気遣いか、安が異界の勇者だという情報は一旦周りには伏せることにした。

肩に手が置かれる。リンジの手だった。

置かれた手は重かった——重く、思えた。

リンジが言った。

「頼りにしてる」

極めて真剣な声だった。

まるで〝命を預けるぞ〟とでも、言わんばかりの。

安は前を向いたまま、

「僕もリンジさんを——皆さんを、頼りにさせてもらいます」

と、リンジが少し驚いたような反応をした。

(独りだったら――)

きっとここまで、来られなかったから。

きっとこんな気持ちには、なれていなかったから。

数秒の間のあとリンジは軽快な彼に戻り、ふん、と鼻を鳴らした。

そしてすべてを呑み込んだような微笑みを浮かべ、言った。

「おう」

そう――まだ火は、潰えていない。

今もまだ、ここにある。

3．帰還

戦いが終わったあと――急ぎたいのは山々だが、さすがにすぐアライオンへ向けて出立とはならない。

交替しながらとはいえ三日に亘り戦闘を続けたのだ。

これが少人数を休ませるだけでよいなら移動しながらでも問題ない。馬車の中で休ませつつ移動すればいい。が、さすがに兵士たちにも休息を取らせなくてはならない。

敵側に今どの規模の戦力が残っているかまだ不明なのだ。

情報収集に長けた使い魔にも限度はある。敵の全容までは摑めない。

また、負傷者の選り分けも必要である。戦いに復帰できる者ばかりではない。

この点は狂美帝とカトレアが抜かりなく手配してくれた。

復帰できない者たちはひとまず後方の砦や都市へ送ることになった。

カトレアの存在のおかげでネーアは問題なく受け入れてくれている。

ウルザもこの前の戦いで民の心が現王から離れているから、問題なさそうだ。

ただ、別の問題が起こった。

それは、いよいよ辺りが夜の帳をおろし始めた頃に発覚した。

ロキエラや狂美帝らと今後の動きを話していると、報告が入った。

来たのはセラスだった。幕舎内にいた俺の隣で彼女は中腰になり、耳打ちした。

俺はセラスの方に顔を向け、

「……何？」

こく、と無言で頷くセラス。

「三日目に合流した、最果ての国の援軍の中に禁字族……クロサガが、同行していた？」

寝耳に水。そんな反応を示したのは、リィゼ。

「えっ!?」

リィゼが知らないってことは……つまりクロサガは——後続組がリィゼたち先行組と分離したあとで、こっそり後続組に合流したのか。

セラスがさらに俺の懐へ寄り、

「同行を知っていたのはアーミア殿と一部のラミアのみだったそうです。禁字族はその性質上ヴィシスに狙われやすいから——彼らからそう言われ、姿を隠し移動していたと」

断りを入れ、俺はロキエラたちを残して幕舎を出ようとする。すると、ついてこようとしたのかリィゼも席を離れようとした。俺は制止し、

「あっちはジオやキィルがいれば大丈夫だろう。おまえはここで軍議を続けてくれ」

素直に席へ戻り、腕を組むリィゼ。

「……わかった。任せたわよ」

セラスと外に出る。篝火の灯る野営地を歩きながら、俺は尋ねた。

「ムニンの娘――フギも？」

「はい」

ムニン以外の唯一の禁呪使用適格者。

あの紋――禁呪紋を持つ者。

「ムニンには？」

「確認は取っていませんが、誰かが伝えには行ったかと」

ムニンの言葉を思い出す。

『でも、あの子も覚悟は決まっています。もしわたしの〝刃〟が女神に届かず、道半ばで倒れたなら……次は、あの子が命を懸けるんだと思います』

「……まあ――ムニンに伝えないわけには、いかないだろうな」

最果ての国陣営が休息をとっている野営地に到着する。人だかりの円ができていた。

その中でも特に背の高いジオの胸部から上が中心の方に見える。

ジオが俺に気づいた。あごで〝来い〟と合図してくる。

人垣が割れ、俺とセラスは輪の中心へ入った。

そこにはジオ、キィル、アーミアの姿があった。

そして――猫っぽい目をした表情の薄い銀髪の少女が、いた。

「蠅王さん？」

「来たのか」

「蠅王さんの声」

「ああ、そうか……あの時とは格好が違うからな。前のがボロボロになったから、蠅王装を新調したんだ」

「そうなんだ」

「最果ての国に残ってなかったのか？」

フギは俺を見上げ、うん、と答えた。

「残らなかった、ボクは」

そういや、ロキエラみたいな一人称の子だったな……。

フギが背後の黒い翼の者たち――クロサガたちを見る。

「ボクだけじゃなく、みんなも」

「来た理由を聞いても――」

「フギ！」

俺の問いは、その声で遮られた。首を斜めにのばして俺の背後を見やるフギ。

駆け寄ってきたのは――ムニン。その姿を認めたフギが、かすかに頬を緩める。

「ムニン」

ムニンの後ろにはハーピーのグラトラの姿があった。

フギのことは彼女が伝えに行ったのだろう。

正面に立つと、ムニンはフギの両肩に手を置いた。彼女は息を切らし、

「はぁっ、はぁっ……ど、どうして来たのっ!?」

「考え直したから」

フギは真っ直ぐ母を見上げ、

「ボクだけじゃない。みんなで、考えた結果」

「……みん、な」

確認を取るように、ムニンが他のクロサガたちへ顔を向ける。

するとクロサガの男が一人、前へ出た。

「族長……やっぱり、あなただけに全部を背負わせるのはおかしいですよ。おれたちも戦わせてください。覚悟なら――」

男が自らの胸を叩いた。

「できてます」

「でもわたしは、みんなの命が……危険に――」

「ムニン」

そう呼びかけたフギを、ムニンは顔に動揺を浮かべたまま見下ろす。

「もしこの戦いで負けた時……残ったボクたちだけ生きていても、意味がないよ」

「そういう、ことじゃなくて……」

「ううん、そういうこと」

ムニンの言い分は、わかる。ただ……

「………」

ジオたちは、成り行きを見守っている。

これはクロサガの問題であり、ここから先は自分たちが意見する領域ではない。クロサガたちで決める問題だと――そう考えているのだろう。

先ほど胸を叩いて覚悟を示したクロサガの男が、両手を広げた。

「もしこの戦いに負けた時、おれたちがあの国に残っていたとしてもですよ？　おれたちはあの中にずっと閉じこもってはいられません。外の世界へ出ないと食料問題を解決できない……それは、この前周知された通りなんでしょう？」

すると、今度は一人のクロサガの女が「族長」と前へ出た。

「戦えない人と……そして、身重の人は国に残ってもらいました。だから大丈夫。ここに来た私たちが仮に死んでも、クロサガはちゃんと――未来へ、続いていけます」

「この戦いに、勝てれば」

女の言葉尻を継ぐように、フギが言った。

「ボクたちを残す必要も、なくなると思う」

今の言葉の意味――それは。

〝禁呪紋を持つ者を残す必要性も、なくなると思う〟

多分、そういう意味だろう。

「だったら、こっちが勝つ可能性をちょっとでも上げた方がいい。ボクがいれば――」

俺を見るフギ。

「あの人がこの戦いで動かせる禁呪使用者が一人、増える」

「…………」

特に言葉を返さぬ俺をフギはジッと見つめてくる。

一方のムニンは、フギの肩に置く手に力を込めた。

「あのね……よく聞いて、フギ」

ムニンの方へ顔を向け直すフギ。……今のムニン。

一緒に旅をしているとあまり感じないが。

目や話し方、他にも色々と……やっぱり〝母親〟なんだな、と感じる。

「わたしが言っているのはね……禁呪紋を持つクロサガを未来に繋いでいける、いけないの話ではないの。いえ、それもあるけれど……でもわたしはそれ以上に……もしあなたが……あなたが死んで、しまったら……」

「ムニンは、いいの？」

——ムニンが死ぬ〝かもしれない〟は、いいの？

フギにそう問いかけられて——灰色のムニンの瞳が、揺れる。

「わ、わたしは……族長として……」

その時、フギが唇を歪めた。湧き上がるものを堪えるように。

けれど、

「——ぃ」

その湧き上がるものを、フギは抑えることができなかった。

「意味が、なぃ——ボクだって……ムニンが死んじゃったら、意味が——ない、から！」

「——ッ、フギ、あなた……」

フギは——泣いていた。

表情の乏しい淡々とした子の印象があった。

ムニンから聞いた話でも普段からそういう子だったようだ。

だからこそ、ムニンはあんなにも驚いた反応をしているのだろう。

多分、本来あんな風に感情を外へ出す子じゃないのだ。

……不格好な泣き顔といえば、そうかもしれない。

だって——慣れていないのだから。

泣く、という行為に。

「死ぬ〝かもしれない〟に……ボクだって——耐え、られない……っ」

「フギ——」

「いやだ、よぅ——いやっ」

フギが縋るようにムニンに抱きつく。

「もし死ぬ、なら……少しでも……最期まで、ムニンのそばに——いたい！　女神を倒す役にボクが立てるなら——ボクも力になり、たい……、——おかあ、さんの！　あれで——あれでお別れ〝かもしれない〟は……やっぱり、いや——だよ……ッ！」

あの声の出し方は多分——長年、大声を出したことのなかった者の出し方だ。

おそらく、あんな風に感情を爆発させたのも初めてに近いのだろう。

フギはムニンの胸の中で泣きじゃくっている。ムニンは、

「もぅ……、——あなたは本当、に……、————ッ」

片手でフギを抱き締め返しながら、もう片方の手で口もとを覆っていた。

彼女も、泣いていた。

その族長の姿にもらい泣きしたのか、

「族長」

声を震わせたクロサガの男が、口を開いた。

「この戦いで勝って……おれたちの国も、救われたとして——生き残ったとして。次世代のクロサガの子たちに〝おれたちはあの戦いで族長一人に任せっきりで生き残りました〟なんて……言えませんよ。いや、戦えないんだったら話は別です。けど……おれたちは戦えないわけじゃない！　なあ、みんな!?」

　彼の背後のクロサガたちから、力強い反応が返ってくる。

「それに、他の最果ての国の者たちも命を懸けて戦うんでしょう!?　族長に言われたから自分たちは残って待ってますなんて……やっぱり、耐えられないですよ！」

「私たちは——」

　さっき少し話したクロサガの女が、再び前へ出た。

「死ぬかもしれない戦いでも、いいんです。私たちは……勝ち取りたいんです。自分たちのこの手で。勝ち取ったと思える生き方を、したいんです。たとえ道半ばで倒れても……〝勝ち取ろうと戦った〟っていう……そんな生き方を、残したいんです」

　肩越しに振り向き、うん、と同意するクロサガの男。

　他のクロサガも、気持ちを同じくする顔つきだった。

　……彼らクロサガは、やはり違うのかもしれない。

　培われてきた覚悟の総量が。

　多分、女神から特に根絶やしにされかけた歴史があるからこその——

「……覚悟、か」

絶えさせず、彼らは繋いできた――この世代まで。

「みん、な……」

「そう、みんな……仲間、なんだよ？　だから……戦おうよ、ムニン」

フギは――ムニンの胸に身を預けたまま、その願いを口にした。

「仲間で」

ムニンは、唇を噛んでいる。

気持ちが片側に傾いているのは見てわかった。が、まだ葛藤を振り切れていない。

フギの両肩に手を置いたままムニンが見たのは、俺だった。

他の連中も倣うようにこちらを見る。いずれも、答えを求めている視線である。

ただ、こればかりは――

「こればかりは……あんた次第だ、ムニン」

俺の回答はわかっていた。ムニンの顔は、そんな感じだった。

彼女からは特に動揺もうかがえない。俺は、

「ま……これについては今この場で決める必要はないだろう。急ぐ問題じゃない。仮にあんたが首を横に振るとしても、この場の今の雰囲気じゃ示しにくいだろうしな……」

俺は周りを見やり、

「落ち着いて、じっくり話し合えばいい。幸いそれをする時間はまだある。どちらでもいい。俺は、あんたたちの決定に従う」

あの、とムニンが言った。彼女はフギを一瞥し、俺に問うた。

「女神との戦い……フギが参加するとしたら――勝率は、上がりますか」

〝変わらない〟

ここは、そう答えるべきなのかもしれない。

〝いてもいなくても勝率に変化はない〟

俺がそう嘘をつけば、フギは決戦に参加せず済むのかもしれない。が、

「……どちらを選んでも、俺は俺なりに全力を尽くす。全力で組み立てる――あるいは、組み立て直す。それは約束する。それに……元々、フギの参戦は織り込んでなかったわけだしな。ただ……」

ただ、

「敵の戦力、能力……未知の力を持つ可能性……敵の全貌が不明な状態である以上、こちらの選択肢も多い方がいい――これは、事実だろう」

俺は――事実を、事実として述べた。

ここでムニンが求めている回答は〝配慮〟じゃない。それを感じたからだった。

「ただし――もう一度言うが――こればかりは、最終的にムニンが決めることだ。決めて

いいことだ。選択肢が多い方がいいとは言ったが、これについてはどんな選択をしても、俺はあんたの選択を尊重する」

ふぅ、と息を吐く。

「こればかりは、な」

トーカさん、と言ってから、

「ありがとう」

ムニンは礼を口にした。

どういう意図の〝ありがとう〟だったのか。

選択肢を与えてくれたことへの礼か。

もちろん、そういう意味ではなかったかもしれない。

真意はわからなかった。

フギに視線を戻し、ムニンは言った。

「ひと晩、考えさせて」

そして翌日の早朝――目もとを腫らしたムニンが、俺の幕舎を訪ねてきた。

彼女の選択を聞き、俺は言った。

「わかった」

椅子に座り、幕舎の天井を見上げる。

空間に沈黙がおりた。

ムニン、と俺は呼びかける。

「難しいな」

「ええ」

そう、

「〝想い〟ってのは時に厄介で、難しい」

でも——だからこそ、価値があるのだろう。


女神討伐軍は国境を越え、ついにアライオン領へと入った。

使い魔で確認する限りヴィシスたちはまだエノーから動いていない。

ただしエノー周辺には武装した聖体が集まっているという。

が、そのエノーまでの道のりには今のところ聖体は確認されていない。

どこかの砦に魔帝器がまだ隠してある、なんて可能性もあるのだろうか？

それを発動させ、金眼の魔物や人面種を再びぶつけてくる……？

——いや、その可能性は低い気がする。

ヴィシスはこれ以上勇者を強化したくないはず。

金眼の魔物や人面種をぶつければ、倒された場合に経験値(EXP)が入ってしまう。

ここまでくればこちらの戦力を過小評価してもいまい。だからレベルアップの芽は摘んでおきたいはずだ。少なくとも俺が向こうの立場なら、そうする。

事実、アライオン領内は驚くほどスムーズに進軍できた。

逆に何かの罠(わな)かと警戒するほど、障害なく進めている。

「やっぱり……決められるなら、この前の聖体軍で決めるつもりだったのかもな」

その予想通りなら正直ありがたい。

あんな聖体の波がまだ何度もくるとなると、これはけっこうな手間になる。

それから――小話的だが、ちょっとした面白い動きもあった。

アライオンの南東に位置するバクオス帝国。

俺たちは現在バクオスの黒竜騎士団らと共闘関係にある。

ただし、バクオス本国の方は今までいまいち煮え切らない態度を取っていた。

バクオスは地理的にアライオンにかなり近い。

ゆえに動きにくかった――これはあるだろう。

俺たちの到達前に聖体軍によって蹂躙(じゅうりん)されるのを恐れたのではないか。

で、そのバクオスだが……。

今になって、本格的に援軍を出してきた。

俺たち――女神討伐同盟の行く末を注視していたのだろう。

狂美帝はこの動きに対し、こんな所感を述べていた。

「女神側が勝利した場合は〝黒竜騎士団と一部のバクオス兵がカトレアに呼応し、独断で対女神勢力に加担しただけ〟とでも言い逃れするつもりだったかもしれぬな」

渡世術的には、まあ賢いとも言える。当然、そこにはある種の〝小賢しさ〟も含むが。

あるいは、あの音声や動画が届いて気が変わったか。

俺としてはそっちの方がありそうな気もする。

ともあれ……これであとは、ヨナトがどう動くか。

白狼王――マグナルはこちら側についた。

これはすでに、ミラの帝都から放たれた軍魔鳩の伝書により確定している。

軍魔鳩での確認はどうしてもタイムラグが大きい。

電話やメッセージアプリにみたいに即確認、とはいかない。

さすがに電波までは、スキルじゃどうしようもないしな……。

使い魔なら近いことができるが、ヨナトやミラ方面の動向までカバーするのは難しい。

現在リズが動かせる使い魔は二匹。

一匹は俺たちに同行している。で、別の一匹はエノーでヴィシスの動向を監視中である。

ヴィシスの現状を把握するためのこの二匹は、動かせない。

ちなみにエノーでヴィシスの動きを監視している使い魔は、エノーからヨナト方面へ向かう聖体軍を確認した使い魔でもある。が、当然ヨナト領内までついてはいけない。

……リズの使い魔、といえば。

スレイの上で、俺は小雨に濡れる平原を眺めた。

今の進軍コース。

これは、リズが〝できれば〟と指定してきた西寄りのルートでもあった。

俺たちは現在それを辿っている最中である。

エノーまでの到達時間で見ても最も短く済むルート。

狂美帝との話し合いでも、元々このルートは使うつもりだった。

どうやらリズたちの方でもルート選別をしてくれていたらしい。

と、そこに伝令がやって来た。

「あの、蝿王様」

……確かこの伝令は、報告の優先度が低いと思われる時に来る伝令だったか。

「あなたに会わせてほしいと、妙な女が訪ねてきているそうなのですが……」

「ワタシに？」

たくましくも、この戦争下で商売っ気を出している商人もいる。また、〝陛下や皆さまの休息の場として、自分の町を提供したい〟

そんな申し出をしてくるヤツらもいる。

道中でもこういった者がまれに〝上〟の人間を訪ねてきていた。

ただ、身元の確かでない者で〝蠅王に会いたい〟なんてヤツは今までいなかったが。

「何者か名乗りましたか？」

報告に来た伝令はいまいちピンと来ていない様子で、

「〝蠅王ベルゼギアの第二誓アスターヴァと伝えればわかるはずだ〟と」

…………何？

「アスターヴァ？」

いやに懐かしく感じる名である。

「蠅王様でなければ、セラス・アシュレイン様……それから、マキア・ルノーフィア様などに会わせてもらえれば自分の身元は証明できるはずだ――と」

伝令は女の特徴を説明した。

…………なぜ、ここにいる？

つーか、どうやって〝あそこ〟を抜けてきた？

いや――リズが使い魔で来るのだって予想外だったのだ。

なら、あいつだって可能性はゼロじゃない。

……ああ、そうか。

リズがこっちのルートを指定したがったのは——

「わかりました」

俺は言った。

「その者を、ここへ連れてきてください」


そいつは俺に会うなり口角を上げ、笑みを浮かべた。

「ふふ——ずいぶん物々しい装いになったものだな、我が主よ」

「元気そうだな」

俺は蝿王のマスクを脱ぎ、そいつの名を口にした。

「イヴ」

「そなたも元気そうで何よりだ、トーカ」

先ほど俺はイヴ・スピードを幕舎の中へ招き入れた。

訪ねてきたイヴは人間の姿をしていた。

イヴは俺がそれに対して疑問を抱くのを予想していたのか、

「大量の魔素を凝縮し、さらに一定期間それを貯蔵できる魔導具をエリカが発明したのだ。つまり、その魔導具を使うことで我は一人でもこの姿になれた」

そう言って、イヴは得意げに胸を張った。

……詳しく知ってるわけじゃないが。

それは、この世界的にも何気にすごい発明なんじゃないのか？

と、

「ピギー♪」

にょろん、とピギ丸が俺の懐から出てくる。

「む？　ピギ丸もいたか。気配を消すのが上手くなったな」

「ピニ♪　ピユユ～」

「おまえと久しぶりに会ったから、そっちに行きたいとさ」

俺から手渡されたピギ丸が、イヴの肩に乗る。

「ピニュイ～♪」

嬉しそうにイヴに頬ずり（？）するピギ丸。

「ふふ……我もそなたと再会できて嬉しいぞ、ピギ丸」

「……つーか、よく魔群帯を抜けて来られたな」

うむ、とドヤ顔寄りの表情で腕を組むイヴ。

「抜けられた要因は、いくつかある」

イヴはニッと口端に白い歯を覗かせ、

「そなたたちが魔戦車(ませんしゃ)であの家を出たあと、エリカはすぐに次の魔戦車の製作に取りかかっていたのだ。まあ……今回のものは一人用で、さらに形も戦車型ではなく馬型の魔法生物に近いものだったのだが――」

「ん？　あれって、そう簡単に量産できるもんだったのか？　そういう感じでもなかった気がするが……」

エリカの口ぶり的に……。

あの認識阻害の能力は俺たちが使った魔戦車の一点物、って印象があった。

「うむ。そこで、先ほど話した魔素を貯蔵できる魔導具が関係してくるのだ」

「？　いまいち話に、関連性が見えないが……」

「エリカは研究者でもあろう？　認識阻害の力を持った魔導具を自分でも作れないかと、以前から研究していたらしい」

「で――この時期にちょうどよく閃(ひらめ)いて、作れるようになったと？」

「ある意味ではな」

「…………、――聖(ひじり)か？」

同時に、俺はピンときた。

ああ、そうか。イヴが来た理由……それは、おそらく――

「ふふ、気づいたようだな。さすがはトーカだ」

イヴはそう言って腕組みを解き、大きな背負い袋を地面に置いた。

ちなみに彼女の服装は蠅騎士装ではない。

一般人に近い格好――あの家でエリカからもらった服を着ていた。

「話が少し横道に逸れるが、これの話はすでにヒジリから聞いているな？」

「ああ」

高雄姉妹の言葉を記憶から引っ張り出す。

『エリカさん、ずっとあそこで対女神用の魔導具を研究していたらしいの』

『神族の能力を若干だけど阻害できる魔導具を完成させられるかもしれない、と言っていたわ』

『あの時、姉貴のひと言がヒントになって完成のピースが揃ったみたいな感じだったよなー』

〝神族の能力を阻害する魔導具〟

これは俺も、魔群帯に取りに行くべきか迷っていた。

が、俺がこの軍を何日も離れるのは難しい――そう判断した。

高雄姉妹に頼む手も考えた。が、戦力をどこまで削いでいいかもわからなかった。

何より、あくまで完成〝させられるかもしれない〟って話だったしな……。

しかし、

「そいつが完成して——おまえが持ってきてくれた、ってわけか」

「そういうことだ」

「話を戻すとつまり……聖がエリカに与えたヒントによって、その神族の能力を阻害する魔導具のみならず……魔素の貯蔵魔導具やら認識阻害の魔導具も完成に至ったと？」

どうにも、都合のよい話にも聞こえるが。

「どれほど長く生きても年を重ねると思考は硬直しがちになる——エリカは、そう言っていた。長く生きたからと言って決して〝天才〟になれるわけではない、とも」

ま……一理あるか。元いた世界でも十代の天才なんてのはざらにいた。

年上より優れた結果を出す人間なんてのは、いくらでもいる。

「他者や外部からの刺激が少ないと思考が硬直化して、本来なら簡単に気づけたようなことに意外と気づかない——気づけない。そういうのって、やっぱりあるのかもな」

「ヒジリなどは〝ステータス補正値の【賢さ】の影響もあるかもしれない〟と言っていたがな。ちなみに——」

みょーんとイヴが糸目になり、うむむ、と難しい顔をする。

「その【賢さ】の補正値が脳の疲労を和らげて長期の集中力をもたらす、だとか……処理能力的には本来マイナス行為となる〝まるちたすく思考〟を可能にさせ、状況や情報の処理能力を向上させているのではないか、とか……その辺りは、我にはよくわからなかった

「……」


実際ステータス補正値は〝どこ〟に作用してるのかわかりにくい。

ヴィシスですら勇者たちに改めて、

〝一部の項目は、実を言うとまちまちなのです〟

そんなふざけた説明をしていたとか。

まあ、分析によって一定の説得力を持たせるのは聖らしい。

といっても、俺自身で考えると特段頭がよくなった気もしないのだが……。

案外〝直感〟とか〝察知〟も【賢さ】由来だったりするのかもしれない。

と、イヴの表情から緩さが消えた。

しかしその顔に浮かんだのは険しさではなく、労るような表情だった。

「我としては……この魔導具が完成したのは、エリカ自身のたゆまぬ努力もあるのではないかと思う。エリカは完成間近まで土台を作り上げていた。いくらヒジリの助言による閃きがあろうと、その土台なくしては答えに辿り着けなかったのではないか——そう思う」

「あいつは……信じて、作り続けてたんだろうな」

いつかヴィシスを討つために——たった独りで。

討とうとする者がいつ現れても、いいように。

「そなたたちが発ったあとも、エリカは根を詰めて研究やら作業やらをしていた。あるいはヴィシスを討つために旅をするそなたらと出会って、希望が見えたのかもしれぬ。ふふ……あの根の詰め方を見ると、生活面で支えられる我やリズが残ってよかったと思えたな」

何かを思い出すように、イヴが微笑む。

「そういえば、作業中のエリカが言っていた」

作業をしながら額の汗を拭い、エリカはこう言ったという。

自らに言い聞かせるように、

絶対に笑ってやる——と。

女神討伐が果たされるまで自らの〝笑み〟を禁じたダークエルフ。

「あの地に縛られている分、エリカなりにどうにか力になりたかったのであろう」

「……禁忌の魔女が、あいつでよかったよな」

「うむ。エリカには、むしろ我らの方こそ感謝すべきであろうな」

……勝たないと、だな。あいつが笑えるようになるためにも。

ところで、と俺は疑問を口にする。

「認識阻害の魔導具だが、エリカの家から魔群帯を出るまで効果が持続するよう改良されたのか？」

いいや、とイヴは首を振った。

「やはりあの魔戦車と同じく、深部を抜ける程度の距離しか効果はもたなかった」

ちなみに効果は金眼(きんがん)の魔物に限定されるらしい。また、作れても時間や素材の問題で一つが限界だったという。なので、残念だがこの決戦には組み込めない。

「残りを一人で抜けられたのか？」

「うむ、そなたの疑問はもっともだ」

以前イヴは〝自分なら魔物と思われて魔群帯ではターゲットにならないかも〟みたいなことも言っていたが……。

「我は魔群帯を東へ進んだ。やや南寄りだったから、南東寄りとも言えるが……」

金眼の魔物とはまともに遭遇しなかった、とイヴは語った。

「それについて腑(ふ)に落ちる理由はいくつかある。まずあの時——我の失態で、大量の金眼を引き寄せてしまった時だ」

「俺とピギ丸、スレイが囮(おとり)になって大立ち回りをした時だな？」

「うむ。あれによって、エリカの家の近くにいたけっこうな数の人面種(じんめんしゅ)や強力な金眼が倒されていたのだ。深部を少し出た辺りにいた金眼は、その多くが引き寄せられていたらしい」

で、数が減った。それに、

「俺たちは過去にウルザを発ったあと、南方面から魔群帯に入って北へ進んでいる」

あの頃、経験値(EXP)稼ぎがてら金眼どもを殺して進んだ。

そして、先ほど話に出たあの囮になった時の戦い。

あれであの辺りの金眼はさらに数を減らしていた。

もっと言えば、のちに北方魔群帯から来た金眼たち——そう、桐原(きりはら)が引き連れてきたヤツらだ。そいつらと他の南に残っていた金眼はこの前、セラスと倒しに行った。

あの時、口寄せのパワーアップ版みたいな魔帝器(まていき)とやらが使われた。

南東方面の金眼どもも、その時に俺とセラスのところへ集まって来ていた可能性が高い。

「けど、深部を出たあとにも金眼はいるだろ？」

「ヒジリによれば、勇者たちが経験値を稼ぐために東部方面の金眼を以前狩っていたそうなのだ」

そうか。外縁部の金眼は、その時……。

「それから——ヒジリがヴィシスの毒刃を受け、エリカのところを目指していた時の話は聞いているか？」

「……なるほど」

姉妹はS級とA級。聞けば、毒を受けた聖も深部近くまでは戦えていたらしい。

その時――

「金眼どもを殺しながら進んだ」

新たな生息地を見つけたと思い移動してきたら、殺される。

ゆえに、あの辺りは危険地帯。このように判断されたのかもしれない。

そう――人間側ではなく、金眼たちから。

……皮肉なもんだ。

金眼の魔物が跋扈する危険地帯として恐れられていた魔群帯。

今やその南東部は、逆に金眼たちが避ける危険地帯と化したのだから。

「そのおかげで、アライオン方面へ向かう経路は金眼とほぼ遭遇せずに移動できた。我一人だったのも大きいかもしれぬがな」

初めて魔群帯に踏み入って引き返した時は、リズが同行していた。

リズの見た目ではターゲットになりやすい。イヴの言っていた〝魔物と思われるから大丈夫かも〟は、意外とハッタリでもなかったのかもしれない。

「ダメ押しとしては、リズの使い魔による事前偵察だ」

「使い魔がいわゆる偵察役になって、安全なルートを探りながら抜けてきたわけか」

で、無事イヴが魔群帯を抜けたのでリズの使い魔はこっちへ来た。

「そなたたちの方の支援に回っていたエリカが倒れてしまったことで、リズも焦ったようだがな」

　こうして聞いてみると、イヴが単独で魔群帯を通過できたのも納得いく気がする。

「にしても、イヴ」

「む？」

「こっちに向かってるなら、リズの使い魔を通して先に知らせてくれてもよかったんじゃないか？　まあ——」

　俺は地面に置かれた背負い袋に視線をやり、

「理由の想像は、つかないでもないが」

「ふふ、最悪の事態を想定して動く……これは、そなたから学んだことでもあるのでな」

　対ヴィシスにおいて大きな役割を果たすかも知れない魔導具。

　どこにヴィシスの〝目〟や〝耳〟があるかわからない。

「この魔導具が完成した話や、我がこっちへ向かっている話は伏せることに決めた。我が直接そなたと合流するまで、な。この件はひとまずリズ、エリカ、そして我の三人のうちにとどめておくことにした。エリカは『トーカが知れば迎えに来かねないから』とも言っていた。余計な思考をさせたくなかったのだろう。この魔導具がヴィシスに想定した効果を必ず発揮するかどうかも、やはり使ってみねばわからぬそうだしな」

　エリカの環境では神族への試し撃ちなど当然やりようがない。

「絶対でないものに余計な思考や手間をかけさせないよう気を遣ったのもある……か」

どこまでも――気遣いのダークエルフだ。そして、

「イヴ」

「うむ」

「魔群帯を絶対に無事で抜けられる保証は、なかったはずだ」

「かもしれぬな」

「それだけの覚悟を持って、おまえは駆けつけてくれた」

だから、

「なんつーか……ありがとな」

再び腰に手をやって目を閉じ、ふふん、と微笑むイヴ。

「気にするな。それにこれは、この世界を……リズがこれから生きてゆく世界を守るためでもある。あのヴィシスが消えてくれるのなら、あの子がより住みやすい世界になるであろう。何より――我も一応、蠅王ノ戦団の古株だ」

強い覚悟の灯った目で、イヴはニヤリと笑んだ。

「主が決戦の場へ赴くというのなら、配下の我にも活躍の場を与えてもらわねばな」

……それにしても。

蠅王ノ戦団の初期メンバー的な間柄だからだろうか。

「む？　どうした、トーカ？」

「なんていうか――やっぱり話しやすいよな、おまえは」


「頼む、トーカ」

「ああ」

変化の腕輪に魔素を送り込む。

光が収まり、イヴが豹人の姿に戻った。イヴは腕の調子を確かめながら、

「ここへ来るまで何度か人間に目撃されたが……やはり元の姿では目立つのでな。人間の姿の方が目立たずに済む。まあ、以前そなたと人間の姿で魔防の白城の外を歩いていた時と同じような目では見られたが、豹人へ向けられる時の目つきではなかった」

……それは、単に人間基準での美人を目にした時の反応だろう。

イヴは「元の姿だと、やはりこの服は着心地がいまいちだな」とぼやいてから、

「しかしここへ辿り着いてしまえば、もはや元の姿で問題あるまい。知っての通り、こちらの方がわずかだが身体能力が高いのだ。イヴ・スピードである事実を隠す必要も、もうなさそうだしな」

このあと俺はイヴから、対ヴィシス用の魔導具について説明を受けた。

今、女神討伐軍は出立の準備をしている。あと二時間くらいはかかりそうとのことだ。

つまり、まだ時間はある。

なので俺はセラス、スレイ、それから、リズの使い魔を呼んだ。

「――イヴっ！」

「うむ……久しいな、セラス」

スレイが嬉しそうに近づいてきて、二本の後ろ足で立つ。

「パキュリー！」

「ふふ、そなたは相変わらず元気がよいな」

「パキューン♪」

セラスがイヴの両手を取った。

「お久しぶりです……本当に」

「そなたも息災そうで何よりだ。それに、その惚れ惚れするほどの美しさも健在だな」

イヴの足に頭を擦りつけるスレイ。

「パキュ〜ン……♪」

「ふふ、そなたの甘えん坊なところも変わっておらぬか。リズも、よくやってくれた」

ここで、リズの使い魔とも軽く情報の擦り合わせをした。

そのあとは高雄姉妹も呼んだ。

イヴも姉妹も――特に樹(いつき)は目に見えて――再会を喜んでいた。

さらに全体の指揮を執っている狂美帝(きょうびてい)にも、一応紹介しておいた。

カトレアやマキアは――まあ、タイミングが合えば顔合わせをさせよう。

十河(そごう)や他の勇者もここで特にイヴと会わせなくてはならない理由はない。

ムニンには、時間を見つけて紹介しておこう。

……で、一人。

とりあえず会わせておくべきであろう相手がいる。

俺は、そいつを呼んだ。

そいつが幕舎に来ると、俺は手短に説明をした。

説明を聞き終えたそいつ――ジオ・シャドウブレードは、イヴを凝視して言った。

「そうか……てめぇが、スピード族の」

幕舎に入ってきたジオを見たイヴは、ふむ、と唸(うな)った。

「そなたがトーカから聞いていた、最果ての国の豹人たちを束ねる長(おさ)だな？　我はイヴ・スピード。見ての通り、そなたと同じ豹人だ」

ジオは、しばらく黙ってイヴを観察していた。それから親指で幕舎の外を示し、

「少し、二人で話せるか？」

イヴが俺をうかがう。

「問題はないと思う。カッとなりやすい面もあるが、わきまえてるヤツだ」

「ふむ……トーカがそう言うのであれば、大丈夫であろう」

「何か問題が起こったら、俺に言え」

「わかった」

イヴはジオに向き直り、言った。

「では、ゆこうか」


三十分くらいでイヴは戻ってきた。

出発が迫っているため幕舎はすでに解体され、取り払われている。

「どうだった？」

俺がそう聞くと、

「シャドウブレード族の話を両親から聞いた記憶はない……いや、そもそも両親も知らなかった可能性がある。世代を経るにつれ、彼らのことは語り継がれなくなっていったのかもしれんな……何か、あえて語り継がなかった理由があるのかもしれんが」

意図して語られなくなったのか、自然と語られなくなっていったのか。

文章で残してもいなかったそうだ。とすると——前者なのかもしれない。

が、真実を知る者はもうこの世にいない。

イヴは自分が今来た方角へ首を巡らせ、

「が、向こうは我らスピード族のことを語り継いでいたようだ。スピード族はバカだ、と言われた……一緒に最果ての国に来ていればそんな結末を迎えることはなかった、とな」

イヴは皮肉っぽく笑うように、小さく唸った。

「それと……最果ての国に来ればいつでも受け入れる、とも言ってくれた。まだスピード族は滅んだわけじゃない、とも」

「あいつらしいな」

イヴはこちらへ向き直り、

「あれは、よき男だ。子を身籠もっている妻のことも大切に想(おも)っているようだしな」

「ぶっきらぼうだが、いいヤツだよ」

と、そこでイヴが不意に黙り込んだ。そして、

「……これは完全な後付けの結果論だが……スピード族が外の世界に残る選択をしたからこそ、我はエリカのもとへそなたを連れて行くことができた。そういう意味では……外の世界に残る選択にも、意味はあったのかもしれんな……」

それは、どこか自分に言い聞かせるようでもあった。

「……俺としては、その選択をしたことに対して素直に礼は言えないがな。スピード族に

起きた悲劇を考えれば、喜んでいいことじゃない」

スピード族を虐殺した連中――勇の剣。

あいつらを始末したことはまだイヴに伝えていない。

俺と違い、イヴ・スピードは前へ進む。真っ直ぐに。

だから――このままでいい。

ふふ、と得心した風にイヴが唸った。

「あの男は――少し、そなたと似ているかもしれん」

「俺と？」

「意外と、気遣いができる」

フン、と俺は鼻を鳴らす。

「褒めても何も出ないぞ」

ふはっ、とイヴが吹き出した。

「どうした？」

「同じことを、言った」

「何？」

愉快そうに、イヴは笑った。

「我がジオに『そなたは気遣いのできる男だな』と言ったら――ジオも、そなたと同じ言葉を口にしたのだ」

とりあえず出発前に最低限のイヴの顔合わせは済ませた。

例の対ヴィシス用魔導具については、ロキエラに感想を聞いてみた。ロキエラは、

『うーん……これは実際に使ってみないと、なんとも。試用はできないから一発勝負だね。けど、恐ろしく複雑な造りになってるのはわかる。数年程度じゃここまで複雑な回路は編めない。というか、編めたこと自体が賞賛に値するね……ん？　ボクにも影響を及ぼすかもって？　今のボクは元の神族の能力をほぼ使えず、知識を貸すくらいしかできないから……そういう意味では、使用されてもボクの方はそんなに問題ないと思うよ？……多分』

イヴはロキエラに対し、興味津々だった。

『ふむ、これが神族なのか』

大抵はこんな大きさじゃないけどね、とロキエラは肩を竦めていた。

そういやイヴはヴィシスを見たことはないんだったか。

で、そんなこんなで出発直前となったのだが――

「一応これで、久しぶりに蠅王ノ戦団の初期メンバーが一堂に会したわけか」

あの頃の顔ぶれ――俺、ピギ丸、セラス、イヴ、リズ、スレイ。

リズは使い魔越しなので〝一応〟ではあるが。

俺たちは今、円になって立っている。セラスが言った。

「この戦いが終わったらリズ本人もまじえて、改めてみんなで集まりたいですね」

「そうだな」

「ピギ！」「パキュ！」

やっぱり……なんやかやで、このメンバーでいると落ち着く感じがするな。

セラスが叔母さんに似てるとか。

イヴが、叔父さんに似てるとか。

リズが過去の俺に、似てるとか。

それもまあ、あるのだろう。

が、それだけじゃない。叔父夫婦や過去の俺とは関係なく……単にピギ丸が、セラスが、イヴが、リズが、スレイが——、……

「トーカ」

と、イヴが円の中心にこぶしを突き出した。

「エリカの家にいた時、イツキから教えてもらった。大事な戦いの前……皆の意思を一つにする時、こうやってこぶしを円の中心で突きつけ合うのだろう？」

……どういう話の流れで樹はそれを話すに至ったんだろうか。

「けど、ま……せっかくだしな」
俺もこぶしを突き出し、イヴのこぶしにくっつける。
セラスは目もとを和らげ、ふんわり唇を緩めた。
そしてセラスもこぶしを出し、俺とイヴに続く。
イヴのこぶしの上にリズの使い魔がとまる。リズは、翼の先をイヴのこぶしに重ねた。
ピギ丸は俺の腕を伝って移動し、突起の先にこぶしの形を作った。
俺の手首辺りに乗ったピギ丸が、半透明のそのこぶしを俺の手に重ねる。
それから、皆で少し屈（かが）む。
スレイが後ろ足で立ち、前足を上げ、セラスのこぶしにその前足をくっつけた。
「？」
俺に寄せられるこの視線……これは、俺の言葉を待ってるのか？
……こういうのは柄じゃない気もするが。
俺は集まった〝こぶし〟に視線を置き、
「ここまでつき合ってくれたおまえたちには感謝してる……心からな」
あの親（クズ）の血を継いだ三森灯河（みもりとうか）。
クズから生まれたクズ。
元の世界では叔父夫婦のおかげで〝同じ〟にならず、どうにか踏みとどまれた。

しかし――こっちの世界では逆に、あのクズの血が必要になった。

それでも俺がこっちの世界でその血に〝呑まれ切らなかった〟のは。

きっと、叔父さんたちだけの影響じゃない。そう――


こいつらが、いたから。


俺は、視線を上げた。そして言った。

「――ありがとう」

セラスが何か驚いたような――どこか不意打ちを受けたような、そんな反応を示した。

けれどその反応は、ほんの数瞬にすぎなかった。セラスはその笑みを一層深めると、

「トーカ殿、ここにいる全員が……ずっと同じ気持ちを、あなたに持ち続けているのです」

こくこく、とリズの使い魔が首を縦に振る。イヴが、

「ふふ……でなくては、我もここまでつき合おうとは思わぬ」

同意を示す鳴き方で、ピギ丸とスレイが続いた。

「ピギーッ」「パキューンッ」

セラスが「トーカ殿」とこちらを見る。

「この戦い……絶対に、勝ちましょう。そしてまたみんなで、こうして顔を合わせましょう──ここにいる全員で、エリカ殿の家で。ですから、その……みんなで──、……」

一方で、その表情は真剣そのものでもある。

セラスの顔はなぜか、長い耳の先まで真っ赤になっていた。

「みんなで、絶対に──」

決然と立ち上がるセラス。覚悟を決めたように、彼女は声を張った。

「た、倒しましょう！　ク──クソ女神を……ッ！」

今度は俺が──不意打ちを、食らった気分だった。

俺は目を丸くして、口をへの字にする。

というか珍しく、自然とそうなっていた。

通り過ぎる兵が「なんだ？」みたいな反応で通りすぎる。

なんと、いうか。

最後の方のセラスは、もうやけくそみたいな感じだった。

ま……あいつなりに、士気を高めるつもりでの発言だったのだろう。

で、檄を飛ばした当人はというと──言い切ったあとは、口もとを手で覆っていた。

「ァ——す、すみません……その——騎士、らしからぬ……粗暴な言葉遣い、だったかも……しれ、ません……」

俺の口から、

「……ふっ」

ごく自然に——笑いが、漏れた。

俺はすっくと立ち上がり、

「その意気だ、セラス・アシュレイン」

「——ぁ」

顔を火照らせたセラスの瞳が、ほんの少し潤んだ。

花が開くように、彼女の表情が明るさを取り戻していく。

イヴも立ち上がり、

「トーカのああいう笑みを、我は初めて見たぞ?」

セラスの背に手を添え、イヴが言った。

「ふふ、ちゃんとなれたではないか——面白いハイエルフに」

湯気でも立っているみたいに、しゅぅぅ、と恥ずかしそうに俯くセラス。

「い、今のは——そういう、つもりでは……」

辺りを見る。……そろそろ、俺たちも行かないとか。

蠅王面を被り直し、俺は歩き出す。一度立ち止まり、

「行くぞ、セラス」

振り向き、肩越しに言う。

「クソ女神を倒しに」

セラスは「ぁ――」と口を開けた。

そして、嬉しそうに小走りで駆け寄ってきた。

「――はいっ！」


出発の準備を済ませた馬車のところへセラスたちと向かう。

そこに待機していた二人に、イヴが気づいた。

「む？」

「あ！　来ましたのニャ！」

「来たわね」

ニャキが大ぶりに手を振り、ムニンの方は小ぶりに手を振った。

俺は軽く手を挙げて応える。

エリカの家を出たあと蠅王ノ戦団に加わった二人。

この二人は、言うなれば中期メンバーって感じか。一応、後期は高雄姉妹以降になる……のか？　そういや、リィゼなんかも入りたそうにしてたが……。

改めてイヴに、二人を紹介する。

「この二人が、前に話したニャキとムニンだ」

「ニャキですニャ！」

「イヴ・スピードだ」

お辞儀するムニン。

「ムニンです。禁字族の——クロサガの族長をしています」

ニャキと同じくイヴが自己紹介を返す。

二人が直接イヴと話す機会は、これが初めてである。

「二人のことは我も聞いていた。ムニン、と呼んでよいか？」

「はい。わたしもイヴさんのお噂は、トーカさんからかねがね」

「ふむ？　どのような？」

片眉を上げて俺に問いかけるイヴ。俺は無罪を主張するみたいに、

「別に変なことは話しちゃいない。とんでもなくお人好しだ、とかは言ったがな」

「禁呪の呪文書がわたしたちクロサガに辿り着いたのも、あなたの助けがあったからと聞いています」

握手を求めるムニンにイヴは快く応じる。

「しかし、その呪文書もそなたがトーカに協力の意思を示してくれなければ無意味なものとなっていた。これもトーカの強い執念が繋いだ縁といえよう」

「わたしも禁呪使いとしてこの戦いに参加します。そして、イヴさんはとても強い戦士だと聞いています……さらに今回、対ヴィシス用の切り札まで運んできてくださったそうで。力を貸してくださって、ありがとうございます」

「何、この戦いには我が好きで力を貸すだけのこと……トーカたちには恩義もあるゆえな」

「もう返してもらってるぞ」

即座に言った俺をイヴは一瞥し、

「あのような男ゆえな……つい、力を貸してやりたくなるのだ」

「ふふ、わかる気がします」

「しかし――どうにも、話と違うな」

不思議そうに「？」と首を傾げるムニン。

「トーカから聞いた話では……もっとこう、お茶目な女性を想像していたのだが」

「えぇ、やだっ……」

ムニンが顔を赤くし、白分の両頬に手をやる。

「ト、トーカさん……わたしのこと、どんな風にイヴさんに話してたの……？　もう……」

ぷくぅ、と頬を膨らませるムニン。恥じらう風に、口を尖らせている。

俺を見るその目は少し咎めるような視線になっていた。

……うーむ。こうなると、フギといた時みたいな〝母親〟感はないな……。

「そして、そなたがニャキだな？」

「は、はいですニャ！　蠅王ノ戦団の先輩であるイヴさんにお会いできて、ニャキはとっても光栄なのですニャ！」

「苦難の道のりだったようだが、姉と再会できてよかったな」

ちなみにニャンタンは今、他の妹たちの面倒をみている。

「トーカさんたちのおかげですニャ！」

眉尻を下げ、左右の指先をツンツンしながら苦笑するニャキ。

「それでニャキも、トーカさんたちに恩返しがしたくて……今回、参加させてもらったのですニャ。でも、あんまりお役には立ててはいないかもですニャ……にゃははは」

「伝令として駆けずり回ってくれてただろ。少なくとも俺は助かったぞ」

「ト、トーカさん……」

俺とニャキのやり取りを見ていたイヴが、低く笑う。

「――よく、わかった。そなたの存在は、トーカが戦う大きな理由の一つにもなっているようだ」

「はニャ？」

ニャキにニッと笑みを向けるイヴ。

「そなたは十分にトーカの役に立っている、ということだ」

リズと接する時の俺をイヴはそれなりに見ている。

共通する何かを感じ取ったのだろう。特に注意深く守ろうとしている、と。

セラスもイヴの言葉の意味を理解した顔をしている。

振り返り、問いの視線で俺を見上げるニャキ。

「そうなのですかニャ？　ニャキは……トーカさんのお役に、立てているのですかニャ？」

「まあな」

はぁぁぁ、と安堵するように胸を撫で下ろすニャキ。

「よくわからニャいですけど、でしたらホッとしましたのニャぁぁ……このあとも、ニャキはがんばりますのニャ～っ」

はニャりっ、とニャキが気合いを入れるポーズをした。

「あとな――戦いが終わってからもしっかり頼むぞ、ニャキ」

俺はイヴの肩に止まっている鴉――使い魔のリズを見て言った。

使い魔が少し恥ずかしそうにする。

実は、使い魔状態のリズとニャキを俺は移動中に一度引き合わせていた。

文字盤越しなのとリズの負荷の問題もあって、ごく短い時間だったが。

ニャキが目をキラキラさせて使い魔を見る。

「ぁ——今〝こっち〟にいますのかニャ!?」

今リズが意識を接続させているのか、と言っているのだろう。

こく、と使い魔が頷(うなず)く。イヴが膝をつき、腕の上に使い魔を移動させる。

「あのあの……」

上目遣いで、おずおずと使い魔に話しかけるニャキ。

「リズさ——、ニャニャぁ~…………リ、リズちゃんっ」

ニャキが照れた様子で呼び方を言い直すと、リズが「クアァァ」と応えた。

思い切った風にニャキはパァァと目を開き、

「直接お会いできたら……あ、改めて——ニャキのお友だちに、な、なってほしいですのニャ……ッ!」

「カァァッ!」

大きくひと鳴きし、リズは翼を前へ出した。まるで、両手で握手を求めるみたいに。

ニャキは差し出された翼の先に、ちょん、と二本の指で応じた。

照れ臭そうに――けれど、幸福そうな笑顔を咲かせるニャキ。

「ニャぁ……ニャニャぁ～……」

嬉しそうなニャキのその目尻には、煌めくものが浮かんでいた。

「トーカ」

イヴが言った。

「そなたの旅は、復讐を果たすのが到達点かもしれぬ」

イヴは穏やかな目でニャキと使い魔を眺め、

「しかし……その旅の中で紡がれたものの中には、そなたの持つ優しさが確かに編み込まれているはずだ。そなたが否定しようと、我はそう思う」

「ずっと言ってるだろ。俺は元から優しいんだよ」

使い魔がニャキの肩に乗り移る。イヴは膝に手をやると、ゆっくり立ち上がった。

「ふふ……そなたは素直なのだか、そうでないのだか」

感極まりすぎたのか、ニャキが「ニャぁぁ……」と泣き出した。

何度もこぶしで「ひっく、ひっく……」と濡れた頬を押し上げている。

まるで、こぼれてくる涙を掬い上げようとするみたいに。

セラスとムニンが駆け寄って、涙を拭く布をほぼ同時に差し出す。

ニャキの肩にとまるリズは頬の涙を羽で拭おうとしている。

タジタジと右往左往していたピギ丸も痺れを切らしたらしく、

「ポヨヨヨーン！」

俺の肩から勢いよく跳ぶ。そのままスレイの上に飛び乗り、

「ピユリ〜！」「パキュ〜ン！」

ニャキを気遣う輪にスレイと突撃していく。

俺と肩を並べるイヴがその光景を眺め、感慨深そうに言った。

「……大きくなったものだな、この蠅王ノ戦団も」

女神討伐軍は王都エノーを目指す。

俺は、馬車の中で仰向けになって休んでいた。セラスから休むよう言われたからだ。

『疲労などまるで溜まってないかのように振る舞っていますが、お疲れのようです。どうかしばらく、お休みください』

溜まった疲労。今回は、セラスに言われて気づいた。

俺は——決戦に向けてあらゆる策を思考の籠へと放り込み、時にはその策を崩し、組み立て直し……時に指示を求められ、意見を述べ、駆けずり回っていた。

セラスは苦笑し、こうも言っていた。

『あなたは……演技が上手すぎますから。他の方が気づかなくとも無理はないのかもしれません。いつもあなたと同じ場所にいるわけではありませんからね。ちゃんと休みは取っている……そう思っているのだと思います。ですが……私は常にお傍にいなくとも、わかります。いいえ――』

彼女は儚げな――しかし、温かな微笑みを湛えて言った。

『お傍にいたからこそ、わかるのだと思います』

最後に、セラスはこう言った。

『もしかしたら他の方も気づいていて、あえて言っていないのかもしれません。ですが……私は言わせていただきます。わがままを言ってしまうなら、私だからこそ言わせていただきたいと思います。どうか――しばらくお休みください、トーカ殿』

……こうして休んでいると、想像以上に疲れていたのがわかる。

セラスは俺以上に俺のことを見ているのかもしれない。いや……

「見てくれている、か」

蠅王のマスクと物々しい外套は、今は外してある。

腕を枕にし、俺は馬車の幌の裏側を眺めた。

「セラスがいなかったら、俺はどうなってたんだろうな」

顔を横へ向ける。同じことは、

「いなかったらどうなってたかと言えば、おまえもか」

こいつにも言える。

「ピニュー?」

ピギ丸。

この世界で最初にできた相棒。

再び腕に後頭部をのせて幌の裏側を見つめ、

「ピギ丸」

「ピッ」

「何度も言ってることだが、おまえが相棒でよかったよ」

「ピニ♪」

「……なあ、覚えてるか?」

「ピ?」

「初めて俺たちが出会った時のこと……仲間に、なった時のこと……」

「ピッ♪」

「あの時おまえがついて来てくれてなかったら……この旅は、どうなってたんだろうな」

この復讐の旅を振り返ると——あの局面や、あの状況……。

ピギ丸がいなかったら、俺はどうやって乗り切っていたのだろう?

そう思える場面がどれほど多いことか。

一匹の小さなスライム——廃棄遺跡を出て、初めて出来た相棒。

「おまえはずっと俺のために力を貸してくれた。献身的すぎるほどにな」

「ピギッ」

「……たまに考えるんだよ。俺はおまえに何を返せるんだろう、って」

「ピギ！」

ピギ丸が、否定の鳴き方をした。

〝返してもらうものなんて、なんにもないよ！〟

なんとなくだが、意思は伝わる。

「……つってもな。最初に助けてやったアレがあったとはいえ……どうしておまえは、ここまで俺に——」

「ピニ！」

ピギ丸がひと鳴きし、ぷよぷよと近づいてきた。そして、頬の隣で止まる。

それから身を寄せるようにして、ピトッ、と俺の頬にくっついてきた。

「ピギ丸……？」

「…………ピ、ニー」

――………仲間、だからだよ――

「――――――？」

今……

「ピニュィー……ピニー……ピギギー……ピギー……ピニュニュー……」

――ずっとひとりぼっちだったけど、初めて、仲間ができたんだ……――

――助けてくれたから……助けたい……仲間、だから……――

――大切な仲間を助けるのは……当然の、ことだから……――

――本当に嬉しかったんだ……素敵な仲間ができて……――

――こんなちっぽけなスライムを……相棒って、言ってくれて……――

「ピーニィ……ピーユ……ピユユー……ピィー……、……」

――ハラハラすることも、あったけど……――

――いつも、みんなと一緒だったから……怖くなかった……――

——楽しいことも、それ以上にたくさんあって……一緒に、旅をしてて……——

——幸せだったよ……だからね……——

——…………——

「ピユー…………、——ピギィー」

——大好きだよ……トーカ——

「——————」

……気のせいだとは、思うが。

ピギ丸の声が——聞こえたような。

そんな、気がした。

いや——そもそも。

なんとなく、俺は魔物の意思がわかるようになっている。

おそらくは廃棄遺跡の金眼(きんがん)の魔物と極限状態で〝対話(殺し合い)〟をしたおかげで。

だから魔物の意思を汲(く)み取れるのにも一応の理由づけはできる。

あるいは【賢さ】が奇妙な化学反応を起こしたのかもしれない。

意思を理解できているかどうかはピギ丸に確認を取っている。

肯定と否定を示す回答によって。

ゆえに——俺がピギ丸の意思を理解できるのは〝できる〟ことだ。

そう、今までもできたことだ。しかし……今の鳴き声は。

いやに、はっきり聞こえた気がした。

幻聴と断ずるにはあまりにも——、…………いや。

そんなことは、どうでもいい。

目を閉じ、俺は微笑んだ。

「そうか」

短く言って、

「俺もだ、ピギ丸」

ピギ丸を、そっと撫(な)でる。

「ピー……ピギィー……」

「おまえは——」

俺の、

「最高の、相棒だ」

「ピギー……ピユー……」

ピギ丸はまどろむように――俺が眠るまで、とても静かに寄り添ってくれていた。

◇【女神ヴィシス】◇

ヴィシスは王の間で食事をとっていた。

開け放たれた大窓からは白色の朝日が差し込んでいる。

玉座前の段差を降りた先――王の間のちょうど中心。

そこに、王家に代々受け継がれてきた王卓が置かれている。卓上には贅を尽くした料理の数々が並び、また、銀杯には稀少な葡萄酒がなみなみと注がれていた。

擦れ合う銀食器の音が、静寂の中に響いていた。

ヴィシスはフォークで肉を口に運び、咀嚼する。次に、杯を傾けて葡萄酒を煽る。

ゲート破壊の数日前から稀少な酒の備蓄は続々と放出されていた。

血のような葡萄酒をヴィシスは銀杯の中で回しながら、

「こういった上質な葡萄酒を作れる人間は残してもいいかもですねぇ。美味な料理を作れる人間や、その食材を提供する人間も残しましょうか。はふぅ……優雅な朝食に、るんるんです♪」

杯を卓に置き、ヴィシスは布で楚々と唇を拭いた。うーん、と苦笑する。

「そういえば、ソゴウさんが壊れていなかったのは意外でしたねぇ」

ヴィシスは玉座ではなく、人骨で作らせた椅子に座っていた。

干渉値をもう気にしなくてよいので何をしてもいい。

いくつかの骨には、まだ真新しい血が淡い桃色として薄らとこびりついている。

王都で周囲をコソコソ嗅ぎ回っていたミラの〝ネズミ〟の血も、そこにまじっていた。

「んー……壊れなかった要因は、薄色の勇者たちとミナミノさん……あとは彼女……あーなんでしたっけ？　ソゴウさんの腰巾着すぎて名前がよく思い出せない——ああ、スオウさん。そう、スオウさんでした。うーん、スオウさんは早めに殺しておいた方がよかったのかもしれません。スオウさんが生きているなら——続報のないニャンタンを追ったアライオン騎士団はしくじった、と考えてよさそうですねぇ。ふふふ……堅王と同じで、心底使えない人間です。まったく——カスすぎる」

いいですか、とヴィシスはフォークの先を対面席のヲールムガンドに向ける。

「カスはカスでありカスであるからして、カスゆえにカスになるしかなく、カスとして生きるしかないカスだからこそ、カスなのです。カスはカスのくせにカスをほざき、カスを自覚せぬままカスのような言動を繰り返し、カスのまま死んでいくのです。なぜかって？　カスだからです」

フォークを置き、ヴィシスは唇を拭いた布を丁寧に折り畳み始めた。

ヲールムガンドは卓上で手を絡め、両の親指を遊ばせている。

彼は視線の先の親指の動きを止め、笑った。

「手塩にかけた対神族用の本隊じゃないとはいえ、西に送った聖体軍は全滅かよ」

「えー、だって仕方ないじゃないですかー。予想以上に向こうの戦力が膨れ上がっているみたいですし。それに恩知らずのソゴウさんも壊れてなかった上に、裏切ったのですから。壊れたふりをしていたのでしょう……ああ、本当に気持ち悪い。あーあ、最後まで本当に癪にさわるクソガキでした……」

「そのソゴウが壊れ切らなかったのは例の蠅王の手腕じゃねぇか？　聞く限り相当な喰わせもんだぜ」

布を畳むヴィシスの指が、ピタッと止まる。

「トーカ・ミモリ……んー、そうなんですかねぇ？　あー……意外とソゴウさんを壊れたまま使っているのかも？　なんだか彼、小賢しいみたいですから。はぁ……彼も裏切り者なんですよねぇ。私が召喚したのに。こんなの……あまりにもひどすぎます！　しくしく……うーん……廃棄遺跡送りにしたのが、そもそも間違いだったんですかねぇ」

廃棄は他の勇者たちへの先制的な〝見せしめ〟だった。

選ばれし者という意識を他の勇者に植えつける意図もあった。

過去、低等級の勇者が問題の火種になりがちだったのも事実である。

ゆえに――あの廃棄は手続きとして間違ってはいない。

が、トーカ・ミモリの排除は……

後になって思えば——無意識の忌避感、だったのだろうか。

否、と見方を変える。己の直感は間違っていない。

結果としてアレが想定外に生き残ってしまっただけだ。

問題は、その廃棄した勇者が想像以上に面倒な存在だったことである。

「こんなことになるのでしたら……別のやり方で殺しておけばよかった——もっと、確実な方法で」

しかし——あの時の自分が、果たして思うだろうか？

なんの変哲もないあんなクソガキが、あの廃棄遺跡を脱出するなんて。

畳み終えかけていた布の端を、ビリッ、とヴィシスは引きちぎった。

「あ、破れちゃった……」

「で、これからどうすんだ？」

ヴィシスはゴソゴソと神器(じんき)を取り出し、聖眼(せいがん)の状態を確認する。

——まだ動いている。

さすがにこの時期になっても聖眼が動いている、ということは……

「これ、ヨナトの女王にも裏切られたっぽいです。はー……人間はもうだめです。誰も彼もが私を裏切ってばかりです。まったくもって、恩知らずです。しかも……」

ヴィシスは椅子に座ったまま反り返り、背後を見た。

玉座の手前の絨毯の上に結晶型の神器と、その台座が鎮座している。

この王の間が城内で最も聖体との〝線〟の繋がりがよかった。

あの神器の一定距離内にヴィシスがいると聖体が強くなる。

つまり、ヨナト方面へ送った聖体たちを強化できる。

それから王の間の絨毯の下には、神の刻印が施されている。

長い年月をかけて施した強力な刻印。発動時間に制限はあるが、聖眼破壊までは余裕でもつだろう。この刻印もヴィシスが刻印上にいることで効果を発揮する。

場に自らを縛る系統の限定刻印はその効果を爆発的に高めやすい。刻印上にいればヴィシス自身も爆発的に強化される。であるため、結果として聖体も強くなる。

力の配分は聖眼破壊に向かったヨナト方面の聖体を優先した。特に移動速度に多く配分しているため、アッジズ到達までの期間を短縮できるだろう。

「恩知らずのカス女王が裏切ったとしても、どうせもうヨナトに大した戦力は残っていませんから。さっさと到達して、ちゃっちゃと聖眼を破壊して欲しいものです――――ね！」

語尾の大声と共に、ヴィシスは反っていた上半身を元に戻した。

「ま、時間の問題でしょう」

盛り付けられた果物を一つ手に取り、齧る。

「聖体との視界共有ができれば完璧だったんですけど、結局、視界を繋げるのは最後まで無理でした……およよよよ。時間差のある軍魔鳩で、ある程度しか確認できないのはもどかしいです。やっぱり神徒を誰か一人やるべきだったかも……はぁ……古代に失われた使い魔でもあればよかったのですが……あぁ、やきもきします。やれないことがあるというのは――本当に、つまらない」

むくれ顔で、ひと口齧った果実を放り捨てる。ヴィシスは頬杖をつき、

「しかし……戻ってきた報告によると、あのクソ蠅どもの側は動きに迷いがないですねぇ。忌々しい。はぁ……烏合の衆が集まって何をそんなに必死になっているのやら……あぁ、気持ち悪い。仲よしこよしがそもそも気持ち悪い。ヲルムさん……私ね、人間どもがこうして――」

ヲールムガンドが厚い肉を指で摘まみ、あーん、と口に運びかけた時だった。

「ん？　なんか来たぜ？」

「『おい、お客様だぜ！』」

そう報告したのは、神徒の一人であるアルス。

彼は人間であった頃の言葉の引用でしか言葉を紡げない。また、今の彼には口らしい口がない。ゆえに、その声は頭部にある十字の暗黒の中から響くのみである。

そんな彼の声は、まるで死後の世界から届く残響のようでもある。

「あら、まあああああ！　来ましたか！　いらっしゃい！　はーい、こっちですよ～♪」

銀盆を持った侍女が王の間に入ってくる。

アルスたち神徒は、ヲールムガンドのずっと後方で黙って控えていた。

侍女は足をガクつかせながら、他の神徒たちの間を抜けてくる。

彼女の唇は白く、その顔面は貧血を起こしそうなほど蒼白になっていた。

「ヴィ……ヴィシス、様……あの、こ……こち、ら……」

銀盆を持つ手がブルブル震えている。彼女の持つ盆の上には――

アライオンの堅王の生首が、載っていた。

「ちゃんと注文通りですね♪　ありがとうございます♪　で――」

ヴィシスは肘を卓上につき、手の甲の上にあごを載せた。期待の目で侍女に問う。

「どんな風に死んでいったか、詳細を」

「あ……ぁ――」

彼女は、堅王の世話をしていた侍女の一人である。

「早く」

「あ――」

「おい」

「は、はい！　へ、陛下を……ヴィシス様の、ご、ご命令通り……寝具の上で、皆でおさえつけ、まして……」

「ふんふん、それで？」

「首を……生きたまま……調理用の、肉切り包丁で……」

「あらあら♪　陛下のご反応は、いかがでしたか？」

「よ、弱々しい声で……苦しげに……『痛い、痛い』……と……」

「まーまー♪　それはかわいそうに♪　ほら、もっと――臨場感を持って、しっかり話してくださる？　情緒的に……時に、詩的に」

「え……？」

「………………」

「ひっ!?　は、はい――ッ！　あの……陛下は、あまり頭がはっきりしていないご様子で……その、まるで幼い子どもがイヤイヤでも、するみたいに……少し動きながら、ただ『痛い、痛い』……と……」

ヴィシスは目を閉じ、微笑(ほほえ)みを浮かべる。

「ああ……その光景、目に浮かぶようです……尊厳も何もない、哀れな姿……」

「や、やがて……お声も、出せなくなり……くぐもった呻(うめ)き声(ごえ)のようなものを、しばらく出していましたが……しゅ、出血がひどくなったあたりで……事、切れました……」

「首を切り離すのは大変でしたか？」

「あ……は、はい……」

「これからもずっと、寝る前に思い出しそうですか？」

「え？　わ、わかり……ませ、ん」

「ふふ♪　大丈夫です♪　きっと思い出しますから♪　安心してください♪」

やれやれ、とヲールムガンドは首を振っている。

「では、陛下のその首と亡骸（なきがら）は家畜に〝処理〟させるように」

「――――え？」

「〝え？〟ってなんですかそれ？　まさか不服なのですか？　食べ物を粗末にするのはだめですよ!?　そうですねぇ……では、あなたとその親族に〝処理〟させましょうか♪」

「ひぃっ!?　い、いえ……ッ！　かしこまりました！　お、おおせの通り家畜に――」

「あ、陛下の骨はこの椅子に付け足すので残しておいてください。ほら、まだ空きがあるでしょう？　クソ蠅や狂美帝（きょうびてい）、カス勇者たち、他の各国の代表もこの椅子の一部として加わる予定なのです♪　がんばりましょうね♪」

「か、かしこま――わっ!?」

極度の緊張ゆえか、侍女が盆から生首を落としてしまった。

生首が、絨毯の上に転がる。

「まあ！　これはいけない！」

ヴィシスは立ち上がり、生首を慌てて拾おうとする侍女の横についた。

「ほら、急いで拾って！　拾うのよ！　あぁ、なんてこと！　陛下の首なのですよ!?」

「あわ、あわわわわ……」

極端に急かされているのもあるのだろう。侍女は、ほとんど錯乱状態になっていた。

生首を必死に拾おうとする侍女。

しかし手が震えすぎて力が入らないのか、何度も取り落としてしまう。

「あわ、あわわっ……あわわわわっ……」

ヴィシスの急かし方が余計に、侍女を冷静から遠ざけていた。

「あぁ――陛下！　なんとおいたわしいお姿に……ッ！　仮にも一国の王だったお方が絨毯の上で、こんな……ッ！　あーほら！　あなたぁ！　ちゃんとお首を持って！　あーもう！　何をしているんですかっ！　ほら、落ち着いて！　しっかり！　あなたならできる！　真剣になれば、やれる！　がんばって！　あはははっ♪　ほら、どうしたんですか!?　大丈夫ですかっ!?　ねぇっ!?　ねぇっ!?　あははははははははっ！」

侍女が生気のない足取りで退室したあと、ヴィシスは椅子に座り直した。

「はー、面白かったです♪　人間の積み重ねてきた歴史や尊厳なんてこんなものですね♪　残念♪　簡単に失われるし、簡単に損なわれる♪」

「…………」

「あら？　ヲルムさん、何か？」

「いいや？　別に」

「そうですか？　何か言いたいことがあれば、素直におっしゃればいいのに」

ヲールムガンドの開きっぱなしの口。まるで、いつも薄ら笑っているみたいに見える。洞窟めいた黒き空洞の中に小さな満月がごとく浮かぶ金眼(きんがん)。

自分の因子を持つ神徒であっても、腹の内で何を考えているかまではわからない。

これはアルスもヨミビトも同じである。

他者性——自我を残したゆえに神徒として完成に至ったわけか、とヴィシスは思った。

ヲールムガンドは手に取った大皿を傾け、凝った盛り付けの料理を一気に口の中へかっ込んだ。そして腕で口もとを拭い、

「おめぇさんこそ、王様の首が運ばれてくる直前に何か言いかけてたんじゃねーのかい？　人間どもが、どうとか」

「あ、そうでした——作劇の話です」

「作劇？」

「ほら、劇ってありますよね？　わかりますか？　劇の筋は基本的に起承転結で組まれていて……こう、いわゆる観客の喜ぶ筋道みたいな……いわゆる、定型ってものが決まって

いるのですね。で、人気があるのはやっぱり王道ですね！　そう、王道！　結末に向けて徐々に盛り上がっていく劇……私、そういうのをいくつか見たことがありまして」

　手で自分の腹を撫でて、げっぷ、とヲールムガンドが濁った息を吐く。

　ヴィシスは軽く眉を顰めるも、特に咎めず続けた。

「それは、何度も上演されている人気の劇で……その日も大盛況でした。主演も人気の役者でしたし」

ヴィシスが爪で銀杯を弾く。キィン、と硬い鈴のような音が鳴った。

「観客は……それはもう、盛り上がっていましたよ？　観客たちの望む大団円へ向け、劇場の熱気は最高潮に……しかしその日の劇は、大団円では終わらなかったのです」

　ヲールムガンドは、黙って聞いている。

「それは劇の終盤で起こりました。主役を演じていた役者が、舞台に乱入した一人の観客に刺し殺されてしまったのです」

「ひでぇ話だ」

「まあ、私が仕組んだことなのですが」

「おめぇさんの差し金かよ」

　ぶるっ、とヴィシスは震えた。あの感動が蘇ってくる。

「私……定期的に招かれてあの劇を何度か鑑賞しているうちに、こんなことを思うようになったんです。ここにいる観客たちが望む結末を叩き潰してやったら、こいつらはどんな顔をするのだろう――って。ふふ……そう思ったのは、繰り返し観劇しているうちに、毎回打倒される大貴族側に私が感情移入しがちになっていったからかもしれません」

そして何やら――鼻につくように、なっていた。

主役の役回りが。主役に集まる、仲間たちが。

「その劇の内容を簡単に説明するとですね……領民を苦しめる悪の大貴族を、片田舎に暮らす鍛冶職人の男がたくさんの仲間を集めた末に打ち倒す……そんな物語なのです。まあ、主役である鍛冶職人だった男には、かつて王族の剣術指南役だった追放貴族の息子という秘密があるんですが……うーん、なんていうんでしょう……」

冷めた厚切り肉の表面を、ぎゅぅぅ、と親指で押し込むヴィシス。

「賛同する仲間が集まっていって〝みんなで力を合わせたらきっと勝てる！〟みたいな流れが……個人的に気に入らないなー、って思ったんです。世の中そんなに都合よくいきませんよー、って。皆さんちゃんと現実見ましょうよー、って。でも観客の皆さんはその〝勝てる！〟の流れになぜか感動してるんです。怖くないですか？　もう筋道がわかってるのに、感動してるって」

親指についた厚切り肉の脂を、べろり、と舐め取る。

ですから、と唇から脂の糸を引いてヴィシスは続ける。

「――傑作でした。あの時の観客たちの顔……あれこそ、人間の利用価値だと思います。一点の曇りもなく、心からそう思えます」

ヲールムガンドが、まだ汚れていない清潔な布をヴィシスの方へ放って投げる。

「で、反ヴィシスに回った連中の動きがその観客たちと被るって？」

受け取った布で指を拭き、悩ましい顔をするヴィシス。

「ええ、そうなんです。みんなで仲よくお手々を繋いで……何やら、自分たちがいっぱしの存在になったかのように錯覚しているのだと思います。つまり――ガキどもが、勘違いをしている。今、彼らは高揚感や強い連帯感を覚えて〝勝てる！〟と信じているのでしょう。ですが現実は〝みんなで力を合わせれば勝てる〟なんて甘いものではありません。子どもじゃないんですから……ねぇ？　ですので……」

ヴィシスは、指を拭いた布を放り捨てた。

「思い通りにはさせません。神として、正しく人間を導かねば」

「……ククク。生粋の人間嫌いだよな、おめぇさんは」

「え？　大好きですよ？　だから抱きしめて――刺すのです」

ヴィシスは葡萄酒の入った銀杯を持ち、逆さにした。

稀少な葡萄酒が、血のように純白の卓の上を流れる。

「人間は自らが被造物であるという宿痾を忘れてはならない。それを心に留めねばなりません。神より劣った存在である自覚をいつも持たねばならないのです。少し調子に乗るくらいは、のちに起こる悲劇の味付けとして——まあ認めましょう。しかし調子に乗りすぎるのは認められない。私はですね、自覚なき下位存在という〝目障り〟が心の底から大嫌いなのです。身の程知らずどもが」

「ゲラゲラゲラ、やっぱり怖ぇ女神サマだ」

「その見下したような嗤いをやめろ」

「ゲラ、ゲラッ！　ゲラ、ゲラララララッ！」

「………はぁ。昔っからこれですもんねぇ、ヲルムさんは。なかなか聞く耳を持っていただけません。もう言い疲れました……シクシク……悲しい……うぇーん」

「ま……総体として見たヒトがそう褒められた生き物じゃねぇのは事実だがな。下等な生き物って主張にゃあオラァも部分的に賛成してる。その主張を通すために、主神やロキエラみてぇのが邪魔だって考えもな」

「主神を誅滅し天界の〝資源〟を手中に収めたら、計画を次の段階に進めましょう」

「あぁ？　次の段階？」

「異界の勇者たちが元いた世界……あなたは興味、ありませんか？」

「ゲラゲラ、本気かよ。元々その世界にいなかったこっちのもんを、あっちに送り込むぅ？　天界でもそれを為し得たもんは過去、ただの一人もいねぇんだろ？」

「ゆ、え、に私、な、の、で、す、」

ヴィシスは、口もとを弓なりにした。が、目の方は笑っていない。

ヲールムガンドは卓上に腕をのせ、再び、組んだ手の中で二本の親指を遊ばせ始めた。

「クク……じゃ、話を近い未来の方に戻そうか。で？　オラァたちはこれからどうするんだ？」

「ふふ、どうもこうもありません。聖眼がそのうち破壊されますので、そうしたらさっさとゲートを再び開いて天界へ行くだけです。簡単な話では？　その理解力で、大丈夫ですか？」

「聖眼が破壊される前に〝鍛治職人たち〟がここへ到達したら？」

「私がただ作劇の王道を破壊するだけです」

「向こうはヒトだ。で、オラァたちは対神族特化だぜ？」

「あら？　まさか負けるとでも？　対神族特化の分を差し引いても、私たちの敵ではないでしょう」

「かもしれねぇが……どうなんだ？　例の、蠅王――」

ガッシャァアアアアン――――ッ！

豪速で腕を振りおろし、ヴィシスは王卓を破壊した。

代々伝わる王の食卓が真っ二つに割れ、砕け散る。

硬い木片が粉砕され、宙に舞った。また、格調ある食器は盛大に割れ、高い技術を尽くした料理は絨毯に散らばり、稀少な葡萄酒もこぼれてしまった。

ヴィシスは両手で頭を挟み込み、

「あぁいやぁぁあああああああ――――ッ！　王家に代々伝わる貴重なあれこれがぁぁあああ――――ッ！　私のお気に入りでしたのにぃいいい！　ぎぃゃああああああ――っ！」

ヴィシスは腰の後ろへ手を回すと、両手を組み合わせて、前屈みになった。

そして――鼻歌を始めた。

絶叫し蒼白だった形相は一転、幸福そうな笑みへと変わっている。

「るん、るん、るん♪　るんるん、るんっ♪　ふふふーん♪　るるんが、るん♪」

軽快な歩調。まるで、川面から頭を出す飛び石の上を跳ねるようでもある。

踊っている風にも見えるかもしれない。

散らばった木片や食器、料理、こぼれた酒を避けるように、ヲールムガンドへ迫る。

「るんるんっ♪　るるーん♪　るん♪　ふふふーん♪　るん、るん、るんっ――っと！」

バッ、とヴィシスは両手を左右へ広げた。

無事〝対岸〟に辿（たど）り着いたのを誇示でもするみたいに。

ヴィシスが今立っているのは、椅子に座ったままのヲールムガンドの真正面。


「もういいじゃないですか、ヲルムさん――クソ蝿の話は（殺すぞ）」


「…………」

「彼らがここへ到着するより前にどうせ聖眼は破壊されるのです。彼ら哀れな〝鍛冶職人たち〟は空っぽのこの城へ踏み入って、情けなく地団駄を踏むのですよ」

ヴィシスはそこで、聖眼がまだ動いているか確認してみた。

「……ちっ」

小さく舌打ちする。期待しているより聖体の移動速度が遅いのかもしれない。

まったく、何をやっているのか。

しかしヴィシスは、笑みを再び顔に貼りつける。

「まあ、仮に到着しても時間稼ぎをすればいいだけの話です。そもそも今のヨナトに何ができると？　ここに籠もっていればそのうち聖眼は死にます。ふふ……私は用意周到ですので、一応ここでの時間稼ぎの手も打ってありますし？　それから、ニャンタンから地下の対神族聖体の情報が漏れていたり、ゲート起動装置の存在が万が一嗅ぎつけられていたとしても私が無事なら問題ない――問題ないようにしてあります。どれほどの年月、私がここで準備をしてきたと？　ええ、すべてはつつがなく進行しているのです。ですので――」

にこ、とヲールムガンドに深く笑いかけるヴィシス。

「いらぬ不快感を催す話題は、出さないでいただけます？」

「ゲラゲラッ。クク……よぉくわかったよ、女神サマ」

「それに……もし辿り着いたとしたら、彼らの方がむしろ不幸です」

ヴィシスは薄く目を開き、

「万が一私たちと戦ったとして……何人、死ぬことやら。拷問したり同士討ちの遊戯をさせるために極力生かして捕らえたいと思ってはいますが……戦いの中で死ぬ方も、やはりたくさん出るでしょう。あーあ……おとなしくしていれば、もう少し長く生きられたかもしれませんのに。とてもかわいそうです。私たちが先に天界に行ってしまった方が、彼らにはむしろ幸運なのですけどねー。さすがに頭が悪すぎる」

その時は、せいぜい嘆くがいい。

仲間の死を――苦しみを。

「無駄な戦いでどれだけの死体を重ねるのか……まったく、楽しみです♪　ねぇ？」

言って、ヴィシスは巨軀なるヲールムガンドの腕に手を置き、通り過ぎる。

堕神――ヲールムガンド。

そしてヴィシスが歩み寄る先には、他の神徒の姿がある。

彼らは、ずっと黙って二人のやりとりを見ていた。

初代勇者――アルス。

ただひたすらに力を追い求めた、その果ての勇者。

誰もが知るほどではないが、初代勇者の名は今も語り継がれている。

そう、今でも我が子にその名を与える親がいる程度には。たとえば今は亡きアライオン十三騎兵隊――その第十二騎兵隊の老隊長なども、確かそうだったか。

異界の勇者という特殊な存在。当初、ヴィシスは勇者をこの男基準で考えてしまっていた。しかしアルスはそもそもが〝違って〟いた。

最初に召喚した勇者が、極めて異質だったのだ。

虚人――ヨミビト。

もう一人の異質。
召喚時、ヨミビトは記憶の大半を失っていた。
確かに一人だけ他の勇者と何か違う雰囲気はあった。事実、違っていたらしい。
なんでも、
〝時代が違うのではないか〟
召喚された他の勇者たちはそんな風に言っていた。
他の勇者は彼について色々考察していた。
ムサシ、とか、オダ、とか……ケンシン、とか、シンゲン、とか。
コジロー？　ヤギュー？　イットウサイ？　アマクサ？
タダカツ？　サナダ？　ダテ？　ヨシツネ？
よくわからないが、彼らの世界の人の名らしかった。
ある勇者は、
〝この者はヨミの国から来たのではないか？〟
そんな推理をしていた。
そして、己の名も覚えていなかった彼は〝ヨミビト〟と呼ばれるようになった。
中には〝ヨミビトシラズ〟などと、妙なあだ名をつける勇者もいた。

ともかく――ヨミビトは、強かった。

その時代の大魔帝は彼が一人で倒した。

他の勇者たちは早々に討ち死にしていった。

決して弱くはなかったが、驚くほど早く脱落していった。

今回ほどでないにせよ、極めて大魔帝の軍勢が強かったのだ。

あの時はさすがのヴィシスもハラハラした。

敗北の二文字が、初めて頭に浮かんだ。

しかしまさか――ヨミビトがほぼすべて、一人で終わらせてしまうとは。

ヴィシスは、品のよい笑みを作った。

「大丈夫だとは思いますが……もし身の程知らずの〝鍛冶職人たち〟がここへ来たら相手をお願いいたします。ふふ、期待していますよ？」

双眸を細め、ヴィシスは三人のうち一人に微笑みかけた。

「特に、あなたには」

◇【リズベット】◇

大気が震えた。

共鳴するように、微振動が大地を駆け抜ける。

直後──白い光が迸り、すべてをのみ込んだ。


目が潰れるかと思うほどの光量だった。

しかし、やがてその不気味な白光は収束していった。少しずつ視界が戻ってくる。

（今の、は……？）

使い魔の鴉──リズベットは混乱した。

（あれ？　わたし、お城の敷地内の木にいたはず……ううん、この木の枝は直前までとまっていたのと同じみたい。つまりわたしは……ここから、動いていない？　じゃあ……）

王城の方が、変貌を遂げたのだ。

見上げると空が見えなくなっている。

上空と呼んでいい高さのところは、白い天井のようなもので覆われていた。

(何が……起き、たの……？)

リズベットは直前までヴィシスたちを監視していた。

すると突如、大地が鳴動し――瞬く間に膨大な光が広がったのである。

(落ち着け……落ち着け……)

使い魔との接続に意識を再集中させる。確認して、報告しなくては。

よく観察すると城の原型は残っている感じだった。

変貌したというよりは……そう、たとえば――

中途半端に合体した、というか。白い壁や膜が建物とまざりあった感じ、というか。

巨大生物の腹の中みたいな、そんな感覚もなくはない。

少し冷静さを取り戻したおかげか。

思い切って、リズベットは少し高い位置まで飛んでみた。

(！　何、これ……)

白い壁のようなもので覆われていて、王都が見えない。どころか、少し先も白い壁や天井で覆われている。つまり、この城全体があの白い壁や天井に包まれている？

(閉じ込められた……？)

しかしよく見ると、出入り口のような穴がいくつか確認できた。

(あの穴を通っていけば、外へ出られるのかな……？)

もう一度、上方を中心にぐるりと周りを仰ぎ見る。
他の鴉が飛んでいる。自分以外の生物が消えたというわけでもないらしい。
そこで、ハッとする。
いけない——ヴィシスと神徒は？
この異変はトーカたちに伝える必要がある。
ただ、今の光でヴィシスや神徒が忽然（こつぜん）と消えているかもしれない。
どこかに転移したなんてことも、可能性としてはありうる。
特にこの戦いはヴィシスがどこにいるかが最重要だと聞いた。
リズベットは引き返し、監視に使っていた木の上へ戻った。
あの位置からだと窓越しに王の間が覗（のぞ）けるのだ。
ちなみに鴉は自分一羽ではない。鴉は以前からエノーに生息している。
ただ、最近は数が増えた。王都の衛生事情が悪くなっているせいだとか。
同じように蝿（はえ）を目にする機会も多くなった。
白足亭（はくそくてい）にいた頃、ゴミにたかる蝿がリズはちょっと苦手だった。
（でも、今は……）
あの人のことを、思い出せるからだろうか？
変な話だけれど——蝿を目にすると、不思議と心強い気分になる自分がいた。

——がんばるんだ。

自分を救ってくれた、あの人のためにも。

おねえちゃんと一緒にわたしを、あそこから助け出してくれた——

「！」

ヴィシスが王の間から出てきた。ヲールムガンドという神徒の一人を連れて、回廊を歩いている。回廊の左右に並ぶ柱の間から、その姿が見えたり隠れたりしていた。

この城の変貌……何か、始まるのだろうか？

リズベットは全神経を集中させ、今どう動くべきかを思案する。と、

（……あれ？）

柱の陰に入ったあと、ヴィシスが出てこない。捜しても、ヲールムガンドの姿しか確認できない。ヴィシスは、どこに——

「　お　ま　え　か　」

目の前に——真夜中の底なし沼みたいな黒に染まった、二つの眼球が——

——グちゃっ——

肉と骨が柔(やわ)く潰れる嫌な音がして——視界が、消失した。

不意に意識を取り戻したリズベットは、ハッ、と目を開いた。
「――は、ぁッ！　はぁっ、はぁ……ッ！」
死者が息を吹き返したかのように、酸素を激しく取り込む。
急速に意識が鮮明さを取り戻そうとする。
「はっ、ぁ……はぁっ、はぁっ……」
使い魔と断線した直後、自分は悲鳴を上げた――気がする。
はっきりとは、覚えていないけれど。
どうやら悲鳴を上げて倒れ、そのまま意識を失ったらしい。
ここは――、……エリカ・アナオロバエルの、家の中。
――冷たい感覚が、ぶるっ、と小さな身体を震わせた。
空虚な冷たさ。完全なる無。
あれが――死？　自分は、擬似的に死を味わったのだろうか？
怖い。怖かった。
目の前に現れたヴィシス。嗤っているのに――笑っていなかった。
無機質なのに、底知れぬ憤怒があって。

虚無的なのに、充溢（じゅういつ）した邪悪があった。
あんな恐怖をまた味わうかもしれないと思うと……。
使い魔と意識を接続する行為。それ自体が、もう怖いと感じる。
（……怖、い）
「………」
リズベットは、ふらふらと立ち上がった。
頭が痛い。ズキズキする。
身体もだるくて重い……まるで、水の中を歩いているかのようだ。
これまでの使役による負荷も積み重なっている。
背骨に沿うように伝う汗。それが、ひどく冷たい。
小さな身体を庇（かば）うように己を細腕で抱き、接続用の水晶の前に戻る。
エリカには不要だが、自分はこの水晶を使わないとまだ使い魔と接続できない。
（……怖い。怖いよ……、――でも）
おねえちゃんやみんなを失う方が、もっと怖い。
みんなは、あんなものと戦おうとしている。だから、
（伝え、なきゃ……トーカ様、たちに……ッ）
耳にした情報や目にした情報は、すべて伝えなくては。

エリカがまだ動けない以上、今それは自分にしかできない。

冷たい汗を全身や顔に感じる。

この汗は、このあとの行動を拒否させるための警告的な印なのかもしれない。

……ずっと昔にイヴがくれた、木彫りの首飾り。

首にかけたそれを、ぎゅっ、と握りしめる。

わたしたちは。

二人で、強くなろうと決めた。

でも――わたしは、とても弱くて。

……だけど今は。

もしかしたら……ほんの、少しだけ。

目を閉じ、震えの残る両手のてのひらを、水晶にくっつける。

（…………ねえ、おねえちゃん）

わたし、あの頃より――

「少しは強く、なれたかな？」

リズベットは再び――使い魔との接続を、開始した。

◇【三森灯河】◇

昨晩から朝にかけて、少し強めの雨が降った。

今は雲が残るものの雨は上がっている。朝露の付着した平原の下生えが太陽の光で煌めいていた。肌を撫でる風は涼しげで、また、瑞々しい。

澄み切った清冽な空気の中、伝令が報告にやって来た。

「左翼に展開している輝煌戦団が聖体軍と交戦に入りました！」

目的地である王都エノーはもう間近に迫っていた。

数刻前、王都周辺に展開していた聖体軍がこちらへ向け攻撃を開始。

女神討伐軍もこれを駆逐すべく打って出た。

ロキエラが分析を口にする。

「あの動きに数……今回は勝てると思って出してきてない気がする。ていうかあれ、いくらか普通の対神族聖体を出してきてるんじゃないかな？」

「時間稼ぎにか」

「ボクの読みではね。ここで一気に畳みかけられるといいんだけど……」

「今のところ神徒らしきヤツが出てきた報告はない。ヴィシスと神徒は、あくまで籠城の構えか」

距離的にエノーの王都を守る外壁がもう遠くに見えている。

俺のそばでは狂美帝が指示を飛ばしていた。

目まぐるしく駆けずり回る伝令。各所で声高に報告が飛び交っている。

この戦い、狂美帝はこんな提案をしてきた。

『もはやエノーが目前な以上、勇者はＭＰ温存のためこの〝前哨戦〟には参加させぬべきであろう。勇者が出るのはヴィシスや神徒が確認された場合のみとすべきだ。露払いはこの世界の我々に任せるがよい』

幸い、今回は巨大聖体も見当たらない。

「敵の〝不足〟っぷりを見るに……大本命の聖体は、やっぱり聖眼破壊の方へ回したのかもな」

長く共に戦ってきたからか。当初より討伐軍の息もだいぶ合うようになってきている。

もちろん行軍の疲れも堆積しているが、士気は期待以上に高い。ヴィシスが籠城の構えを取っているのなら、勇者のＭＰはここで消費せずとも済みそうだ。これは助かる。

戦端が開かれてから一時間ほどが経過していた。

この王都外での戦いはさして長引かず、もう終わりの気配をみせている。

女神討伐軍の圧勝と言っていい。今はもう殲滅戦へと移行している。

今回の戦いは最後まで勇者を除いた戦力だけで行われた。そのため、勇者のＭＰや体力は一ミリも消耗せず済んだ。ここを勇者抜きで終えられたのは意外と大きいかもしれない。

討伐軍も必死に戦ってくれた。

そして現在、俺たちが王都突入へ向け事前準備を行っていた——そんな時だった。

「……なんだ？」

大気に、ショックウェーブのような震動が奔った。

「！」

その直後、白い光が王都から迸った。ほどなくして、光はすぐに収束したが……

「——王都が……」

そばにいたセラスが、そう呟いた。

巨大な白いドーム。そんな表現がしっくりくるだろうか。

王都の中に突然〝それ〟が出現したのである。

半球形のドームは白い外皮のようにも見える。

あるいは、巨大な白いさなぎのようにも。と、

「ぶ……」

肩に乗っているロキエラが、わなわなと震え出した。そして、

「ぶぁ、つかじゃないのぉおお——ッ!?　あんの、アホクソ女神ぃぃいいいいいいいい——ッ！」

ブチギレた。

「あいつなんであんなもんをこの地上で顕現させてるわけぇっ!?　しかもあんな規模で！　そんなことしたらテーゼ様が次元の歪みを修正するためにどんだけのお力を消耗するか、わかってんの——いやわかってやってるだろおい!?　あんのぉ……アホぉおおおっ！　バカバカバカバカぁああ——ッ！　正真正銘のバッカなんじゃないのほんと!?　ふざけんな！　ふざけんなふざけんな！　ヴィシスの、アホッタレぇぇえええええええ————ッ！」

この陣の近くにいたほとんどの者が、唖然としていた。

それは王都の異変に対してか。あるいは、ロキエラのブチギレっぷりに対してか。

とりあえず俺は、憤死しそうな勢いのロキエラを淡々となだめた。

ようやく落ち着きを取り戻したロキエラに尋ねる。

「あんたは、あれに心当たりがあるみたいだが」

「あれは………十中八九〝神創迷宮〟だ。ちくしょう」

「神創迷宮？」

「ボクたち神族が遊戯に使う概念魔法の一つ……といっても、あれは顕現範囲に神刻術式を定着させた上で〝育て〟なくちゃならない。まあ……細かい説明をすっ飛ばして簡単に言うと、あれを発動させるには気の遠くなるほどの長い時間と手間が必要ってこと。でもね――ありえない。そう、ありえてはならないんだよ」

頭痛に耐えるみたいなポーズで歯噛(はが)みするロキエラ。

「あれは本来、特殊な神刻術式の施された天界の遊技場じゃないと顕現できない代物……そう、本来ならそうでなくちゃいけない。それがまさか地上での顕現が可能だなんて、考えもしなかった。ていうか――やりやがった、ヴィシスのやつ」

ボクもう血管切れちゃいそう、とロキエラがぼやきを挟む。

「……人間から見るとどう映るのかわからないけど、ヴィシスは神族内だと戦闘向きの神族じゃないんだ。いわゆる研究者寄りってやつ。しかも研究者としても、天界じゃそこまで優秀とも言えない――そんな評価の神族だったんだよ。でも……くっそ！　もしかすると隠してやがったんだ、本来の能力を！　この時のために！　どんな気の長い計画なんだよ!?」

「で、あれは――どういうものなんだ？」

「籠城には、もってこい」

「なるほど」

「…………ごめん」

「どうして謝る？」

「ヴィシスがあの王都から離れたがってない時点で、ボクはこの可能性を考慮すべきだった。場に定着させる系の刻印術式を王都内のどこかに刻んでるだろうってとこまでは、ボクも予想できてたよ。起動中に神族の能力を向上させる広範囲系の刻印辺りと予想してた。でもまさか……地上であれを顕現させる方法が、存在するなんて……」

俺は、肝心なことを聞かなくてはならない。

「あれがあると――俺たちは、絶対に勝てないか？」

ロキエラは「ん……」と切り替えるように唸った。そして、首を横に振った。

「……ううん、そんなことはない、と思う」

「なら、勝ちの目が消えたわけじゃないんだな？」

儚げな笑みを浮かべ、俺を見上げるロキエラ。

「キミは……まるで立ち止まらず、先へ進もうとするんだね」

「勝ちの目があるなら俺は進むだけだ。勝ちの目が出る確率を最大限に引き上げるための最適解を、必死に探りながら……な」

時には、命すらをも懸けて。そう、

「今までもずっと、そうしてきた」

すると――ロキエラが左右の手で、自分の頬を力強く叩いた。

まるで、自らを叱咤するように。

「……ごめん。想定外のことをヴィシスがやってきたから、ちょっと狼狽しちゃった」

フン、と俺は鼻を鳴らす。

「逆に言えば、あんなもんを使うしかねぇくらい俺たちを恐れてるってことだろ」

白いドームを見やるロキエラ。

「うん……そう、かもね――いや、きっとそうだ。ボクらがエノーに迫ったこの時点まで使ってなかったのは、裏を返せば〝できれば使いたくなかった〟ってことだと思う。ヴィシスも想定外が続いて、どんどん奥の手を使わざるをえなくなってきてるのかも……」

ロキエラは少し前、完全に溶解する前の聖体の死体を調べていた。

やっぱり対神族性能がそこそこある聖体だ、と言っていた。

「ああいう対神族聖体を出してきたのも、やっぱり追い詰められてる証拠かもしれない」

俺は狂美帝に〝あの王都の変化は問題ない〟と伝え、殲滅戦を継続してもらった。

それから、すべての者に安心を与えるような内容の伝達を行わせる。

勇者たちにも同様の内容を伝えた。不安のためか幾人かが状況を聞きに訪ねてきたが、

〝問題はない。主な方針に変更なし〟

すべてに対しそういう意味の返答をした。

こういう時、俺や狂美帝のような立場のヤツが浮き足立つのが一番まずい。

「殲滅戦も、すぐに終わるはずだ」

言って俺はロキエラに、

「戦いが終わる前に、神創迷宮とやらついて詳しく教えてもらいたい」

「うん──わかった」

ロキエラは左右の頬を両手でグニグニこね回し、

「落ち着けー……ボク」

呼吸を整え、説明を始める。

「あれは元来、ボクたち神族が訓練を行う際に使用される概念魔法の一つなんだ」

「神族も訓練するんだな」

「あの迷宮を使う時は半分お遊戯なところもあるけどね。キミたちがどんなイメージを持ってるかは知らないけど、ボクたち神族も実はそこまでキミらと変わらないんだよ。うーん……〝神〟と名乗ってるだけ、と言ってもいいのかな？　そもそも、この世界で信仰対象になってる神々とボクたち神族は別モノだしね」

そういえば、旅の中で呪神（じゅしん）や軍神って単語を聞いたことがあるな。

「──話を戻そう。神創迷宮は、開始地点から終了地点を目指す迷宮を現出させる魔法だ。概念魔法ってのは、いわゆる原初呪文（げんしょ）にその性質は似てるんだけど……いや、ここはあんまし関係ないから割愛。とりあえず、神創迷宮について押さえておくべきは──」

そうして、ロキエラは神創迷宮について語った。

聞き終える頃には〝王都周辺の聖体軍は全滅状態になった〟という報告が入った。

俺たちは予定通り、このままエノーを目指すことを決定。その道すがら俺は――

神創迷宮という新要素を含んだ上での今後の動きを、組み立て始める。

「先ほどヨナトからの軍魔鳩が到着した」

そう俺に伝えてきたのは、白馬に乗った狂美帝。

「ヨナトの女王は、意地でも聖眼を守り切る構えだそうだ」

よし。ヨナトがこちら側についたのが、これでほぼ完全に確定した。

「ルハイトたちを含む隣国の戦力をアッジズに集結させ、全力で聖眼の防衛にあたると記してあった。軍魔鳩の移動による時間差を考えると、もう聖眼破壊軍と衝突していてもおかしくはないかもしれん」

「トーカ！」

今度は、イヴが馬で駆けてきた。

「リズの使い魔に反応があった！　急ぎ、伝えたいことがあるそうだ！」

俺は文字盤を用意し、イヴと馬車に移った。そしてその中でリズの報告を聞いた。

「――やっぱりヴィシスと神徒は、時間稼ぎであの迷宮に立て籠もるつもりみたいだな」

聞く限り神徒は今も全員ヴィシスのそばに残っている。

つまり、ヨナトへは一人も行かなかった。これを僥倖と考えるべきか、否か。

「つーか……リズ、大丈夫なのか？」

エノーにいた使い魔がヴィシスに見つかり殺されたという。

リズも強いショックを受けたのではないか。が、使い魔は〝大丈夫〟と答えた。

イヴが使い魔を撫で、

「そんなに無理をしなくてよい、と言う前に――よくがんばったな、リズ」

嬉しそうな反応をする使い魔。リズはあくまで耳で会話を聞いたのみだそうだが、会話を聞ける距離まで接近できていただけでも大手柄である。

「今のヴィシスにとっては、やはり聖眼の破壊が勝利条件か」

同席していたロキエラが口をへの字にし、思案顔になる。

「聖眼破壊用の聖体軍はまだアッジズに到着してないのかな……？　もしくは……アッジズで戦っている味方が、ヴィシスの想定以上に粘っているのか……」

うん、と確信を得た風にロキエラが頷く。

「リズちゃんの使い魔から得た情報でようやく確証が取れたわけだけど……聖眼が破壊され次第、ヴィシスは予想通り再びゲートを開いて天界へ逃げるつもりだね」

俺は一つ、気になることを尋ねてみた。

「あの概念魔法で城以外にも王都の一部を変貌させてるってことは……ゲートの展開装置や、例の地下に整列してたっていう対神族聖体の軍勢は――」

「神創迷宮は発動者の意思をその構造にある程度反映させられる。だから、そっちへの干涉に対してはがっちり塞いできてると思う」

となると、それらの破壊は選択肢から外れるか。

ヴィシスはそれらが収まる範囲を神創迷宮の領域にしたのだろう。

概念魔法が作り出す〝膜〟は破壊できない――ロキエラは、そう説明した。入り組んだ迷宮の膜――いわば壁を破壊する行為は、迷宮の〝概念〟を破る行為。

「最初に設定された終了地点に突入側の誰かが辿り着かない限り、概念魔法は解除できない――されない」

しかし逆に言えば、必ず〝終了地点〟は存在する。

迷宮は〝出口〟がなければ概念として成立しない。ゆえに〝終了地点〟までの道のりは必ず確保されていなければならない。もちろん、入り口も。

つまり、迷宮の構造にいくらかの意思を反映させられるとしても、絶対に〝どこへ行っても行き止まり〟だけはない――概念上、ありえてはならない。

また、現出後の終了地点の変更は認められていないとのこと。

「まあ……もう何が起きても不思議じゃないから、概念魔法に手が加えられてる可能性はある。だから到着したら、ボクがあの膜に触れて神創迷宮がイジられてるか確認する。いや、さすがのヴィシスも概念魔法に手を加えられるとは思えないんだけど……」

……フラグを立てるような言い方は、謹んでほしいもんだが。

ちなみに、エノーからは続々と王都民が脱出してきていた。

元々、ミラの反乱以後に王都を離れる者は増えていたと聞いている。ヴィシスはそれを神経質に咎めることはなかったそうだ。他のことで頭がいっぱいで意識が回らなかったか。あるいは――どこへ逃げてもどうせ滅ぶのだから、とでも思っていたか。

一方で、まだ王都に残っている者もいた。

が、さすがにあの不気味なドームの出現でいよいよ不安になったのだろう。

「まだ神創迷宮の中にいる王都民もいそうだけど……」

と、ロキエラ。

「……全員を救うなんてのは、非現実的だがな」

それでも、十河辺りは救いたがるだろうか？

……一応、そこも考慮に入れとく必要はあるな。

避難民はカトレア主導で対応してもらった。

なるべく俺たち本隊に近づけぬよう警戒をしつつ、誘導してもらう。

避難民に手駒を紛れさせて何か仕掛けてくる可能性だってあるからだ。

そうして――俺たちはついに、アライオンの王都エノーへと辿り着いた。

脱出民たちによって開け放たれた大門。

斥候も兼ねた騎兵隊が俺の脇を抜け、馬蹄を激しく鳴らし突入していく。

上空からは同じく斥候役の黒竜、そしてハーピーたち。

俺は、大通りの先に望む神創迷宮を見据えた。

「……大分、かかっちまったが」

『もし生きて戻ったら、覚悟しておけ』

『生きて戻ったら？　ふふふ、冗談きつすぎですね。ありえません。最期に底辺らしい強がりの遠吠え、ご苦労さま』

宣言通り、

「戻ってきたぜ、ヴィシス」

4. 神創迷宮／神葬命宮

偵察をさせたところ、聖体などの敵は迷宮外部に確認できなかった。

また、下水道など地下からの侵入は不可能だという。

迷宮の膜は地下にもしっかり侵蝕し、侵入可能な経路を完全に塞いでいたそうだ。

俺たちは、まず討伐軍を王都外で待機する者たちとそれ以外に分けた。

数が多い王都外の待機軍は、カトレアにまとめ上げてもらうことになった。

そして討伐軍から選抜された精鋭たちは、王都内へ。

もちろん、勇者たちもそこに含まれる。

それから、俺はロキエラを連れて一度迷宮の外膜のところへ向かった。

「不気味なくらい、王都は静まり返ってるな」

迷宮の外側にいた王都民はほぼ脱出したと思われる。

わずかに残っていた者たちも、討伐軍の誘導で王都外へ退避させた。

「今のところ仕掛けてくる気配はないね。まあ、発動者が迷宮の外へ出た場合は迷宮が消える仕様のはずだから、少なくともヴィシスが出てくることはないと思う。神徒は……どうかな。わざわざ迷宮内に誘い込んで戦う強みを捨ててまで、あえて神徒を外へ出すとも思えないけど……それに――」

あえて最初から内部にはおらず奇襲——一応このパターンも想定はしていたが、

「この迷宮の規模……多分、この外膜までの範囲に能力向上の刻印を施してると思う。今、起動中の反応があるからね。で、膜の外側にはその反応がない」

つまり、膜の中だけバフがかかるようにした。

だったら外へ出てくるメリットも余計にない、か。

「で、どうだ？」

先ほどからロキエラは、外膜にてのひらをくっつけていた。

「……うん、さすがのヴィシスも概念魔法に手を加えるなんて芸当はできなかったみたいだね。弄られてないよ。ボクの知っている法則通りの迷宮で、間違いないと思う」

ロキエラがいるおかげで潰せる先の予測が多い。

この先の〝かもしれない〟は、少なければ少ないほどいい。

俺たちは迷宮の〝入り口〟へ戻った。そこには、

「揃ったみたいだな」

突入メンバーが、集められていた。

迷宮の入り口は一つしかない。先ほどのロキエラの判定でそれは確定した。

入り口は半楕円の形をしていた。仰々しい飾りなどはなく、簡素な入り口と言える。

その先にスペースがあった。六畳のワンルームよりやや大きいくらいの白い空間である。

また、入り口とそのスペースは半透明の薄い膜で隔てられていた。

ロキエラによれば、あの薄い膜は普通に通過できるらしい。ただ、

「手短に確認する。まず、あの入り口を通れるのは一人ずつだ」

俺は、ロキエラから得た情報を元に説明がてら確認をする。

「あの半透明の膜を通り抜けると、一人ずつ迷宮内に転送される」

転送先はランダム。ただし、近い順番で入った者ほど近くに転送される確率が高い。

つまり、自分の前後に入った者ほど合流しやすい。

厄介なのは〝確率が高い〟の部分。絶対ではないため、遠くに転送されるケースもある。

ロキエラはこう説明していた。

『これは本来、訓練時に誰と遭遇するかを不透明にするための仕組みなんだ。手を組みたい神族と近い順番で入れば、合流しやすくなって勝率も上がる。逆に入る順番をずらせば、相性の悪い相手との遭遇率を下げられる。ミソなのは絶対じゃないってこと。あくまで確率でしかない。自分の都合のよいように運ぶばかりが現実じゃない……その現実を想定した不透明性さこそ、訓練では大事だとされていたんだ』

偶然の遭遇が織り込まれた競争訓練。

ゆえに迷宮内は、音の届く範囲もかなり狭いという。

つまり基本、近くの音しか聞こえない。迷宮内の壁が音を吸収してしまうのだそうだ。

十三騎兵隊と戦った際に使った音玉で互いの位置や合図を知らせ合う手も考えていた。

が、神創迷宮だとその方法は通用しない。

近距離にいないと誰がどこにいるかわからない——そのため、まさに〝遭遇〟が多くなる。だからこそ〝面白い訓練になる〟とされたんだ、とロキエラは言っていた。

あとは、制限人数である。

迷宮内には〝入場者数〟の制限がある。50～100前後は入れるそうだ。

『神創迷宮の発動者と、発動前から配置されてる障害用の聖体や神徒はその制限人数の枠を取らない。あくまで〝新規〟で外側から入ってくる者を対象とした制限人数だね』

しかし、この人数制限も確かな数は不透明——ランダムなのだという。100より多い時もあれば50だけの時もある。これは、発動するたびに違っているとのこと。

このために、王都外で大半の軍が待機することになったのである。

他には、単独戦闘に不向きなヤツも極力外すことになった。

そして、ここに突入メンバーとして集っているのは——

セラス・アシュレイン。

イヴ・スピード。

ムニン。

十河綾香。

蠅騎士装の高雄姉妹。

戦場浅葱。

ジオ・シャドウブレード。

アーミア・プラム・リンクス。

キィル・メイル。

ロア。

ニャンタン・キキーパット。

ネーア聖騎士団の現団長、マキア・ルノーフィア。

ネーアの聖騎士、エスメラルダ・ニーディス。

今の黒竜騎士団を率いるガス・ドルンフェッド。

選帝三家のオルド家から、チェスター・オルド。

他、ネーア聖騎士団の選抜志願者。

黒竜騎士団の選抜志願者。

輝煌戦団の選抜志願者。

魔戦騎士団の選抜志願者。

アライオン軍の選抜志願者。

最果ての国からの選抜志願者――クロサガの選抜者。
で――俺、ピギ丸、ロキエラ。

内部には神徒以外の聖体も放たれていると思われる。
この聖体の数が多い場合、こちらはいかに主力を消耗させないかが鍵となる。
ＭＰ削りなどこちらの消耗についてはヴィシスも意識しているはずだ。
つまり突入メンバーのこの数は、敵の数の多さに〝やられない〟ための人数でもある。
もちろんそれ以外にも、この突入メンバーである別の理由はあるのだが――
ともあれ、いかに〝参戦できる状態〟でヴィシスに到達できるか。
最低限のＭＰで神徒を殺せる可能性がある状態異常スキル。
俺が神徒を処理して他の主力を温存できるのが最も望ましい。
ちなみに、黒竜騎士団は竜を連れて行かない。
迷宮内部が飛行に向いていないと思われるためだ。強みを活かせない。
さらに言えば、人数制限の問題によりひと枠を竜で消費してしまう。
グラトラとハーピーたちは、同じく飛行を活かせないという理由で居残りとした。
戦闘能力の問題ではニャキやリィゼ、他にベインウルフも残る。
また、今回はスレイも残していく。

それから——クロサガのフギも、外に残ることになった。

これは、話し合いによる結果である。

それと、勇者たちからは参加を申し出た者が多かった。

しかし十河が俺に願い出て、却下させた。

あいつの目的はクラスメイトを守ることだ。

いや——今は〝守るべきクラスメイト〟を守ること、か。

とにかく、そのために十河綾香と高雄姉妹、戦場浅葱以外は残ることになった。

今回の突入は〝死〟を織り込まなくてはならない。

突入後にいきなり神徒と鉢合わせするパターンだってありうる。

十河に気兼ねなく動いてもらう——今回は、これが最優先。

戦闘能力から考えても大半の勇者の迷宮入りは厳しい。

下手に投入して十河が足もとを掬われるのは避けたい。

が、やはり高雄姉妹は突入メンバーに入る。

さすがの十河も、S級&A級の高雄姉妹の参加に〝待った〟はかけなかった。

「突入後、大半は仲間との合流を最優先に動いてくれ。ただし、十河とそこの二人は自己判断で目標達成のために動いてくれても構わない」

十河が頷く。そこの二人——蝿騎士面をした高雄姉妹も、了解の頷きを返す。

蝿王（はえおう）ノ戦団メンバーにはすでに指示を出してある。

皆、まずはムニンとの合流を最優先する。

次いでロキエラ、ピギ丸との合流を目指す。

この二名は今回の迷宮入りで考えると、単独の戦闘能力としては乏しい。しかしピギ丸は戦術性の幅を大きく広げ、ロキエラは対神族に役立つ知恵を有する。必要な二名だ。

俺、セラス、イヴはまずこの三名との合流を優先する。特にムニンは対ヴィシス戦でどうしても必要不可欠な存在である。そのため、ムニンを失うのは最優先で回避せねばならない。

十河や高雄姉妹にも、ムニンとの合流は意識するよう頼んである。

「それと……」

俺は浅葱を見る。

「戦場浅葱との合流も、優先してくれ」

単独での戦闘能力の低さで言えば、浅葱も対象に入る。

聞けば浅葱は過去、側近級の第三誓にとどめをさしている。しかし、

『むっちゃ経験値（EXP）入ってレベルアップしまくったはずなのに、まーるでステータスが上がんにゃくてさー。あり？　このバグはさすがに詫（わ）び石（いし）案件じゃね？って思ってさー。で、どこに苦情を入れるべきか勘案しとったら【女王触弱（クイーンビー）】の習得通知がきたってオチなのよ

さ♪』

これで確信に近いわかりみを得たわけよ、と浅葱は言っていた。そして、

『つまり、これからは自分より強い兵隊バチを動かす女王蜂(クイーンビー)になれ……そーゆーゲームになったわけね——と、そう理解したわけよん』

浅葱の固有スキルは、神をも引きずり降ろす力。そう言ってもいい。

加えて、味方への特殊なバフ系スキルもある。

浅葱が感激するみたいに両手を組み、

「ありがとー、三森(みもり)君♪　優しー」

十河は浅葱も残らせたがったが、浅葱本人に以前の暴走の件を持ち出され完全に論破されてしまった。……ま、浅葱は元から俺も突入メンバーにするつもりだったが。

……正直、浅葱に限っては〝保証〟が予測の域を出ない。

ただ——戦場浅葱に対して俺が覚えている、ある一つの違和感。

その感覚に従うなら……こいつはヴィシスを殺す方向で動くのではないか？

自覚なき意思——無意識。ある意味、これほど信用に足る材料はないかもしれない。

……が、もしこの違和感すらおまえの演技によるものだとしたら。

俺も……演技力についてはさすがに素直に負けを認めてやるよ、戦場浅葱。

「神徒と遭遇した場合、十河綾香とセラス・アシュレインを除き可能な限り単独戦闘は避

けろ。どうしても避けられない場合は――その場で、尽くせるだけの力を尽くしてくれ」

神徒の名が出た途端、空気がわずかにピリッとした。実際の姿を目撃したのはロキエラとニャンタンだけだが、皆、三体の神徒が明らかな怪物であるのを感じ取っている。

神徒との遭遇――こればかりは、運になる。ヴィシス本体はどうとも言えないが、

『さすがに神徒は、ここで出してくると思う』

それがロキエラの分析だった。俺たちは、この件についてすでに話し合っていた。

『なぜヴィシスは神創迷宮（しんそうめいきゅう）を用意してきたか？　時間稼ぎだけが目的じゃないとボクは思う』

『……各個撃破か』

『そう。ヴィシスはキミたちの強さが連係にあると思ってるんじゃないかな？　つまり――〝あいつらを同じ場所で共闘させると厄介だぞ〟と、ヴィシスはそう分析してる。事実、キミの切り札ってのは単独だと活かしにくいわけだろ？』

『まあな』

『憎たらしいけど、ヴィシスなりによく考えてるよ。こっちの強みを断つには効果的だ』

『で、その効果を最大化するため迷宮内には聖体以外にも神徒をうろつかせておく。神徒との偶発的遭遇を、引き起こすために』

『だろうね。合流を阻止し、こっちの〝決め手〟に必要な要素をできる限り削りたい――

そういう腹だろうな』

『といって……こっちが外で神創迷宮の制限時間切れを待っていたら、時間切れで聖眼の方が破壊されちまうかもしれない――か』

ちなみに……あえてゲートの展開を迷宮外で待って、神創迷宮からヴィシスや神徒が出てきたところを総攻撃で叩く――そんな策も、あるにはあるだろう。

が、この策を用いる場合はアッジズ陥落――つまり、聖眼防衛側の全滅を待つことになるわけで。だから、さすがにこの策を取るのは憚られた。

なぜなら――単純に、俺が嫌だからである。

『だから、ボクたちは時間を気にしつつ敵の腹の内へ飛び込んでいかなくちゃいけない。くっそ……そういう意味じゃ、神創迷宮を使った分断は理にかなってるよな……』

『あのクソ女神はどっか抜けてるように見えて、やっぱ悪知恵だけは働きやがるな』

『向こうはあの迷宮を用いることで、こっちの戦力を個別撃破できる機会を格段に増やせる……くっそぉ……状況が変われば、こんな使い方もできちゃうわけか……』

そんなロキエラとの会話を思い出しつつ、俺は続ける。

「黒竜で上空から確認したところ、迷宮の中心は王城――もっと言えば、王の間かその付近だと思われる。合流して戦力や準備が整ったと判断したら、そこを目指してくれ」

〝終了地点は迷宮の中心に設定される〟

　これも道すがら、ロキエラからすでに説明済みである。

「また、迷宮に侵蝕（しんしょく）されているが既存の建物は中に残っているらしい。だから迷宮といっても、そこまで道に迷うことはないと思う」

　通りや建物が城への道しるべとなる。王都の地図も配布済み。

　そもそもこの迷宮は〝偶発的遭遇〟がメインになっている。

　ロキエラはこう言っていた。

『ヴィシスの意思の反映で多少は時間稼ぎっぽい構造になってると思うけど、神創迷宮は根本的にそこまで複雑な迷路にはならない——いや、なれないんだ。これを不思議に思う神族もいた。なら、なんで〝迷宮〟なんだ？ってね。テーゼ様っていう頭のいい天界第二位の神族がいるんだけど……そのお方なんかは、この迷宮の〝迷〟はむしろ〝思考を迷わせる〟の意なのではないか——そう分析してたな』

　遭遇した相手が敵なのか、味方なのか。

　誰をどのタイミングで、どう蹴落とすのがベストなのか。

　発動者の意図は？　どんな〝意思〟を流し込んで迷宮を創った？

　多分——そういったことを考えながら進む〝迷宮〟なのだろう。

　しかし今回、俺たち入場者側は協力の形を取る。

　他の入場者との〝競争〟ではない分、楽とも言える。

俺は続ける。

「最終目標はヴィシスを始末することだが、その前段階としてまず生き残って……そして、他と合流することを優先してもらいたい――〝状況〟を、作り出すために」

そう――禁呪をヴィシスに決められる状況を、作り出すために。

この点だけは、神創迷宮なんてものが出てこようと変わらない。

俺の話を聞きながら、各国の精鋭たちは旧蠅王装や蠅騎士装を身につけていく。

「あのっ」

挙手したのは、十河。

「迷宮の内側に閉じ込められてしまった、王都の人を見つけた場合は――」

「各々の判断に任せる」

俺は即答した。

「ただし、味方ばかりとは限らない点は注意しておくべきだ。いまだヴィシス側につけば自分だけは助かると思ってるクソ貴族や、ヴィシス教団とかいうクソみたいなもんを信奉してる教団の連中が中にいるかもしれない。そいつらの存在も、考慮しておけ」

「…………わか、ったわ」

ぐっ、と飲み込むように十河が一歩下がる。

ここで十河の気を削ぐのは悪手でしかないが、この戦いにおいて〝全員を救え〟とは言えない。……悪いな、十河。この辺りが、俺の妥協点だ。

「で、迷宮に入る順番だが――」

一番手は、十河綾香。

ベインウルフと十河が手短に言葉を交わしたあと、

「十河さん……必ず無事に、戻ってきて」

周防カヤ子が、とても心配そうに十河へ声をかけた。

……周防も、あんな顔をするようになったんだな。

「綾香ちゃん」「委員長っ」「十河さん！」

他の居残り組も、十河に声をかけていく。……正直一秒でも早く行って欲しいってのが本音だが、直前の気の持ち方が今後にとって重要ってヤツもいるからな。

「………………」

ちなみにこの迷宮、ヴィシスが最初から迷宮の外に手の内の者を１００人以上待機させておき、迷宮発現直後に一気に突入させ、それ以上誰も迷宮に入れないようにする――こんな手はありえないのかと、ロキエラに確認してみた。すると、こう説明された。

『ああ、よく思いついたね。実は、同じことを考えた神族が過去にいたんだよ。でも無理だった。なぜか？　あの迷宮は〝生きている〟――要するに、意思があるんだ。で、迷宮は公平性を欠くような〝ズル〟を察知し、それをさせないようにする。発動者の意思を反映させられるってことは、逆に言えば迷宮と意識が繋がるってことでもあるからね。発動者の〝ズルをしよう〟って意思も隠しようがなく伝わっちゃうわけ。まーこれは迷宮としての……いわば概念自身の自尊心みたいなものなのかな。どこまでが〝ズル〟にあたるのかが不明瞭な点も、この迷宮の面白いところとも言われてたんだけどね』

……なるほど。どこまでが〝ズル〟にあたるのか——ある意味、そのルールの穴をつくのも戦略の一つってことか。

その時、

「トーカ」

今が機といった風に俺に声をかけてきたのは、狂美帝。

「いかがされましたか、陛下」

「迷宮入りにはやはり、余も加わる」

「……よいのですか？」

狂美帝は仮にも、一国の皇帝である。

「ワタシとしては陛下が参加してくださるのは大変ありがたいですが……迷宮入りはヨヨ殿や他のミラの貴族たちから、強く止められたのでは？」

元々、これより前から狂美帝も迷宮入りを申し出ていた。

が、ミラ陣営の者たちからとても強い反対に遭った。ヨヨ・オルドが〝ならば陛下の代わりに自分が〃などと、体調不良をおして参戦しようとしたほどには。

今回、選帝三家(せんていさんか)の一角であるオルド家の当主を務めるヨヨ・オルドは、迷宮入りのメンバーからは外れていた。進軍中に風邪をこじらせ、健康を損なってしまったためである。

しかしそんな彼女が不調をおして代わりに迷宮入りしようとするくらいには、ミラの者にとって狂美帝は失いたくない存在なのだろう。

まさか狂美帝は、そんなミラの者たちに黙って迷宮入りを——

「説き伏せた」

俺の問いに、狂美帝はそう答えた。俺は半信半疑で、

「……ミラの者たちが、よく納得しましたね？」

すると狂美帝は、いたずらっ子みたいに微笑(ほほえ)んだ。

「ふふ……皆、あれほど強行に〃わがまま〃を口にする余を見て面を食らっていたわ。あれは、なかなか見物だったぞ」

狂美帝はどこか晴れ晴れした顔で、

「余がここで亡き者となろうと、ミラの次期皇帝としてはルハイトが問題なく機能する。いや、ここしばらくの成長を見ればカイゼも次期皇帝として機能するであろう。次期皇帝の器が二人もいるのだ。元より、ヴィシスを討ったあと余は退位するつもりだったしな」

以前、帝位を退く話は聞いている。

「陛下……」

「それと、もうよい」

「？」

「どこであっても……他の者と同じような調子で余と話して欲しいのだ。これが、そちとの今生の別れとなるかもしれぬのだしな」

「……では、どうお呼びすれば？　いや……どう呼べばいい？」

「ふふ、そのままツィーネでよい。ただ、あれだ――余の方のこの話し方は勘弁してもらいたい。物心ついた頃からずっとこの調子で、身に染みてしまっているゆえな」

俺は一拍置いて、

「いいのか、ツィーネ？」

狂美帝――ツィーネは薄く微笑んで声を潜め、

「余がアサギと近い順番で入る。アレを引き入れたのは余だ。最後まで、あれの面倒は余が見よう」

気をつけろよ――は、不要か。

今の言い方……浅葱(あさぎ)に何か違和感があるのは、承知の上なのだろう。

俺は言った。

「俺が一番乗りか、ツィーネ？」

「？　どういう、意味だ？」

彼の兄カイゼから聞いた〝友〟の話。

「ツィーネ・ミラに初めてできた友人は、トーカ・ミモリになるのか？」

「――――」

ややあって、ツィーネは淡い微笑みを浮かべた。

「……そうだな――どうやら、そのようだ」

それは。

やはり、年相応の微笑みに映った。


「それじゃあ、行ってくるわね」

挨拶を済ませた十河（そごう）が背負い袋を担ぎ、居残り組に言った。

「この戦いが終わればようやく帰れる――みんなで、元の世界に」

ひと言、聖（ひじり）が声をかける。

「十河さん」

頼もしい顔つきで、こく、と頷（うなず）く十河。その口もとには力強い笑みも浮かんでいる。

入り口へ向かって歩き出す十河に、俺も声をかけた。

「そいつを頼んだぞ」

「――ええ、任せて」

十河は俺の前を横切り、迷宮の入り口に足を踏み入れた。

あいつの背負い袋の中には対ヴィシス用の魔導具が入っている。

考えた結果、単独であれを発動させられる余裕の持てそうなヤツに預けることにした。

これについては、イヴやロキエラと話し合って決めた。

『エリカは、この魔導具の発動地点の半径以内にすっぽりエノーが収まるよう範囲を設定したと言っていた。ゆえに、この迷宮は完全に効果範囲内に収められるだろう』

イヴがそう説明したあと、俺はロキエラに尋ねた。

『武器や荷物とか、ある程度の迷宮内への持ち込みは可能みたいだが――その対ヴィシス用っていう魔導具は、迷宮の外で使っても中まで効果を及ぼすのか？』

微妙なとこだね、とロキエラは答えた。

『その魔導具の効果があの外膜に〝弾かれる〟懸念もなくはない。念のため、中に持ち込んで発動させるのがいいと思うよ』

発動させるなら一番手。

かつ、単独で〝ほぼ確実に〟発動させられるであろう人物。

俺やセラス、高雄聖も候補に挙がったが、結論として十河になった。

十河なら即座に敵と遭遇しても、銀騎士や浮遊武器を盾に自らが動く時間も作りやすい。

一番手なのは、もちろん続く者が最大戦力の十河と合流しやすくなるためである。

転送室の中が光に包まれた。光が収束すると、十河の姿は消えていた。

これで、いよいよ始まったと言えるのか。


最後の戦いが。


入場は一人ずつ。

転送が終わってからでないと次の者は転移室に入れない。

誰かが転移室にいると半透明の膜を通過できなくなる。

それから、突入は先発組と後発組に分けた。

後発組は少し時間を置いてから突入となる。

先発組の方は、神徒に対応できそうなメンバーを中心に揃えた。

後発組のほとんどは各国の選抜志願者である。なぜか？

各国主力組織の選抜志願者の大半は、対ヴィシス戦のみを想定したメンバーだからだ。

なので神徒と遭遇し、いたずらに数が減るのを避けたい。

気休め程度だが、そういった理由で少し突入時間を後ろにずらす。

そのタイムラグの間に先発組が神徒をくだしておく——叶うなら、それが望ましい。

「行ってきます」

次の転送者は、ムニン。

順番的に十河とセラスで挟み込む。突入メンバーの単独戦力ツートップ——そのどちらかとの合流を期待しての、この順番である。

ムニンが転送室に入る。

「ムニン」

ひと言声をかけたフギに、ふふ、と微笑み返すムニン。

「またあとでね——フギ」

ムニンが転送される。

次は、セラス。転送が始まる。

「先に行ってまいります、トーカ殿」

「ああ、また中でな」

その言葉を言い切ったのとほぼ同時に、セラスは転送された。

次は——ピギ丸。エールを送るみたいに、スレイが右の前足を上げる。

「パキューーン！」

「ピユリ〜、ピユ、ピユ！」

スレイに応えたあと、ピギ丸が跳ねて転送室に入る。俺も手を上げ、
「あとでな」
「ピギッ！」
次は、俺が転送室に入る。
ピギ丸の転送が、終わる。
で、俺の次がロキエラで――そこに高雄姉妹が続く。
……俺の状態異常スキルは、上手くすればこちらの消耗ほぼなしで勝てる力。
叶うならこの力で神徒を早めに処理できるのがベストだ。
そうすれば他を温存した状態でヴィシス戦に臨める。
いや――もちろん、やれるならヴィシスをさっさと仕留められるのが一番だが。
ちなみにイヴは順番を少し後ろにずらした。
これはランダム性を考慮してのことだ。
〝必ず順番が近い位置に転送されるわけではない〟
ここを考慮しての〝分散配置〟である。
と、俺が転送直前にスレイのエールに応答した――その時だった。
耳鳴りにも、似た音が――
――……キュィィィイン……――

迷宮の内側から外へ――感覚として――抜けていった。
あるいは〝音が煌めいた〟とでも言おうか。
順番待ちをしているロキエラが一瞬、違和感を覚えたような反応をする。
「んっ――なるほど、こういうことか……」
転送室の出入り口から見えた、迷宮の外側に広がっている景色。
空気が、キラキラと光っていた。
転送される直前に見た景色は光の雪が降っているようにも見えた。
また――耳鳴りに似た音を感じた以外、俺は特になんともない。
「…………」
今、すでに俺は迷宮内部に転送されている。
視界には白い通路……そして、白い壁。
通路は元いた世界の学園の廊下より少し広いくらいか。
音は――聞こえない。
静かだ。
さっきの転送前後の音と光と、ロキエラが発した反応……
「そうか、さっきのは――」
おそらく先に突入した十河が、対ヴィシス用の魔導具の発動に成功したのだ。

◇【鹿島小鳩】◇

「――え？　何？　ポッポちゃんも来んの？　タチの悪い冗談でなく？」

鹿島小鳩は戦場浅葱に、自分が迷宮入りすることを話した。

すでに三森灯河は転送されている。

灯河転送後の決定権は高雄聖にあるが、聖もすでに転送された。

次の決定権は狂美帝にあると聞き、直談判したのだ。

「狂美帝さんに話したら、いいって……わたしの固有スキルが浅葱さんに必要かもって話をしたら、納得してくれて……だから許可はもらってるよ？」

「ポッポちゃんの管理の固有スキルがあると便利なのには、ま、異論はにゃいけどね？」

「バフに関しては三森君や十河さん、高雄さんたちのことも考えると……持続時間を管理できるわたしの【管理塔】があった方がいいよね？　浅葱さんのバフスキルは、特殊だからら」

バフという聞き慣れない単語も、今は口から普通に出るようになった。

突入前、浅葱はバフを突入組の勇者に付与していた。

「けど、迷宮入ってポッポ単独で聖体とかと遭遇したら即死しかねんよ？」

「だからわたし、十河さんや高雄さんたちが転送されるのを待ってたの」

浅葱(あさぎ)が珍しく、ちょっと虚を突かれた顔をした。

「十河さんは……わたしが行くって言ったら絶対反対する——ううん……してくれる、だろうから」

「……いーけどさぁ。でもポッポちゃん、なんでそんなキモい感じに覚悟キマッてるのん？　元いた国がアタシら若者にとってもう終わってるから、こっちで死んでもまーいっかなって感じ？」

違うよ、と首を振る小鳩。

「なんか、ほっとけないから」

「は？　まさか……この浅葱さんを？」

「うん」

「アホすぎ」

「あはは……わたしほら、浅葱さんが思う通りの……バカだから」

「………………アホすぎ」

他のみんなは浅葱に言いくるめられた。いつもみたいに。

だからみんな、ここに残るのが最善と信じている。

よくわからないが、浅葱にとっては自分のグループの全員生存が重要らしい。

でも——自分だけは浅葱にとって〝何か〟が違う。

何が違うのかは、やっぱりわからないけど。

小鳩は口端に力を込めた。……笑みになっているかは、わからない。

「浅葱さんが……心細いと、いけないし」

「……死ぬぞ」

浅葱の目は笑っていない。

——、……今は。

浅葱との付き合い方が以前と、ちょっと違ってきている。

十河綾香（そごうあやか）にとって戦場浅葱が危険そうだから、じゃなくて。

自分でもよくわからないけれど……。

純粋に彼女を〝放っておけない〟自分が、なんだかここにいて。

小鳩は、怯（ひる）まず言った。

「わたし、今は信じてるから」

視線を逸（そ）らす浅葱は明らかにイライラしていた。

「何が」

「浅葱さんが女神様を倒すのに協力してくれて、わたしたちを元の世界に戻してくれるって」

「……は～？　アタシが？　ポッポちゃん、アタシそろそろ本気で心配ダヨぉ……頭、ダイジョーブゥー？　しかも、いまだにヴィシスちんに〝様〟付けしちゃってるとか……」

「なんの役にも立てないと思うなら……わたしだって行こうとなんかしないよ。怖いし」

でも、と小鳩は神創迷宮（しんそうめいきゅう）を見上げる。

「もしわたしがいることでほんのわずかでも勝率が上がるなら、行く意味があるんじゃないか――って」

「……うっざ」

「浅葱さんだって、うざい時はうざいよ」

「はぁ？」

「あっ――ご、ごめん……つい……」

気を削（そ）がれたように、浅葱が背を向ける。

「……本っ気でこいつ、色々と削がれるんだが」

「そろそろだ」

狂美帝が来て、声をかけた。彼は小鳩を見て、

「コバト、決意は変わらぬか？」

「あ――はい」

「余とチェスターがそちたちの前後に入る。順番的にニャンタン・キキーパットも近い。転送されたら、余たちはまずそちたち二人との合流を目指そう」

「わ、わかりました……よろしく、お願いします……」

小鳩はどぎまぎして言った。

（うわぁ……）

改めてこの距離で見ると、やっぱり冗談みたいに綺麗な人である。

キュンとする、というよりはドールなんかに感じる美に近い。

この辺りの感覚は、小鳩的にはセラス・アシュレインも同様である。

「そちたちはトーカの学友でもあるのだろう？　トーカのためにも、守らねばな」

目を線にし、アヒル口になる浅葱。

「三森きゅんもたらしっすよなぁ……あんな廃棄のされ方する前に、元の世界でその才能活かしとけってぇのー」

「アサギ」

狂美帝が言った。

「余がそちと手を組んだこと――正しかったと、信じているぞ」

浅葱が陽気に手を上げ、ひらひら揺らす。

「へーい、お任せあれ～い」

狂美帝が歩き出す。

「ゆくぞ」

二人で、狂美帝に続く。

「…………」

浅葱の真髄は【女王触弱（クイーンビー）】に限らない。

追放帝（ついほうてい）を倒したそのスキルだけが戦場浅葱のスキルではない。

ヴィシスがとても強いなら——浅葱の固有バフスキルは、その差を埋める一つの要素になるのではないか？

だからこそ。

彼女のバフを最大限に活かせる自分も行くべきだと思った。

なんとなく——本当に、なんとなくだけれど。

鹿島小鳩は、そう思っている。

転送室を見ながら、浅葱が言った。

「小鳩」

「う、うん」

「バカにつける薬はないって、マジなんだね」

◇【女神ヴィシス】◇

器官が閉じている？

先ほどの耳鳴り……そして、さっきまで空気中に浮かんでいたあの光の粒子……。

まさか、とてのひらを前へ突き出す。

ヴィシスは眉間に小さなシワを寄せた。

「使えない……神級魔法が」

神命の炎球（ファイヤーボール）すら使えない。

神の力の一部を封じられた？

何かされたのだ。何かを、仕掛けられた。

しかし、神族に影響を及ぼす力など……。

ヴィシスの脳裏に、この前潰した鴉（からす）の姿がよぎった。

ギリッ、と爪を噛（か）む。

「アナオロバエル」

あれは優秀なダークエルフだったが、情を捨てきれなかった。

考えの相違さえなければ——くだらぬ情さえ、持っていなければ。

下僕たる半神候補にしてやったのに。

長寿ゆえに人のゴミ性を存分に知ってもらいたかった。心変わりを、期待していた。
やはり――殺しておけばよかった。
「なるほど」
あのアナオロバエルが協力しているのか。
数々のあれこれの裏には禁忌の魔女の助力があったのだ。
ならば今回、あの魔女も迷宮入りしているのか？
……それにしても、まさか神族の器官にまで影響を及ぼす力とは。
自分もあずかり知らぬ虎の子の太古の魔導具でも用いたか。
何か――おかしい。ゴミ虫どもの動きが。
想像以上に、迷いがない。
そう、それこそ……神族の知恵でも拝借していなければ――
（まさか……来ている神族が、ロキエラとヴァナルガディアだけではなかった……？）
テーゼ辺りが来ている？　でなければ、まさか主神オリジン？
天界が今ゴタゴタしていると言っていたのも、嘘だった……？
いや……最初の二人を寄越すだけでも苦渋の決断だったはず。
他に来ているのなら、ではなぜロキエラたちと同行していなかった？
分散する意味がない。無意味な分散だ。

ならば――追加で誰か送り込んできた？　こんなに早く？

遅れて到着する予定だった誰かがいたのか？　あるいは、この神級魔法封じもその神族の手配？　他の神族の存在も想定しなくてはならない？

「…………」

いや、と思い直す。

神族ならば問題ない。むしろ好都合。

対神族の能力は超特化的に高めてある。

そう――逆に今は、神族なら敵ではない。

ヴィシスは自分の身体（からだ）や感覚を注意深く検（あらた）める。

器官は閉じているが、あくまで使用不可なのは神級魔法のみ。

刃状に変形させた爪で、ビッ、と腕の肌を裂く。

……身体の変形や再生能力には特に問題なさそうだ。

基礎能力がやや落ちている感覚はあるが……。

いうなれば……１００を完全とするなら、90くらいに減衰している感覚。

――問題ない。

そう、問題など何もない。

他の能力の確認も終える。やはり、これといった問題はない。

神級魔法の使用不可と、わずかに基礎能力が落ちているのみだ。

壁に触れる。この感じ……神創迷宮の方にも影響はない。

次に膝をつき、床に触れる。目を閉じ、王都に施した刻印も確認する。

起動状況……効果に、問題なし。

ヴィシスは立ち上がる。

「さすがに、現出した概念魔法や刻印にまでは干渉できないようですねぇ」

懐から神器を取り出し、確認する。確認したのはもう何度目だろうか？

聖眼は——まだ、起動している。

冷たい視線を手もとの神器へやり、しまい直す。

「…………」

ヴィシスは——笑った。

「クソカスども」

神創迷宮。

今回ここで行われるのは、遊戯的訓練ではない。

クソカスどもが命を散らし、神によって葬り去られる。

これぞ——神葬命宮。

「ふふ、ふふふふ……まったく……飛んで火に入るなんとやら、ですねぇ♪」

御託は、無用。

気に入らないから——怒らせて、悲しませて、傷つけ、痛めつけるのだ。
楽しいから——苦しませて、嘲笑して、破壊し、不幸にするのだ。

気に入らないから、楽しいから、

殺戮、するのだ——————人の幸せを。


コリッ、と。

親指と中指で摘まんだ黒紫玉を、ヴィシスは口に含んだ。

「信念は貫きます」

だからこそ——————殺戮を。

「殺戮を、する」

◇【十河綾香】◇

対ヴィシス用の魔導具を発動させた十河綾香は、通路の先を見据えた。

（すごく静かで……音がしない……）

先ほどリスクを覚悟で、試しに誰かに届くかと大声で呼びかけてみた。

敵を呼び寄せてしまうかもしれない。が、敵に遭遇したら倒せばいい。

今は敵と遭遇する危険より、味方との合流を優先すべきだ。

（まずムニンさんと合流できるのが、ベストだけど……）

必ず近くに転送されるわけではない——これがネックである。

しかもこの防音っぷりでは、基本的に自ら駆けずり回って合流を目指すしかない。

綾香は灯河の指示通り、発動後の対ヴィシス用魔導具を破壊した。ちなみに発動にはMPを消費していない。魔素を貯蔵した発動用の魔導具をイヴからもらい、それを使用した。

綾香は一旦、走り出した。

まだ固有銀馬は使わない。この戦いにおいてMPは有限。

睡眠を取る余裕はない。回復手段がないのだ。だから節約を意識しなくてはならない。

どこか見覚えのある建物が視界に映る。間違いなく、ここはエノーの中らしい。

蠟のような白い物質が家を二つに分断していたり、八割覆っていたりする。

今のところ人の気配はない。

足もとは石畳。所々、雪が積もったみたいに白い床になっている。踏みしめてみると、白い部分は硬い蠟みたいな感触だった。あるいは、骨と言ってもいいかもしれない。

通路も広さは様々だった。横幅が広いところもあれば、天井が高いところもある。

吹き抜けみたいな空間もあった。所々、階段状に変形している部分もある。

通路と通路の間に時おり広い部屋がある——そんなイメージだろうか。

話にきいた〝訓練〟をする場合は、そこが戦うための空間なのかもしれない。

愛用の槍(やり)を手に、疾駆しながら天井を見上げる。

日光は届いていない。なのに、内部は明るい。外側から膜で密閉されている印象だったが、酸素はあるし、不思議と風が吹いている空間もある。

白い謎の物質に侵蝕(しんしょく)——あるいは、雑に合成されたような街並み。

合成に失敗し、そのまま放置されたような印象もある。

綾香は近場を巡ったのち、とある方角を見やった。

（お城は……あっちの方ね）

召喚後、この王都には長く滞在していた。姿を見せている建物や通りはそれなりに記憶の中にある。自分の場合は地図を出さずとも目指せそうだ。

皆、灯河から城を目指すよう指示を受けている。

（お城の方を目指していけば、どこかで自然と合流できるはず……）

と――

（聖体……ッ！）

ランスを持った中型聖体が、横合いの通路から現れた。

綾香は、その現れた聖体を瞬殺した。

（ある距離から足音らしきものが聞こえてきたけど……あんな近くまで来ないと、足音が聞こえないのね……）

これでは離れた場所で戦闘音や悲鳴が上がっても、駆けつけようがない。

なんだか――心細さもある。

音がない。これは、思った以上に孤独感が強い。

が、今は孤独感による寂しさで膝を抱えている時ではない。

（やっぱり三森君の予想通り、神徒以外に聖体も迷宮内に放たれてるのね……）

再び、綾香は駆け出す。

（早く、戦いに不向きな誰かを見つけて合流を――）

「……、――――は？」

「え？」

遭遇、した。

向こうも目を瞠り、こちらを見ている。

相手の方も〝思ってもいない相手と遭遇してしまった〟――そんな、反応で。

その遭遇者が立っているのは、通路を曲がった先にあった少し広めの空間だった。

（どう、して……ここに――）

動揺を遠ざけようと努めながら、綾香は唾をのみ下す。しかし引き起こされたその動揺と混乱は、彼女の思考を一時的に停止させてしまっていた。

開けた空間の奥――壁際に近い位置。

おそらく、そばに見える通路に入ろうとしていたのだろう。

そう、咄嗟に振り返ったような姿で綾香の視界の先に立っていたのは――――

「ヴィシ、ス……？」

ヴィシスが、言った。

「よりにもよって……ここで――おまえ、か」

綾香は思考をフル回転させ、同時に灯河の指示を頭から引っ張り出す。

〝十河綾香と高雄姉妹に限っては合流を絶対とせず、自己判断で目標達成のため動くのを可とする〟

現状、味方とはまだ誰とも合流できていない。

合流を優先し、一旦ここは退（ひ）くべきだろうか？　いや……離脱を試みたとして、そもそもヴィシスがそうあっさり自分を見逃してくれるだろうか？

それとも――私一人で、ここでヴィシスを倒す？

私が？　倒せるの？　ヴィシスを？

そもそも――なぜ、ヴィシスがここに？

おかしい。そんな、はずは――

「！」

ヴィシスが、そばにあった通路に飛び込んだ。

「――え？」

逃亡した？

先ほど遭遇した時の反応を思い出す。

十河綾香との遭遇が想定外だった――確か、そんな反応だった。

でも、あの反応は罠（わな）？　誘い込もうとしている？　どうすればいい？

十河綾香は、

「【武装（シルバー）――戦陣（ワールド）】」

追う方を、選んだ。

生成した固有銀馬に飛び乗り、駆ける。同時に――極弦を使用。
槍を構えて頭を低くし、ヴィシスが逃げた通路に飛び込む。
（速い!?　でも……ッ！）
目を閉じる。そして神経を聴覚に集中させ、耳を澄ます。
風の音を選り分け――、……
（足音……気配……かすかだけど、この距離なら追える……ッ！）
ドリフトさながらにカーブを曲がり、ヴィシスを追う。
正確な位置はわからないが、ここは大通りから外れた路地辺りだろうか？
（私を誘い込むための罠である可能性も、考慮して臨まないと……ッ！）
「！」
見えた――ヴィシスの背中が。
広い空間に出る。元々は憩いの広場だろうか？
白に侵蝕された噴水が見えた。水が出るところは塞がれてしまい、止まっている。
槍を――投擲。
ヴィシスは振り向きながら、鞭状に変形させた右腕で槍を弾く。
そして半回転して正面を向き、ヴィシスは手を地面に擦らせつつ止まった。
そのまま――綾香に対し、構えを取る。

「ふふ、これはこれは……裏切り者のソゴウさん。思ったよりずいぶん元気そ――――、――――ッ!?」

ヴィシスが構えを取った時点で、綾香はその背後まで移動している――固有剣は、すでに振り下ろされる直前の状態にある。瞠目し、ヴィシスが振り返ろうとする。

「ちょっ――」

綾香が元いた位置――つまりヴィシスの正面とその左右には、生成した浮遊武器を配置しておいた。前方と左右には浮遊武器――そして、後方には十河綾香。

(逃がさな――)

ドガァアンッ!

落雷めいた巨大な破壊音が、綾香の鼓膜を激しく打った。

「――――ッ!」

綾香とヴィシスの間の地面に、巨大な質量の何かが衝突した。

岩をも砕く轟雷がごとき衝撃音。それは、驚嘆すべき速度で降ってきた。

落着の衝撃で爆砕した石畳が、破裂したかのごとく激しく飛散する。そして……

フックのように腕を振り抜いた姿勢で――それが、出現していた。

黒いヒビめいた溝の奔った、白く太い腕。

その周りに揺蕩う残心めいた微細な〝圧〟が不気味に揺らいでいる。

そう、まるで猛暑日に遠くの風景が揺らいで映る陽炎みたいに。

着地とほぼ同時――否、着地の寸前にはもう放たれていた強烈なフック。

しかし綾香は、咄嗟の足さばきでそれをかろうじて回避していた。

（この巨体と……風貌は――）

ロキエラやニャンタンは以前〝彼ら〟を目にしている。

聞いていた特徴から今の〝落下物〟が何かを綾香は推察できた。

蠟細工を塗り固めたような巨軀を持つそれが、悠然と立ちはだかる。

「あー、おめぇさんかい。例の、ぶっ壊れたはずのS級勇者ってのは」

ヲールムガンド。

「あぁ～助かりました～ヲルムさ～ん！　来てくれると思ってましたよ～！　ありがとうございます～！」

ヴィシスが両手を合わせ、涙目で礼を口にした。

彼女はそのまま別の通路の方へ身体を向け、

「というわけであとはお任せしましたーっ！　私は、この裏切りカスの相手はヤなので♪　おほほほほほ！　あとで覚えてなさいよ、このアバズレ！」

捨て台詞めいた言葉を残し、ヴィシスが駆け出した。その方向へ浮遊武器を飛ばす。

が、すべてヴィシスに弾かれる。速度もだが、浮遊武器では攻撃力が足りないらしい。

綾香自身も、反射的にヴィシスを追おうとした。が、視線と意識のほとんどを――

「…………ッ」

立ち塞がる神徒から、外すことができない。

（この相手……今までの相手と違う……違い、すぎる！　動けない……隙を見せれば――やられる！）

ヴィシスは、すでにこの空間から姿を消してしまった。

（やっぱり、この神徒と私を引き合わせるための罠だったの……？）

しかしここで、綾香は疑問に思う。

ヴィシスは神徒と共闘しない？　二人協力して戦えば、勝率は上がるのではないか？

なのにヴィシスは――逃亡を選んだ。なぜ？

「ゲラゲラ……ヴィシスは、おめぇさんの相手をするのは嫌だとよ」

疑問を察したかのように、神徒が嗤って言った。

（……いいえ、今はまずこの神徒をどうにかしないと。ヨールムガンド……ロキエラさんが言っていた、元神族の厄介な相手……なら、ここで――）

私が。

元々、ヴィシスは神族としては戦闘タイプではなかったと聞いた。

片やヲールムガンドは、圧倒的な戦闘タイプとして名高かったという。

『だからヴィシスは消滅しかけだったヲールムガンドを回収できて、大喜びだったはずだよ』

自分の弱い部分を補えるんだから、とロキエラは言っていた。

つまり――戦闘において生半な相手ではない。

大魔帝（たいまてい）はまだ成長段階といった印象だった。あれは素質に溢（あふ）れすぎた原石、とでも言えばよいか。戦が長引いていたら、あるいは果てしない脅威となっていたかもしれない。

が、このヲールムガンドは違う。

磨き抜かれ完全へと至った存在――すでに〝完成〟されている存在。

これまでの敵の中で、最大の強者と考えるべきだろう。

すぅ……、と、綾香は独自の呼吸法で自らを〝臨戦状態〟へと持っていく。

神徒はあさっての方向を向き――しかし隙はなく――人差し指で、己の額を掻（か）いた。

「にしてもよぉ？　ゲラゲラ……本気かよ――こいつ？　こいつが人間の、異界の勇者だぁ？　この――」

ギョロリ、と。ヲールムガンドは、暗黒の眼窩（がんか）に浮かぶ金眼（きんがん）で綾香を見下ろす。

そして薄ら笑いの形にその口を開いたまま、白き神徒は言った。

──「バケモンが」──ヒュッ──

固有剣の静かなる神速の横薙ぎが、ヨールムガンドへ向け放たれる。しかし、

ガィインッ！

ヨールムガンドが、綾香の薙ぎ払いを右腕で受けた。

(硬いッ!?)

「ゲラゲラ──このオラァが避け切れねぇだと!?　対神族用に多く力を割り振ってるとはいえよお!?　これが人間とかよぉ──」

身体ごと刈り取りそうな豪腕が、振るわれる。

「冗談、きっついぜぇえ！」

綾香は回避のため身体を捻りつつ、固有剣の密度を高めて防御を試みる。

保険として綾香は回避のため腰に捻りを加えていたが、

衝突──先ほどと同じ音が、空間内に響いた。

(最大まで密度を高めれば破壊されない……剣で、防げる。そして──硬度は、ほぼ同等……ッ！　サイズ差も固有スキルの特性で問題ない……打ち合いには、もっていける！)

ヨールムガンドの背後に浮遊武器を生成し、背面へ浮遊武器による攻撃を開始。

綾香自身も固有剣で次の攻撃に移る。

キィン！

浮遊武器も硬い肌に弾かれた。ヲールムガンドは、後ろを見もしなかった。

繰り出された固有剣に対し、敵はこぶしをぶつけてくる。

（……くっ！）

このこぶしは——剣で斬り裂けない。

綾香は一瞬にして、固有剣を大槌（おおつち）状へと変形させた。

剣と大槌では力の使い方が違う。綾香は腰を落とし、力を込めやすくする。

インパクトの瞬間、ヲールムガンドが目を見開いた。

「おぉっ!?」

こぶしと衝突する大槌。

鈍くも高い金属音が、空気中で見えない爆発を引き起こした。

互いに衝突した際、ブワッ、と風圧が巻き起こる。

風圧に髪を靡（なび）かせる綾香は力を込め、そのまま大槌を振り抜いた。ゴルフのフルスイングをアレンジしたようなひと振り。それが、ヲールムガンドを押し返す。

ヲールムガンドが、吹き飛んだ。

そのまま、ヲールムガンドは二階建ての煉瓦（れんが）造りの家屋に突っ込む。

煉瓦が砕け、粉塵（ふんじん）が宙に舞った。

破砕した柱が悪かったのか、二階部分が崩れ落ちる。

――呼吸を、整える。

「はぁ……はぁ――、……ふぅ」

（この相手だと……本来なら武器の有無のリーチ差によって得られる有利が、ほとんど意味をなさない……形状を瞬間的に変えての攻撃も、今のでもう覚えられただろうし……）

今のは不意打ちみたいなものだ。

以後はむしろ、固有武器の形状変化の瞬間が隙となる可能性が出てくる。

ガラッ――と。

粉塵の中、瓦礫（がれき）を押しのけて立ち上がる巨軀のシルエット。

パンパンッ、と腕の砂を手で払い――

霧散し始めた粉塵の中から、ヲールムガンドが姿を現す。

「微妙に動きがついてこねぇのは、やっぱさっきの耳鳴りのアレの影響か。器官も閉じちまってるから、こりゃあ神級魔法も使えねぇな……ゲラゲラ、ヴィシスもさぞ不機嫌になってんだろうなぁ」

砂を払った腕から、その視線を綾香へと移すヲールムガンド。

「おめぇさんのその強さ……加護によるもんだけじゃねぇな？」

加護とは、おそらくステータス補正のことだろう。

綾香は呼吸を整えつつ、あごに伝ってきた冷や汗を拭った。

（攻め手を、考えないと……）

「何か――そう、生まれ持った才能によるもんだ。今まで出会ってきた人間ん中でもかなり上等な部類だぜ。ゲラゲラ……ヴィシスよぉ？　こんな才覚に満ちた勇者を召喚しときながら、結末がこのザマかよ⁉　ったく、邪気のねぇ目をしてやがる……まっとうな、澄んだ目だ。狂気の沼に溺れそうな危うさはあるが、クク……そうならねぇのようにすんのが、女神の役目だろーがよ。女神として、もっと上手い付き合い方ってのがあったんじゃあねぇのか？」

ヲールムガンドはずっと口が開いている――笑みの形に。

それから、一度もまばたきをしていない。ならば、まばたきの瞬間を隙として狙うのも難しいか。いや――逆に自分の方が、そこを狙われかねない。

このレベルの相手となると、もはや下手なまばたきの瞬間すら隙となりかねない。

（あの口の中に槍を突き込めれば……硬質化で防がれない？　いえ――口を開いているのは、逆に誘い込むための撒き餌？　それに、攻撃が通る保証もない。内部も硬質化できるのかも……なら、やっぱり……）

「いるんだよな……ヒトの中にゃたまにこういう〝アタリ〟が。だが総体としてのヒトが形成する社会は、そのアタリを損なうようにできてる……宿命的にな。ヴィシスよぉ？　おめぇさんが言うようにヒトはすべてがゴミでもねぇんだぜ？　割合的にゴミが多いだけだ。そして誰かがそのゴミを——ハズレを取り除きかねぇから、純粋なアタリまで腐っていく……損なわれていく。総体としてのヒトに自浄作用はねぇ。一見逆説的にも聞こえるが、ヒトの大半は総体ではなく個の欲望を優先しすぎる。特に文明が発達するほどな……だから総体を楽園へ導くには神が浄化し、管理しなくちゃならねぇ。オラァはな、楽園が見たかったのさ。アタリだけを選別して集めた、可能性の最大化された社会ってもんをな」

あれは……独り言、なのだろうか？　あるいは、自らに語りかけている……？

自分の肩に手をやり、首をぐるんと回すヲールムガンド。ゴキリ、と音がした。

「ゲラゲラ――ま、ヴィシスは聞く耳なんざ持たねぇわな。ありゃあ、根っからヒトを憎悪してる。愛してるとか言ってるのは知性あるオモチャだからにすぎねぇ」

「……あなたは」

「あぁ？」

「ヴィシスと考え方が違うのなら――ヴィシスを倒そうと、考えることはないの？」

「クク……ヒトの概念で言えばオラァはもう〝死んでる〟からな。死者がブザマに動いてるだけだ。ヴィシスが死にゃあその因子を持つオラァも消滅する。そして、因子を与えたヴィシスの命令にゃあ逆らえねぇ。せいぜい、こうして愚痴をこぼすくれぇさ」

「……楽園なんかじゃ、ない」

「ん？」

「人は……人の意思——自分たちの意思で社会を……世界を、形作っていく。そう……自分たちで、摑(つか)み取っていく。自分たちで答えを出して摑み取った時こそ……それこそが、本当の意味での人の〝あるべき世界〟なんだと、私は思う。だから——神の介入なんて、必要ない。それに……」

綾香は、信じている。

「人はあなたが思うほど、悪い生き物じゃない」

生まれた瞬間から邪悪な人間なんていない。

きっと、何かのせいでボタンを掛け違えてしまっただけだ。

だから社会を——世界をよくしていけば、掛け違えてしまう人を減らせるはずなのだ。

力を正しく、使いさえすれば。

それに、

「あなたが〝ハズレ〟と呼ぶ人たちだって、一生そのままとは限らない」

私だって変われた。正しく——救われたから。

そう……人は、人を救える。

「正しく変われるかもしれない——それこそが、あなたの言う〝可能性〟ではないの？」

クク、とヲールムガンドは笑った。そして——

「全否定まではしねぇがよ——そりゃあ、理想論ってもんだ」

一足にて、肉薄してきた。

「！」

なんて——ソフトな踏み込み。

こんなことができるのか。踏み込んだ地面には凹み一つできていない。

まるで瞬間移動——が、決してテレポーテーションなどではない。

（本当に、柔らかながらも……ただ速い——踏み込み……ッ！）

「ゲラゲラ！　どのみち死者であるオラァの望みはもう叶わねぇ！　オラァとしちゃあ、あとはヴィシスについていって……結果として天界の連中に復讐できりゃあ、それでよしとするさっ！」

繰り出される連打。綾香は、それを懸命に捌く。

基本は力を受け流す。しかし受け流しだけでは単調になる。

時には打ち合いも織り交ぜつつ、隙をうかがう。

意識を分散させられないかと銀騎士を使ってみるが、さして効果はなかった。

浮遊武器も同様である。何より、それらを使うと固有剣の密度がほんのわずか落ちる。

そう——今の綾香は固有スキルの銀球の配分を、すべて固有剣に集約していた。

（おかげであの硬いこぶしを受け止めて、どうにか打ち合えてるけどッ……私の——反応、速度が……ッ！　浅葱さんの能力強化スキルがかかっている状態でこれなの……ッ!?

くっ……）
ジリジリとだが。押し、負けている。
このまま長期戦になって、浅葱のバフが切れたら――
（――二本）
また上手くいく保証は、ない。
しかし他に――手段が、ない。
いくしか、ない。
――極弦ノ、双――
連撃を繰り出し合う中、紡がれていく――二本目の弦。
そして――成った。
二本の極みなる弦を、紡ぎ終える。
綾香は、固有剣を振った。
――ヒュッ――
「お？」
紅い鮮血の線が、ヲールムガンドの腕から宙に引かれた。
（……通、った）
「ゲラゲラ！　本気かよ!?　このオラァが出血させられただと!?　人間にッ!?」

綾香は確信を得た。

(……やっぱり)

最初の違和感は、音。

初めて固有剣が防がれた時……そして、背後からの浮遊武器の攻撃が弾かれた時だ。

音が違った。

固有剣の時の方が硬くて重い、甲高い音だった。

逆に、浮遊武器で攻撃した時は軽かった。

腕と背中で硬さが違う?

最初はそう思った。

しかし戦いの中で綾香は、もう一つの違和感を覚えた。

ヲールムガンドの身体の色が一部、微妙に違うのだ。あるいは、濃さが。

白い肌がグレーに近い色になっている時があるのである。

というか――色の違う部分が、移動している。

綾香は推測した。ヲールムガンドはおそらく……

攻撃を受ける部分だけを極端に硬質化させている。

(多分……)

硬質化の〝成分〟のようなものを、意識した箇所に集めている。

ヨールムガンドはその〝成分〟を己の意思で移動させられるのだ。

全身どこでも――好きなように。

奇しくも。綾香の固有スキルと似た原理とも言える。

密度を高めることで攻撃力を――または防御力を、強化しているのだから。

では、どう戦えばよいのか？

気を逸らすなどして隙を生み出し、硬質化前に一撃を入れるしかない。

この理論が正しいか確認するためにも――攻撃が本当に通るか確認するためにも、まず一撃を入れたい。薄皮一枚でもいい。

（でも――）

今までその隙を、まるで作れなかった。作らせてもらえなかった。

敵は背後からの浮遊武器すら〝見ず〟に防いだ。

さっき何やら語っている間も綾香は隙を見つけようとした。

無理だった。

自分が話せば意識を逸らせるかとも思ったが、それも無理だった。

カラクリに予想を立てても、実証できなければ絵に描いた餅。

で、あるならば……

（気を逸らすのが無理なら、これはもう――）

硬質化が間に合わない速度で攻撃を浴びせるしかない。

これを〝成す〟ために二本目が——極弦ノ双が必要だった。

一撃を加えたあと綾香は間を置かず、次の攻撃へと移る。

予測は確定し、理論は証明された。結果を——方程式を得た。

あとは通すだけ。攻撃を。

五月雨式に超速の剣閃を放ち、さらに間合いを詰める。

ヲールムガンドも腕で剣撃を弾き、捌いていく。

しかし——今までと違う。こちらの斬撃が当たるようになってきている。

刃傷を、与えられている。

「クク……いつ以来だよ、人間に血を流させられたのは。そうさ！　これこそがヒトの秘めし可能性ってやつよ、ヴィシス！　だが摘むんだろ!?　おめぇさんはこの可能性の芽を！　いいぜ……不本意だが、見事に摘んでやろうじゃねぇか！　ご命令通りなぁ！　ゲラゲラゲラゲラ！」

（いける——いえ、違う！　浅いっ！）

ヲールムガンドは、こちらの斬撃を選んでいる。

多分、浅い傷と予測したものはあえて受けている。すべて防ぐのをやめたのだ。

が——形勢として今、押しているのはこちら側に切り替わっている。

――ボコッ――

「！」

ヲールムガンドの身体に走る黒いヒビのような溝が――

浮いた血管のように、盛り上がった。

確定的なその予感に、ゾワリッ、と綾香は総毛立つ。

「力を温存してんのは、おめぇさんだけじゃねぇってことだ」

綾香は、目を疑った。

ヲールムガンドのサイズが、一瞬にして縮んだのである。身長はおそらくあのジオという豹人(ひょうじん)くらい。アンバランスに太かった腕も、均整ある太さになって――

――ブンッ！

（速っ――あ――間に、合わっ――ガードッ……、――頭部ッ！）

コンマレベルの判断で綾香は己の頭部を保護する。が、

（……！　違う、頭じゃ、ない！　しまっ――）

「戦人として極まったがゆえに高くなりすぎた感応力――それが逆に、命取りだ」

頭部を狙う〝フリ〟をされた。頭を狙う〝意思〟が、確かに見えたのに。

正確すぎるほど戦意に対し敏感になった綾香の察知力。

逆に、それを利用されっ――

「がっ、ふっ――ぅッ!?」

綾香の腹部に、ヲールムガンドのこぶしがめり込んだ。

綾香は弾丸さながらに吹き飛び、白壁に背中から衝突する。

受け身を取る余裕もなかった。さらに不幸なのは、衝突したのが破壊不可能な迷宮の壁だったことである。衝突で壊れる建築物ならむしろ、少しばかりクッションになった。

喩(たと)えるならそう――柔道の投げ技で、路上の硬いアスファルトに叩(たた)きつけられたかのような。柔らかい、畳の上ではなく。

しかも――あの速さ。

固有スキルで緩衝材を作る試みをする余裕すら、与えられなかった。

「――がッ、……ぐッ!」

前のめりに倒れかけるも――どうにか、踏ん張る。が、

「ぐ、っほ――ぉ……げぼぉ……ッ」

地面に血を、びちゃぁッ、と吐き出す。

(瞬間的なサイズ変化まで……できる、なんて……)

「ヒュ―ッ――ヒュ―ッ……げ、ふっ……う、ぐ……げほっ! ごぼぉっ!」

叩きつけられた直後、咄嗟(とっさ)に銀騎士を前方に展開し壁を作った。

が、やはりヲールムガンドになすすべなく蹴散らされている。また、縮んでいたヲール

ムガンドのサイズは元に戻っていた。元のサイズに戻ることも簡単にできるらしい。
（…………なん、だろう）
すべてが……スローモーションみたいに見える。
「ひゅー……ひゅー……」
呼吸を……酸素を。
（ただ……）
どうにか――ギリギリ、心臓への直撃だけは外した。
あれで心臓を打たれていたと思うと肝が冷える。
それでも、受けたダメージは大きい。
……強い。
断言できる。これまでの敵の中で、間違いなく最強の相手。
綾香は理解した。ヴィシスがヲールムガンドと共闘せず、離脱した理由を。
――だって、十分だもの。
十河綾香の相手など、このヲールムガンドだけで。
綾香は前方に手を突き出し……固有剣を、生成する。
（……でも。この、戦い……）
マシだ。だって、

（敵は——————クラスメイトじゃ、ない）

桐原拓斗が大魔帝側に立った時の方が、何倍もやりにくかった。

守りたい誰かと戦わなくちゃいけない方が、よっぽど辛い。

きっとそういう時——私は、戦えなくなるから。

（だからマシだと、思わなくちゃ……ただ……）

パワーアップしたヲールムガンド。

奥の手である極弦ノ双も使用した上で、自分は今こうなっている。

どうやってあの最大の強敵を抑えればいい？

（……いえ）

やるしか、ない。

勝てるかどうかはわからないけど。

でも、ここでヲールムガンドを自分が少しでも足止めできれば。

（他のみんなが合流するための、サポートになる……そう……勝てないまでも、せめて——）

抑える——ここで。

私が、こいつを。

こんなのをこの迷宮で自由に動き回らせたらだめだ。絶対に。

「守ら……なく、ちゃ……みんな、を……」

私、は――――、……

「…………」

視界が……意識が――ぼんやり、してきた。

（あ、れ？）

…………リィイイン…………

（……これ、は？　風鈴の……お、と？……、――――）

□

それは、いつの記憶だろうか。

とにかく、まだ自分が幼かった頃だ。

ある夏の日。綾香（あやか）は祖母に連れられ、祖母の生家に行った。

夏なのにあまり暑くない年だったのを覚えている。

久しぶりのお墓参りだった。

両親は仕事の関係で、到着が一日遅れることになっていた。

祖母の生家はとても古びていた。でも、すごく綺麗だった。

掃除も行き届いていたし、台所の冷蔵庫も新しめだった。

地元の人を雇って、一年を通して管理してもらっているのだとか。

「金持ちと結婚するってぇのは、こういうことなんだろうねぇ」

祖母はそう言って煙草をくゆらせ、遠い目で田んぼを眺めていた。

二人でお昼を食べたあと祖母が、

「ちょっとだけ出てくる。なぁにすぐそこだ。まあ変なのは来ねぇと思うけどな……でも、何かあったら大声出すんだよ？　すぐ、ばあちゃんが駆けつけるから」

そう言って角を曲がり、祖母は玄関の方へと姿を消した。

綾香は縁側に座って、一人で雲一つない青空を眺めていた。

縁側から足を投げ出し、靴はその下で綺麗に揃えられている。

とても、静かだった。

蟬がいると思っていたけれど、それ以前に虫どころか、鳥の声すらしない。

ここから見える田んぼを持つお隣さんも、家自体はかなり離れている。

だからこの辺りには、この家しかない。

…………リィイイン…………

風鈴だけが、涼しげに鳴っていた。
母が買ってくれた白いワンピースの裾が、微風に揺れている。
綾香はしばらく、ばんやり空を眺めていた。
——その時、だった。
…………リィィイイン…………
風鈴の音がひと鳴りした直後、

世界から、音が消えた。

風鈴の音も、急に聞こえなくなった。

「————————」
それはとても不思議な感覚だった。
青空と地面と自分がまるで、一つになったかのような。
そう、天地と自分が混ざり合ったかのような……。
そして、綾香は感じた。
自分は今——た、だ、そ、こ、に、あ、る。
あらゆるものが、透明の中に溶け込んだような感覚。

澄み渡っていて……それが、どこか心地よくて――

「――綾香ッ！」

ハッ、と我に返る。

…………リィイイン…………

「あ……おばあ、さま？」

「大丈夫か？　声かけてもぼんやりした感じで……なんだ？　眠いのか？」

「え？」

妙だ、と思った。祖母が近づいてきて声をかけたのは……覚えている。

眠っていたわけでも、気を失っていたわけでもない。

おばあさまが来たな、と。

声をかけてくるんだなというのは、わかっていた。

そう、まるで――わかっていたかのように。

……あれ？　何を変なことを自分は思っているのだろう？

なんだか変な気分である。まったく意味不明だ。

〝わかっていたのが、わかっていた〟――だなんて。

奇妙な予言者みたいだ、と思った。

「ったく、よだれまで垂らして……」

ハンカチでよだれを拭ってくれる祖母にお礼を言い、風鈴を見上げる。

……………リィイイン…………

風鈴が……。

風鈴が、鳴っている。

▽

銀騎士を蹴散らし、とどめをさしに来たヨールムガンド。

綾香は、固有剣を振った。

――ヒュッ――

放った刃が――深く、ヨールムガンドの脇腹を抉り斬る。

「あ？」

パックリ割れた裂傷から出血するヨールムガンド。

斬撃を放った瞬間、すでに結果はわかっていた。

そう……思い描かれた想像がそのまま結果――現実として、ただそこにあるだけ。

「…………ク――クカカカカカッ！　こいつ、本気かよ!?　ここまで到達するもんか!?　人間がっ!?　ヴィシス――あの間抜けめッ！　いいや、ある意味じゃ壊そうとしたのも——思うままに操ろうとしたのも、大正解じゃあねぇか……ッ！」

綾香の第二撃——今度は、深々とヲールムガンドの肩を割る。

破裂したように、神徒の右肩から血が噴き出た。ヲールムガンドが飛び退く。

「……なるほど。完全なる忘我と化し、一切の夾雑物を排除した状態……その状態——純然たる過集中状態よって放たれる〝無意の一撃〟……ってぇとこか」

カカ、とヲールムガンドは軽快に笑った。

「そりゃあ読めねぇわけだ。ククッ……んな攻撃、読みようがねぇ」

ポリポリ、とあごを掻くヲールムガンド。

「今のおめぇさんはおそらく……そう、いわば擬似的な未来予知をしているに等しい状態——となりゃあ、オラァもそこを織り込んで動かねぇとか」

綾香は気づく。

これまでに負わせた敵の浅い斬り傷が、すべて綺麗さっぱり消えていることに。

「あぁ、オラァの傷かぁ？　クク……オラァにゃ再生能力が備わってる。だが安心しな。再生は無限じゃねぇ。確実に、命は磨り減ってる」

脇腹の傷も、肩の傷も、修復が始まっている。

「なぜ——教えるの？」

「そうだな……この〝景色〟を見せてくれたことへの褒美、ってとこか。天界に戻る前に

これほどの可能性が花開く瞬間を見られたのは……素直に、感謝に値するぜ」

再生は有限……？　ブラフ？

いや——ほんのわずかだけれど、動きが鈍っていた。

効いては、いるのだ。

「クカカ……ともあれ、こいつは少しばかり予定変更だな。こんなもんを見せられちゃあ……ちったぁ、やる気も出ようってもんだ……」

……メリ、ミリ……

白い身体に浮き上がった黒い脈が——さらに脈を、のばしていく。

「ヒトの可能性ってやつを、もっとオラァに見せてみろ……アヤカ・ソゴウ……ッ！」

…………リィィイイン…………

十河綾香は再び——落ちていく。

その、音色の先へ。

5. no alternative

高雄樹は冷や汗を流した。

「――マジかよ」

転送後、まず樹は聖との合流を目指した。いや――聖に限らず、最初に目指すのは誰かとの合流である。ムニンなどの重要な役割を持つ者との合流を、まずは優先する。

情報通り迷宮内だと音は遠くまで通らないらしい。が、試しに大声を出すのは控えた。

ヴィシスはともかく、神徒がうろついている可能性が高い。

自分と聖は独自判断で動いていいとされている。

が、聖抜きで自分が神徒とやり合えるとは思えない。そう――

「――……遭遇、情報展開、蝿面……情報なし、情報展開、遭遇……――」

……思えないからこそ、神徒との遭遇は避けたかった。

（ちっ……スキルなしでまずやれる相手じゃねーだろ、こいつは……ッ）

「【雷撃ここに巡る者】――」

――バチチッ――

すでに【壱號】は発動済みだった。合流のため、樹は移動速度を上げていた。

今の樹は【壱號】を発動させたまま最低限の〝帯電状態〟を保持できる。

スキルのレベルアップのおかげで可能となった。

要は、すぐ起動できる待機状態の節約モードみたいな感じである。

鎧武者が両手を広げる。すると、そのてのひらの手前に二本の刀が生成された。

野太刀めいた長い刀。それを、神徒が両手で握り込む。

「――……見、敵、殺、……、殺、敵、見……――」

(あの鎧武者みたいな見た目に、しゃべり方……こいつがヨミビトって神徒だな。まさか迷宮入りしたばっかで、いきなり神徒と会っちまうなんて……けど――)

出会ってしまったものは、仕方ない。

バシュウッ！

樹は【壱號】の加速を起動――高速移動し、雷撃を放つ。

「【弐號、解放】」

ヨミビトに雷撃がヒット。甲冑の表面の一部が欠けたのを確認する。

しかし、あれはダメージと呼べるレベルではないだろう。

(【弐號】の雷撃で、あの程度のダメージかよ)

また、ヨミビトには回避の気配がなかった。

(威力が読まれてんのか……？)

樹は高速移動そのままに、近くの通路へ飛び込んだ。

（誰か、戦えるやつと合流できるといいんだが……ッ）

逆に戦闘向きでない味方と遭遇してしまうと、その場合は自分が守らねばならない。

通路を抜け、次の広めの空間――部屋に出る。

（けど、アタシ一人じゃ――）

部屋には誰もいない。前後の転送者であっても、想像より互いの転送位置は離れているのかもしれない。つまり、動き回ればさらに離れてしまう可能性もあるわけだ。

（音がほぼ通らない以上、状況によっては動くかその場に留まるかの判断が必要か……意外と難しいな。つか、ここは東の方の地区か？　てことは……城の方角は、向こうか）

この部屋の通路は三つ。

「！」

ヨミビトが三つの通路の一つから、姿を現した。

「――……情報確認、詠唱、雷撃……イツキタカオ、詠唱、雷撃、情報確認……――」

（こいつ、アタシが抜けてきた通路じゃないとこから出てきた……ッ!?　つまり回り道をして来たってことか!?　なのに、こんな速いのかよ!?　あの巨体で……ッ！）

樹の左右――その両側の三メートルほど先。

樹を挟み撃ちにでもするかのように、前触れなく二本の浮遊する円柱が出現した。

太い筒状――なんだか形は、単一電池に似ている。

そして、まるで磁石同士が急速に引かれ合うみたいにして、円柱の底面が左右から樹を挟み込もうと――圧殺、しようとした。底面同士が衝突し、硬質な音を響かせる。

ガィインッ！

樹は【壱號】の高速移動によって、死地からすでに脱出している。

地面に擦った靴底の軌跡に、バチチッ、と電磁が爆（は）ぜた。

（……この能力の話は聞いてたからな。出現の予兆はないけど、意識してれば潰される前に高速移動で回避できる。けどこれ、よく考えると厄介な能力かもな。これだと――）

再び、浮遊柱（ふゆうちゅう）が左右に出現。再び高速移動で逃げる――が、

（くっ……やっぱり、かよっ!?）

柱から逃れた先――ヨミビトが戦闘態勢で、待ち構えている。

柱の回避は、イコールで回避先のルートをいくらか固定されてしまう。

樹は、腹の底が不安と懸念でずっしり重くなるのを感じた。

（あの刀相手にこのレイピアで？　いや、やっぱスキルで――）

「……、――巡る者（シフター）】――【弐號（アンロック）――」

（いや、待て！　ここはむしろ【終號】か!?　一撃で、決められるなら――）

勝ち筋も――隙も、まだ何も作ってないのに？

樹はその時、ふと聖の言葉を思い出した。

『考えすぎるのが、あなたの場合は時として悪癖になってしまうかもね』

……考えるな。ただ、敵をよく視ろ……視て――純粋に、観る。

そう、よく観れば……最善手は、己のうちから自然と――

高雄樹は、レイピアを投擲した。

樹は【弐號】をレイピアにぶつけ、加速させた。

狙いは面鎧の目。だがヨミビトは刀であっさりレイピアを弾く。

と――刀がレイピアと触れ合った瞬間、ヨミビトの全身に雷撃が奔った。

圧縮した【弐號】をレイピアに帯電させ、そこから〝通電〟させたのである。

ヨミビトの動きがかすかに鈍り、隙が生まれた。

弾かれたレイピアは折れてしまったが――

(やれる)

足もとで【壱號】を微少に爆ぜさせ、慣性を殺して自らのルートを変える。

まるで、線路のレールを切り替えるみたいに。

これで回避、成こ――

「――……、笑止、……、笑止、……――」

(！　速っ――)

向こうもすぐさま軸を切り替え、一瞬で距離を圧縮してきた。あの巨体で。

（あいつ……身体能力だけじゃない。反応も、いや……判断――思考すら速いッ）

追いつかれた樹は、

「【雷撃(ライトニング)ここに――】」

（くっ、やばい……ッ！　この距離だと【終號】が間に合わな――）

樹が、吹き飛ばされる。しかし――概念壁に叩(たた)きつけられる前に持ち直し、壁に靴底で着地。そして、タッ、と地面に降りる。

「はぁ……はぁ……」

樹を吹き飛ばしたのは――突如として吹いた強風。つまり、

「――ごめんなさいね。重量的にそっちを吹き飛ばせるか不明だったから、あなたの方を【ウインド】で吹き飛ばさせてもらったわ」

風の固有スキル【ウインド】の使い手は一人しかいない。

思わず樹は、泣き出しそうになった。

「――姉貴ッ！」

高雄樹の内に、負の感情を吹き飛ばす風が吹いた。

◇【ヨミビト】◇

……――分析――……

イツキタカオ――スキルにより、合致と判断。
ヴィシス予測――生存可能性アリ――復帰不可。
ヴィシス予測――誤。

ヒジリタカオ――合致可能性極大。
ヴィシス予測――死亡。
ヴィシス予測――極めて誤である可能性、大。

想定外、想定外、想定外。

…………。

□

ヴィシスに召喚されたのち、ヨミビトは他の勇者たちと大魔帝討伐のため旅立った。

女神の加護の段を上げるためである。

あれは——日輪が燦々と輝く、とてもよく晴れた日のことだった。

旅の途中、朝餉のあとでヨミビトは勇者を一人斬り殺した。

一人だけである。全員ではない。

もちろん、残った他の勇者と旅を続ける意思はあった。

しかし勇者たちはエノーに引き返した。

旅を続ける上で何か問題でも起きたのだろうか？

彼らはヨミビトを、さながら罪人がごとくヴィシスへ突き出した。

その扱いを不思議に思っていると、ヴィシスから質問を受けた。

「あのぅ、なぜ殺したのでしょう？　聞く限り、殺す理由は特になかったのでは……？」

「日輪が」

「はい？」

「太陽が——あまりにも、眩しくて」

「は？……え？　まさか……それが、仲間の勇者を殺した理由なんですか？」

なぜか、他の勇者と一緒に旅ができなくなった。

仕方がないので別行動を取り、一人で旅を続けることにした。
旅の途中、旅籠に泊まった。その翌日は、窓から差し込む朝日が眩しかった。
なので宿の主人を斬り殺した。
怯える彼の妻と息子に、ヨミビトは努めて優しく話しかけた。
「お悔やみを。ただ、安心するがよい。そなたらを手にかけるつもりはないゆえ」
なぜ殺したのですか、と涙ながらに宿の主人の妻が問うた。
ヴィシスと同じで妙なことを尋ねるものだ。気丈な妻である。
敬意を表し、質問には正直に答えた。
「日輪ゆえ」
他にすることもないので、一人で旅を続けた。
伝え聞くに、他の勇者が近々大魔帝の軍勢とぶつかるらしい。
彼らはよき者たちだった。がんばって欲しいものである。
旅の間、それなりの数のこの世界の者たちを斬り殺した。
彼らはわけもわからず殺された様子だった。実にかわいそうである。
できるだけ丁重弔ってやり、うろ覚えの念仏を唱えてやった。
あァ、さぞ無念だったろうに。南無。
ある時、他の勇者たちが全滅したと聞いた。

これもやはりかわいそうである。悪い者たちではなかったのだが。
ヨミビトはいたく残念に思った。
すると後日、ヴィシスからお呼びがかかった。
大魔帝討伐に力を借りたいとのことだった。
であれば、やるしかあるまい。自分は勇者なのだから。
こうしてヨミビトは、実質的に一人でその時代の大魔帝を倒した。
ヴィシスは喜んだ。
「これは、面白い素材になりそうです」

▽

ただ一つだけはっきり覚えているのは——炎。
燃え盛る炎……大火に巻き込まれた？　あるいは、焼き討ちにでもあったか。
いや、単に火葬の瞬間が網膜に焼き付いたのかもしれぬ。
自分は——誰だ？
誰だったのかが、わからぬ。名すらわからぬ。
やはり黄泉(よみ)の国から舞い戻った死者なのか？

記憶らしきものは断片的すぎて意味をなさない。
ただ――姿形が変わっても、変わらぬものもある。
引き続きヨミビトは、今、タカオ姉妹を視界に入れている。
奇妙な面を被(かぶ)ってはいるが、声と体つきからして二人は少女と推測される。
認識仮確定――ヒジリタカオ。
認識仮確定――イツキタカオ。
タカオ姉妹――ヴィシスの方針――排除。
ただし、ヴィシスの情報は誤である確率高し。
ヴィシスの指示は、果たして信用に値するのか？
……この迷宮内では太陽など、見えないのに。
それにしても――アァ、眩しい。
まるで、輝く日輪のように。
なんて――――――――――――――眩しイ、姉妹。

◇【高雄聖】◇

ここで樹と合流できたのは幸いだった。

しかもまさか、神徒の一人と遭遇していたとは。

見たところ樹は大したダメージは負っていない。

情報と照らし合わせれば、あの神徒はヨミビトだろう。

今は、聖と樹の間にヨミビトがいる立ち位置――挟み撃ちの形。

「姉貴っ」

聖の左右に、浮遊する円柱が出現。

ヨミビトが刀の柄を握ったまま、開いた親指と人差し指をくっつける仕草をした。

「樹っ――私の動きに合わせて、援護をお願いっ」

距離的にやや声を張る。そして聖は樹の【壱號】の要領で帯電し加速――【ウインド】によって、直撃スペースから脱出する。

さらに聖は事前に発動させておいた【ウインド】で、自身の周りに密度を高めた空気のかたまりを発生させていた。その風のかたまりの反発により、柱の速度をわずかに落としていたのである。おかげで、危なげなく柱の圧殺を回避することができた。

ヨミビトは――動きを止めている。

「どう動くかを思考しているの？」

問い質すも、返答はなし。会話ができなければ嘘判定も役には立たない。

（ロキエラさんの情報では、会話そのものが成立するか怪しいとのことだったけど……これでは、会話による駆け引きを戦闘に織り込むのは難しそうね。問題は……何をどう破壊すれば勝利に至るか、だけれど――）

この間、聖による風の刃がヨミビトの周囲に発生していた。

切れ味鋭い風の刃が甲冑の表面を削り取っている。

（風刃の最大威力であのくらいのダメージ……回避どころか、防御すらする気配がない。この程度の攻撃は問題ない、と考えているわけね……つまり――）

荒れ狂う風の斬撃が、やむ。そして、

……メリ、ミリ……

削られた甲冑の表面が、修復されていく。

（――再生能力があるから問題ない、と。あれは甲冑というより本体の一部……外殻や外皮と考えた方がよさそうね。おそらく樹も何か攻撃をしたけれど、再生で修復された……）

甲冑の全体的な強度はひとまず把握した。

部位によって強度が違う様子はない――今のところ。

（現在判明している攻撃手段は、二つの円柱による圧殺と、二本の長刀……）

「樹っ」

「おうっ」

呼応し、姉妹は素早く蠅騎士のマスクを脱ぎ捨てる。マスクの着用はやはりわずかに視界を妨げる。スキルを放った時点で、どうせ正体も割れているだろう。

「樹、私の〝決定打〟のために突破口を開けるっ？」

「やってみるっ」

すぐに理解し、飲み込んでくれたようだ。

他の誰かならともかく、樹なら今のでわかる。多くの言葉はいらない。

樹は聖の言葉を理解できないとよく話すが、決して頭が悪いわけではない。理解力は人並み以上に高いし、勉学の方も優秀である。言い換えを用いた暗喩や比喩、隠喩が伝わりにくいだけだ。それに、現代国語や一般的な漫画レベルのものは理解できる。ただ――

ある種の〝複雑さ〟を理解できれば、樹はさらに伸びる。もしかすると自分以上に。

それを期待して、聖はあえて普段から〝言い換え〟を行っている。もちろんその〝言い換え〟は自分が話す時に自然と出る癖でもあった。多分やっていることは桐原拓斗とそう変わらない。だからこそ、いち早く桐原拓斗の本質を見抜けたとも言えるのだが。

思考しながら、聖は距離を取りつつヨミビトの周りを移動していた。

この間、まず別元素をのせたスキル攻撃を試みる。樹にはアイコンタクトで〝様子見〟を指示。了解した樹は同じく動き回りながら、ヨミビトを牽制(けんせい)している。

聖は、風に別元素をのせたスキルによる攻撃を試してみた。

甲冑の内部に熱や冷気が何か効果をもたらすのを期待したが――効果なし。

どうやら、あの甲冑が何もかも無効化してしまっているらしい。

（いえ……）

あの甲冑は一見、隙間があるように映る。正しく〝甲冑〟ならば刃の通る隙間が存在するはずである。西洋鎧(よろい)でも、大抵は可動部の関節などに刃を通せる隙間がある。

（ベースは……鎧兜(よろいかぶと)に見えるけれど、大鎧や具足にも当てはまる気はする。ただ、やはりあれは鎧であって鎧ではない。本体とそのまま繋(つな)がっている――同一。だから〝本体にダメージの通る隙間〟も存在しない。つまり内部への道は塞がれている……目の部分を除いて）

聖は別元素攻撃と並行し、風刃を織り交ぜることでそれを再確認していた。

これにより、初手の攻撃で覚えた違和感を確証へと変える。

やはり風刃が〝隙間〟であるべき部分に通らない。

ゆえに――隙間はない。

ヨミビトは面の眼窩(がんか)部分だけ意識的にガードしている。

しかし狙う部位が狭い分、その隙間を縫うのは至難のわざであろう。

（であるならば——純粋な破壊を重ねる以外、今のところ有効な手はなさそうね……力業に、なるけれど）

これは、実はロキエラの予測そのままだった。彼女が言うには、

（甲冑——外殻のその奥にあるであろう〝内部〟の破壊……）

ヨミビトについてはそれが倒す手段となるはず、とロキエラは分析していた。

（実際に神徒を識る神族の分析だから、ひとまず当たっているという前提で臨むべきでしょうね……、——ッ）

ヨミビトが、接近してきた。聖を攻撃対象に定めたようだ。

樹の雷撃がヨミビトを追う。が、雷撃を一顧だにせず聖に刀を振るうヨミビト。

巨体ながらに——速い。

確実に躱せるか不明だったため長剣で刀を受け流す。そして、聖は距離を取った。

「…………」

手が痙攣している——否、痺れている？

もちろん樹の雷撃によるものではなく、ヨミビトの斬撃を受けたためだろう。

無理ね、と聖は判断する。剣で打ち合うのは無謀に近い。

というより——長剣にヒビが入っている。もう一度打ち合えば破壊されるだろう。

聖は長剣を捨てた。ずっと使ってきた長剣が床に落ち、カランッ、と音を立てる。

（あの外殻に第一の穴を開けたあと、すかさず高威力スキルによる連続攻撃を重ね――再生の猶予を与えず、第二の穴を開ける。これが、さっき樹に指示した攻め手……）

再生能力がある以上、ヒット＆アウェイ戦法は逆にこちらが窮しかねない。

ゆえに、ごく短い間隔で高威力に高威力を重ね――内部まで、決定打を届かせる。

（シンプルだけれど、これがひとまずの目標設定……）

が、そう簡単に二つの穴を穿たせてはくれまい。

いかにこちらの〝本命の決定打〟からヨミビトの意識を逸らせられるか。

要は――いかに隙を作れるか。突き詰めていけば、これはそういう勝負になる。

いや、威力が足りるかも現時点では不明である。

どころか、ロキエラの分析が正解かも実際はわからないのだ。

（だからこそ可能な範囲でトライを繰り返すしかない。行動し、情報を集め、分析し……決定打への方程式を、組み上げる。これは、元の世界でも同じ……）

聖が動く。姉の動きが変化したのを樹も感じ取ったらしい。

樹の動きも姉に合わせて変化を見せる。そして、互いに視線を飛ばし合う。

樹は常にヨミビトを聖と挟み込む位置についている。

柱の挟撃も続いているが、二人とも対応できている。

ヨミビトは〝視ている〟——聖は、そう分析した。

面の二つの眼窩に金眼は確認できない。

しかし——気配以外に目で追っている感じが、確かにある。

であれば、目の届かぬ背後に誰かが常時いるのは効果的である。

隙を生み出すために。

目指す結果は定まっている。

あとは——どう過程を、作り出すか。

(樹の【終號】はMP消費量が多いだけど……私の【グングニル】には、クールタイムがある……)

仕留めるなら、一回で終わらせたい。

おそらく【グングニル】と【終號】の情報はヴィシスから得ているはず。仮に聖が死んでいると判断していても、あの女神なら話しているだろう。得意げに、語っただろう。

ならば、こちらは初見という強みは活かせない。

回避行動と共に、聖は観察を続ける。

(ヨミビトの動き……風刃で外殻を削られて痛みを覚えている様子はない……いえ、微細な反応すら、あるようには見えない)

一応は生物である以上、ごくわずかな反応があってもいい。

だが目を狙った時以外は、どこをどう削っても無反応である。

(風刃の威力が低いから歯牙にもかけていない――この理解は、外していないと思う。ただ……それに加えて、感覚自体が存在しない可能性が出てきた。熱さや冷たさにも無反応だった。だから、それはありうる)

一旦、外殻に感覚はないと聖は条件づける。

ただ、何かに注意を向けるだけの〝意識〟はしっかり存在している。

状況を把握する情報処理はできているようだ。思考力もどうやらある。それから、

(感覚は痛みや温度だけではない……時に五感外の、いわゆるシックスセンス――第六感的な感覚が含まれる)

たとえば危機察知能力。

あるいは風刃を〝問題ない〟と判断したのは、これかもしれない。

目もいい。あれはよく〝視ている〟者の動きだ。

(第六感と、目のよさ……情報の思考処理や、対応能力も優れている……)

つまり――これらを乱さなくてはならない。

それを揺らし、こじ開ける。

(思考力があるということは……不意をつける、ということ……)

最も有効なのは、やはり想定外の攻撃である。

危惧すべき【グングニル】や【終號】の情報がある、ということは。

逆に言えば既存の情報に縛られる、ということでもあるわけで。

ならば初見の何かがあれば――それが、突破口を開く。

(樹……)

視線を飛ばす。樹が、こちらを見る。

聖は移動しながら、斜め下に指を二本立てて見せた。

受け手の妹に頷きは不要。樹は、目で了解した。

(さすがは――)

私の自慢の、双子の妹。

(まずは――近づく隙を作る)

「【ウインド】」

聖は氷のかたまりを宙に発生させ、破裂させた。

ヨミビトの周囲で炸裂する、極小の無数なる氷の破片。その周囲だけがホワイトアウトに近い状態となってヨミビトの視界を奪っている――それを期待し、聖は距離を詰める。

すると濃霧状と化した氷の粒が散り、ぬっ、と刀が飛び出してきた。

ヨミビトが放ったその一撃は、限りなく〝気配〟を削いだ実に滑らかな一撃だった。

迫力も速度もないが――ゆえに、必殺となりうる一閃。

足に雷を纏(まと)い、聖は樹の【壱號】と同じ要領で加速——どうにか回避する。

氷の霧は、すでに散っていた。

ヨミビトは高雄(たかお)聖を観察している。

そう……あれは観察し、思考している気配。

（やっぱり、次の手を読もうとしている気配がある……それと、近距離まで近づくことは可能……）

聖はすかさずヨミビトの顔面へ向け、風炎(ふうえん)を放つ。

同時に聖の左右に円柱が出現。が、先ほどと同じ要領で回避する。

そのまま聖は圧縮した風雷をヨミビトへと撃ち出した。

この姉の攻撃が放つ雷音は——近づく妹の【壱號】が出す雷音の、隠れ蓑。

ヨミビトは聖に振ったのと違う方の刀を、斜め後ろへ向けて振った。

が、刀は高雄樹の頭上を通過し——空を切る。

「——巡る者(シフター)】——【終號(ロック)・雷神(エンド)】」

二つの円柱が出現し、ガチンッ、と互いに打ち合った。

打ち合ったのはちょうどヨミビトの斜め後ろの位置。

挟撃ではなく、柱を盾のようにして防御用途で使ってきた。

あんな使い方もできるのか。が、耳をつんざくその集約されし超高密度の巨雷は——

脆(もろ)い焼き菓子のように柱を喰(く)い破り、白き大武者へと至る。

「…………ッ」

ヨミビトがここで初めて、想定外の攻撃を受けたのに近い反応を見せた。

おそらく、ヴィシスの時と同じく、ある程度の範囲攻撃だと思っていたのだ。

広げた網を覆い被(かぶ)せられるような雷撃と思ったのだろう。そう――あの時はヴィシスの足止めが優先だった。ゆえに、麻痺(まひ)的効果を優先した【終號】だった。

しかし、ヨミビトは知らない。

樹の調整によって【終號】は、高圧縮された威力重視の攻撃にもなることを。

「――――」

鎧の脇腹部分が、割れた。が、まだ内部が露出していない。

とはいえ――削れたのは事実。

聖は風炎を再び、ヨミビトの顔面へ。

この距離だからこそ当たる。ダメージはなくとも多少の視界阻害にはなる。そして風圧の力を借りてヨミビトの刀を避け、そのまま連続攻撃――【グングニル】の準備に、入る。

「――【終號(ロック)、雷神(エンド)】」――」

「！」

ヨミビトも、これには完全に虚をつかれた反応を見せた。

まさかの【終號】――間を置かずの連続使用。
連続使用において【終號】は前部分の【雷撃ここに巡る者（ライトニングシフター）】を必要としない。そう
――

終（つい）の雷虎は、二匹いる。

先ほど樹にサッと見せた二本指はその〝二匹〟の合図だった。
連続使用は、ヴィシス戦後に入った魔群帯でのレベルアップで可能となった。
ゆえにこれも、ヴィシスの知りようがない【終號】の性質。
さらに一撃目が放たれたあと、ヨミビトは【グングニル】を警戒した。
そのため二撃目の【終號】は、よりまともに喰らうこととなった。
ピキッ――バガァアンッ！
（鎧（よろい）が――）
砕けた。そして――見えた。
内部に、白い肉のかたまりのようなものが。
ぎゅうぎゅうに詰まっている、とでも言えばいいのか。
鎧の中に詰まっている肉の表面に、ギョロリと――

金の眼球と小さな口のようなものが、現れた。

小さな口が叫ぶ――それは、恐怖の悲鳴に聞こえた。

「――……ギィェエエエエッ……――」

樹が開いた、突破口。

ヨミビトの二本の腕は今【終號】の副次的効果で、半麻痺状態にある。

防御は間に合わない――間に、合わせない。

ここしかない。まさに、

（今――）

――メリッ――

かつて、女神を破壊せんと放たれた風なる神の槍。

その名は、

「――【グングニル】――」

「…………………」

貫く威力は、あったはず。

しかし――ほんの、わずか。速度、そして……

向こうにもこちらの知らぬ性質があるのを、考慮すべきだったのか。

否、それができたかは甚だ疑問である。

あの土壇場で起きた――敵の突然変異。

今、ヨミビトは壁際へ退き、背後に壁を抱いていた。

鎧は修復が始まっている……腕も。どころか今や腕は――四本。

刀も、四本。

「はぁっ……はぁっ……」

樹の様子を見る。

（今ここからの、すぐの追撃は無理ね……私の【グングニル】は使えないし……何より、樹の負荷が……）

あんな短い間隔での【終號】の連続使用である。樹にかかった負荷も相当のはず。

（ひとまず態勢を整えるために一度、この空間から脱出を……、――ッ）

ヨミビトの円柱が分散し、変形して三つの通路を素早く塞いだ。

まるで、パテで穴を埋めるみたいにして。

（視線で脱出を考えたのを読まれた？　脱出を想定した瞬間、塞いできた……なるほど、逃がさない……というわけね……）

殺意は放出されている。殺す、ではない。あれは微妙に違う。

あれは——殺したい、だ。

通路を塞ぐ物質はドス黒く変色している。あれも変異によって新たに得た力だろうか？

聖は通路を塞ぐ物質を風刃で切り裂こうと試みたが、不可能だった。

（あの感じ……【グングニル】じゃないと、貫けなさそうね。でも——）

さっき【グングニル】を放つ瞬間、確かに見た。

直前に変異したヨミビトは、新たに生えた二本の腕で咄嗟に内部を守った。

やはり、外殻の内側を破壊されるのは致命傷なのだ。死にたくない——凝縮されたそんな必死さが、伝わってきた。つまり、ロキエラの予想は当たっていた。

（あれがいわば核……心臓……）

心臓部を守った新たな二本の腕は【グングニル】で破壊できた。

貫けない硬度ではない——今はもう、ほとんど再生しているけれど。

ただ、心臓部にも一応いくらかのダメージが入ったらしい。

修復で外殻に覆われる前、ポタポタと赤い血が垂れていた。

地面には、心臓部から流れ出たその血によってできた赤い水たまりが残っている。

動きの止まったヨミビトを、聖は改めて観察する。

（ヨミビトの今の様子……自分があんな風に変異するとは思っていなかった——そんな反応に見える。なら、あれは奥の手ではなく……ヨミビト本人が命の危機を覚えて起きた、突発的な進化による変異ということ？）

　であれば――何も予兆を感じ取れないはずだ。

あの突然変異は、ヨミビトも想定外だったのだから。

　ふぅぅ……と聖は呼吸を整える。

（次で、確実に……決める）

「樹」

「はぁ……はぁ……、――おう！」

「大丈夫よ」

「！」

　樹の目から、不安の色が消える。

「諦めるにはまだ早いわ。ただ、しばらくはもうこの先のことを考えないで。私も考えない。ここで――私たちで、この神徒を倒す」

　続けて、樹に尋ねる。

「次までに……二十分、稼げる？」

「は――……は――……へへ……姉貴がやれって言うなら、やるよ……妹、だもんな……」

「ありがとう」

（もしかしたら、私の攻撃タイミング……ほんのわずかだけ、遅れたかもしれない。まったく……こういうところで私はやっぱり、詰めが甘い……）

そもそも、周囲が思うほど高雄聖という人間は……

（それほど完璧でもありません……あしからず）

ただ、

（妹の前では、せめて……）

聖は、自分の腹に手をあてた。蝿騎士装の腹部が裂けている。

先ほどの攻防の際、ヨミビトの刀で少し切られたらしい。

触った感じ傷は浅く、出血もさほどではない。

「…………」

（なんの、ための――）

指についた血を見て、聖は思った。

（そう……私はさっき、このあとのことを考えてしまっていた……この戦いの、その先のことを。けれど、もう大丈夫……さっき確信した。私が、この先のことを考える必要はない。そう、あの子なら乗り越えられる……必ず――辿り着ける。この戦い……私の中のすべてが、残すのはあの子だと言っている）

高雄聖は継続して風を纏い、静かに、しかし決然とヨミビトを見据えた。

そして言った。

「果たすわよ――私たちの、役割を」

◇【高雄樹】◇

聖の説明によれば【グングニル】のクールタイムは十分。

(姉貴がさっき二十分って言ったのは、ヨミビトに〝再使用可まで二十分ある〟と思わせるためだ。前に戦った時、多分ヴィシスはいつ姉貴が再使用可になったかまでは正確に把握してない。そして姉貴はアタシが十分だと知ってるのを、知ってる……)

頬が緩む。

(こういう細かいところやっぱ抜け目ないよな、姉貴は)

だから、安心できる。

「ステータスオープン」

ウィンドウを表示。基本、これは本人にしか見えない。

鹿島小鳩は例外として――最初から見える者が、一人いる。

ヴィシスである。

そして神徒はヴィシスの因子を持つ。ならば、ステータスを覗かれるパターンもなくはない。だから、できる限りステータス表示はしない方針になっていた。

ただ――さすがに確認しておかなくてはならない。

(……よし、まだ【終號】を二回撃てるMPは残ってる)

諦めるのはまだ早い――聖がそう言うならまだ早いのだ。こんなに恐ろしい敵と戦っているのに、怖くない。姉貴が一緒に、戦ってくれてるから。

(アタシの役割は姉貴のために隙を作ること……ヨミビトの意識を、アタシの方へ向けることだ)

樹はウィンドウを閉じて【弐號】をヨミビトに撃ち出す。が、

(！　雷撃が――)

刀で斬られた。

(ちっ……なんで変身であんな強くなってんだよ。しかも【終號】の麻痺効果まで消えてるっぽいな……くそっ。今まで気をつける刀は二本だったのに……さらに二本増えた状態で、さっきと同じ状況まで持ってかないとなのか……けど――)

やってやる。

樹は【壱號】で加速――同時に、ヨミビトも動く。

動き出しに、タイミングを合わせてきた。

ヨミビトは聖の風刃を背や肩に受けているが、ものともしていない。完全にスルーしているようだ。ヨミビトの斬撃が樹に襲い来る。樹は移動方向を軌道修正し、逃れる。

このまま【グングニル】のクールタイム終了まで逃げ回るべきか。

逆に、攻撃は最大の防御理論で攻撃を仕掛けるべきか。

姉妹側は二十分なすすべなし。ゆえに速攻で決める――敵は、そう考える？

逆に二十分は猶予があるからじっくりいく――そう考えるのか？

聖は今、樹とヨミビトを追いかける形になっている。

（やらなきゃ……アタシがッ）

聖はS級だが、実のところ十河綾香のような純戦闘タイプではない。

スキルの応用力は高い。嘘を見抜いたりと、補助的な点では他のS級にない強みがある。

ただ、必殺級の高威力スキルは【グングニル】しかない上、一度使うとクールタイムが発生し連続使用ができない。

一方、綾香や桐原のスキルは〝持続的な高威力〟を実現できる。

風刃なども圧縮で威力を上げられるが、風刃はどちらかといえば広範囲攻撃で力を発揮するスキル。東軍で大魔帝軍と戦った時にやったような使い方が、真髄なのである。

いや――魔群帯の金眼くらいなら【グングニル】なしでもやれた。

綾香の戦闘能力が異常に突出しているため、比べた場合に劣って見えるだけだ。

聖の【グングニル】以外のスキルだって十分な攻撃力は備えている。

だがこのヨミビト相手に有効打となりうる攻撃手段が、どれほどあるかというと――

『桐原君の鑑定用水晶は砕け散って、十河さんの方は分解されたように崩壊した。けれど私の場合、強い光は放ったけれど水晶が壊れたりはしなかった』

〝だからS級を越えるS級は、あの二人だけだったのかも〟

　聖は、そう分析していた。尊敬する姉の分析である。否定したい気持ちもなくはないが、姉の分析に文句をつける気はない。でも、だったら――

（アタシが、その足りない部分を埋めなきゃ……ッ！）

　やるんだ、アタシが。

　こっちにヨミビトの意識を引きつける。実際、今はこっちを狙ってきてる。

（やりやすそうな方から狙ってきてんのか？　ま……気持ちはわかるけどなッ！）

　現在、刀を持つ四本腕のうち三本が樹に狙いを定めていた。ただ――今日の樹は、妙に神経が研ぎ澄まされていた。間合いが視えている。はっきりと。

「……？」

（姉貴？）

　刀を避けたはず聖の額に、赤い線が走っている。

　だけど、傷は浅い。大丈夫――あれは、回避できた。

「――樹！　この刀、見えない刃の部分があるッ！」

　珍しく聖が、声を強く張り上げた。

（え？　あ、しまっ――）

　――ズッ――

「――ぁっ」

（……え？　左、の……視界――）

見え、ない？

（――、……あ、そうか）

斬られたんだ――左目を。

「…………あれ？」

は？　なんで自分は今、元の世界に戻ったあとのことを考えてる？

片目を失った状態で過ごす日常生活のことなんか……考えてるんだ？

――あ、怖い。

胸の奥の辺りが冷え、キュッと縮まる感じがあった。

……いいや、違う！　姉貴なんて毒で死にかけたじゃないか！

もっと辛かったはずだ！　それに比べたら、全然マシだって！

いやでも――やっぱり、怖い。

痛みが――左目があるはずのところが。すごく……嫌な感じに、痛い。

これから来るんだよ――何が？　もっと……もっと、痛みがっ――

「う……」

（片目だと、なんか遠近感が……これアタシ……いつまで、避けられるんだ？）

「――つき！」

え？　おねえちゃん？　なんて、言ってるの？

あ、と思った。

もしかしてアタシ、今――心が。

（心が……折れかけ、てる？）

□

実を言えばこれは、高雄（たかお）樹がこの世界で初めて負った重い傷であった。

意外にもこの初めてすぎる経験は、樹の精神を激しく動揺させていた。

ただ、これは不幸も重なっている。想定していなかった〝透明な刃〟の存在である。

敵の突然変異による未知の攻撃。これによって樹は不意打ちを食らったようなものだ。

樹は姉ほど精神が超越していない。

姉と比べればまだまだ無垢（むく）な十代の少女にすぎないのである。

動揺や混乱、また、恐怖を引き起こすのも無理からぬことと言える。

むしろここで――無意識にせよ――ひとまず足が止まらなかったことは、彼女の命を救ったと言えるのかもしれない。

▽

（あ、姉貴だったら……こんな風に折れたり、しない……う……、――くそっ！）
落ち着け。……落ち着けよ、アタシ！
なんで左目一つ斬られたくらいでこんな動揺してんだよっ!?
落ち着け――落ち着け……落ち着け、落ち着け！
い、痛い……左目の奥が、痛い！　痛い！　物凄く、痛い……痛い！　痛い！
「はぁ……はぁっ、はっ……はっ……」
ついに……樹の足が、止まる。
強烈な痛みとその恐怖がその足を止めた――止めて、しまった。
（は？　え？　嘘、だろ……？　待って……動け、って！　動け！　動、け――）
「ヨミビト！」
樹に容赦なく斬りかかろうとしたヨミビトを呼び止めたのは、聖。
（ヨミビトの周りの風圧をかためて……逆流、させてる？）
まるで、ブラックホールみたいに。
少しだけど引っ張られている――ヨミビトが、聖の方に。

「あなたは何か、勘違いをしているようね」

「……――、?、――……」

「気づいているのかしら? あなたは二対一と考えているようだけれど……私が到着して以後、この戦いはずっと一対一なのよ」

「!」

一対一。つまり、これは高雄聖とヨミビトの戦いだと言っている。聖は……

(ヨミビトの意識を自分の方へ……向けさせようとしてる?)

アタシは……だめだ。

おねえちゃんの……おねえちゃんの足を、引っ張って――

「私たちは二人で一つ――だからこの戦いはずっと一対一のまま、変わっていない。そして私たちは……二人で、あなたに勝つ」

「――――ッ」

樹の右目に、涙が溢れてきた。

左目の痛みが――どこかに吹き飛んだ。恐怖と共に。

「……姉、貴ッ」

そう、いつだって……いつだって聖はこういう悪い気持ちを、吹き飛ばしてくれる。

まるで、爽やかな涼風のように。

「樹、まだやれそう?」

「――、……ぐす……ずっ……ああ、もちろん！　あのさ、姉貴……ッ！」

樹は口の端を、くいっ、と持ち上げた。

「ありがと、助かった」

「馬鹿を言わないで。あなたに助けられているのは、こっちの方よ」

(違うよ、姉貴)

いつもこういう時アタシを助けてくれるのが――アタシの、自慢の姉貴なんだ。

……震えも、消えた。

姉の言葉により、樹はどうにか折れかけた気持ちを持ち直す。

ヨミビトに対し、樹は身体(からだ)の軸を少し斜めに取った。理論的根拠など何もないが、遠近感のズレがなんとなくマシになった気もした。もちろん、感覚的なものかもしれないが。

「……――、嬉、殺、一体どこまで輝くつもりか日輪の姉妹、殺、嬉――……」

動きを止めているかと思ったら、ヨミビトは妙なことを口走っている。

「すぅぅ……、――【雷撃(ライトニング)ここに――」

あと……、――七分。

死と隣り合わせの七分間が、始まった。

荒れ狂う四本のヨミビトの刀は射程も長い。

問題は見えない透明刃(とうめいじん)の部分である。しかも四本ともその透明刃の長さが違う。どの腕の透明刃がどの長さなのか、よく視なければならない。

攻撃のさなか、ヨミビトは刀をシャッフルしようとした。が、聖が持ち替えの瞬間を狙い風圧で邪魔をした。これが功を奏したか、ヨミビトはシャッフルを断念したらしい。

ただでさえ透明刃の長さがバラバラで神経を使うのだ。

シャッフルまでされたら、たまったものではない。

（さすが姉貴！　ただ……くそっ！　ヨミビトが、攻撃を姉貴の方に集中させてる！）

明らかに聖を狙っている。多分、聖こそが要と判断したのだ。

高雄樹(いつき)は姉なしでは〝機能〟しない。そう読まれたのではないか？

この戦い――姉の方を潰せば、勝ち。

（舐(な)めやがって、あいつ……ッ）

樹は速度を上げ、こちらへ気を引くために圧縮した【弐號】を撃ち込む。が、

（――ッ！　やっぱこの見えない刃……厄介だ！）

聖狙いとはいえ、こちらへの攻撃も怠っていない。通路を塞ぐのに使っているせいなのか、あの円柱攻撃はない。が、それでもこの攻防は樹の神経をジワジワと磨(す)り減らしてい

く。
呼吸すら隙の入り口と思えてくる。自然、息を止めて動くことが増える。
息苦しい。こんな高速で展開されている戦いなのに。
まるで、水中で戦っているような気分だった。
(くそ！　どうにか、こっちにヨミビトの意識を……ッ！)
認識させなければ——自分の方を、脅威として。
樹の腹、肩、腕、足には細かな裂傷ができていた。
深手こそ左目以外負っていないが、どんどん刀傷が増えている。
——いや、自分はまだマシな方だ。
「こっちだ、ヨミビトぉおっ！」
樹は叫ぶ。が、ヨミビトは振り向きもしない。
縦横無尽に駆け巡るヨミビトのシの乱撃。
聖は持ち前の先読み予測のおかげか、なんとか致命傷を避けている。
平然な顔をしてる、けど——、……傷が。
傷がどんどん、増えてる。
風刃を中心に他元素との合成攻撃で迎撃してはいるものの。
ヨミビトはおそらく、今の聖が致命打を持たないと読んでいる。

逆に樹には【終號】があるがMP残量の問題で撃てない。

他のスキルと比べ【終號】はMPをバカ食いする。

もう、二回分しか残っていない。

(何分だ？)

手に握り込んだ懐中時計に一瞬、視線を飛ばす。

くそっ、と樹は内心舌打ちした。

あと五分半もある。まだ、一分半しか経っていないなんて。

もう六分は戦ったくらいの気分だったのに。

なんて――――体感が、長い。

凝縮された刻。この空間で行われている、死と紙一重の舞踏……。

(姉貴をもっと助けたいけど……下手にアタシが飛び込むと、逆に危ない。これ以上、動きに影響の出る傷をアタシが負ったら……姉貴の【グングニル】に繋げられない……)

もどかしい。もっと自分が強ければ――敵の脅威になれれば。

ヨミビトを、自分の方に引きつけられるのに。

でも、やれるのはせいぜいこうして援護で【弐號】の雷撃を撃ち込むくらいしか――

(やっぱ姉貴はすごい……あんなに傷を負っても、怯む様子すらなくて……、――あっ！)

指が。宙に――飛ん、でる。

聖の右の薬指と小指が切断されて、宙に――

「あ、ねき――」

聖が、目で伝えてきた。

〝大丈夫、私はまだいける〟

「……くっ」

姉貴はアタシが動揺しないように、こっちへ気を回して――

自分は左目をやられて、あんなになったのに。

「あと……、――四分……三十、秒？」

まだ、四分三十秒も？

（姉貴……ッ！　ああくそ！　なんでこんなに、アタシには力がないんだよっ⁉）

その時、樹はドキリとした。

「――あっ……」

変異して以後のヨミビトの攻撃速度が、想像以上に速くて。

自分はそれに合わせて、回避に使う【壱號】の出力を上げていた。多分、無意識に。

「ス――ステータス……オー、プン……、……――ッ！」

――ない。

割っている――【終號】を二発撃つ分の、ＭＰを。

でも……回避に割かねば、深手を負って動けなくなっていたのではないか？

だとすれば――いずれにせよ詰んでいた？

ＭＰを温存すれば深い傷を負っていた。

それを回避すべく【壱號】の出力を高めれば、こうしてＭＰ不足に陥って……。

（いや――大丈夫……アタシ自身のＭＰが、まだある……）

ステータスはあくまで補正値。自分自身のＭＰ――つまり、ブラックボックス的な数値が別にある。そう聖が言っていた。

しかし、数値の見えないＭＰが尽きた時には意識を失う。

自身のＭＰ低下は意識の混濁も引き起こす。

ぱくぱく、と――金魚のように、樹は口を動かした。聖に伝えようと。

が、言葉が……出ない。

しかし聖は、何が起きたかを明らかに理解した顔で――微笑んだ。

妹を安心させるように。そして、聖は声に出さず言った。

〝任せて〟

次いで聖は人差し指を一本立てて、示してきた。

〝一回でいい〟

さらにアイコンタクトと口の動きで、

〝【終號】の一撃分は、私がどうにかする〟

「あ――」

樹は、思い出してしまった。

聖が死にかけたあの魔群帯の時だ。あの、何かが急速に失われていく感覚。

失う予兆のような……物凄く嫌な感覚。聖が――死を覚悟した時と、同じ。

多分、何かと引き換えに……おそらくは自分の■と引き換えに（――その言葉は考えたくもない）。アタシの【終號】の一回分を、埋めるつもり……？

ま――待って、姉貴……それは――だって。

（アタ、シ……）

聖が微笑み、視線でこう伝えてくる。

〝この戦いのあとのことは任せたわ――樹〟

そして……姉の唇が動き、こう言ったのがわかった。

「だ　い　す　き　」

△

「はー……ヴィシスが仕込んだ毒に姉貴がやられた時は、本当に姉貴が死んじゃうんじゃないかと思ってさぁ……アタシ、本っ気で生きた心地がしなかったんだよー……」

「あら、またその話なの？　人はいつか死ぬものよ。それにあの時言ったでしょう？　私たちは死に別れても、ずっと一緒だって」

「なー姉貴ぃ……死んだら人間って、そこで終わりなのかな？」

「様々な考え方が世界にはあるけれど……どうかしらね？　終わりがあるから始まりがある、とも言えるんじゃないかしら？」

「生まれ変わりとかあるならさー……アタシはまた、その……姉貴の妹として生まれてきたいなー、って……へへ」

「こういう話をする時、樹はやっぱり姉になりたいとは言わないのね」

「同じくたまに言ってるけど、アタシはおねえちゃんやれる自信ないって！」

「姉妹と言っても双子なのだし、そんなこともないと思うけれど」

「……け、けどさ」

「ん？」

「まず、終わらせたくないよな……アタシは……うん、終わらせたくない。今の、この人生を——今の姉貴と一緒の、この人生をさ」

「…………」

「だ、だってさ!?　アタシらまだ十代だぜ!?　まだ、始まったばっかだよ！　終わりなんて――考えてるトシじゃないって！　だろ!?」

「あら？　そもそも、終わりの話はあなたの方から私に振ったんじゃなかった？」

「う……ソ、ソウデシタ……」

「でも、そうね……まだ始めていないことは――――たくさん、あるかもしれないわね」

▽

――だめだ、こ、ここじゃ、ない。

ここで姉貴を死なせるわけには、いかない。

姉貴はまだ――――やりたいことがいっぱい、あるんだから。

終わらせない。終わらせるわけには、いかない。

（なんでもいいから、欲しい！　力が……ッ！　なんだって――）

「……？」

（ステータスの……通、知？）

「あ――」

開いたウィンドウに、素早く視線を走らせる。

何がトリガーで、どうして〝ここ〟でなのか。

いや、そんなのは……どうだっていい。糸口になるのなら——どうだっていい！
たとえ何か危ない力で、もし、アタシがこれっきりだとしても。
姉貴を救えるなら——

□

終わりの先には、必ず始まりがある。
この始まりの時に、神を言祝(ことほ)ぐ祝詞(アンロック)は不要。
なぜなら、これは神ではなく——人の物語だからである。
終わりのあとに来たりし始まりの者。
そしてそこは——何も数えぬ、ゼロの領域。
これぞ——巡りし者の辿(たど)り着きし、最終形態。
その名を、
「【始號(カウント)・雷人(ゼロ)】」

◇【ヨミビト】◇

イツキタカオは脅威に非ずあらず。

その〝異変〟がイツキに起こるまで、ヨミビトはそう分析して戦っていた。

この姉妹の要はヒジリタカオの方にある。それを確信したためである。

戦術を立てている姉の方を始末すれば、おそらく妹の方は容易に殺せる。

その一方で、こうも感じていた。

――天晴あっぱれ也なり、ヒジリタカオ。

あれだけの傷を受けながら、表情がほとんど変わらない。

ここはヴィシスの情報通りでもある。かつてヴィシスと戦った際、ヒジリは重い傷を負った。が、表情が変わらなかった――ヴィシスはそう語った。

〝何も感じていないように見えた〟

〝今になって思えば、スキルか何かで痛みに反応せぬよう細工をしていたに違いない〟

ヴィシスの分析――誤と判断。

経験則――ヴィシスの情報は信頼性に欠く。

ヒジリは、決して痛みを覚えていないわけではない。

ヨミビトは目がよい。これは視力だけの話ではなく、ある種の洞察力も含まれる。

刀傷を負うたび、ヒジリにはほんのわずかだが反応があった。

痛覚がある以上、人はそれを完全には無視できぬよう造られている。

基本、痛みとは本能――つまり命の危機を知らせる〝知らせ〟である。

一方、神徒となって以降のヨミビトには痛覚が存在しない。

ゆえに代替として発達した――危機察知能力。

つい今さっき不可視の刃で耳の端が裂けたヒジリを、つぶさに観察する。

刃で裂けた際、確かに反応していた。否――反応してしまうのだ。

ヒジリも例外ではない。

ただ、この反応がヒジリの場合は驚くほど微弱なのである。あれではヴィシスが気づかなかったのも無理からぬこと。つまり――その意志や精神が尋常ならざる領域にあるのだ。

言い換えれば、過剰に我慢強い。非常に抑制的なのである。

しかし痛覚がある以上、ほんの一瞬であれその動きは鈍る。本人が捨て身の攻撃を仕掛けようとしても、本能が命の危機を察知し後退の指令を出す。意思に抗おうとする。

ゆえに、ヨミビトはヒジリの攻撃を〝読める〟。

ヒジリは何も反応を見せていないと思っている。だがこちらは視えている――しかと。

微弱な反応をよく見て捉え、そこを算段に入れて動いている。だというのに――

――見事也、ヒジリタカオ。

事ここに至っても、まだ諦めていない。それがわかる。
指を二本失おうとその静かな戦意は変わらない。どころか、妹を気遣ってすらいる。
今も必死に次の一手を探ろうとしている。その無比なる精神力たるや。
なれば最期の時まで見届けねばならぬ。決して、手は抜かぬ。
その類い希なる精神力に敬意を表し――我も、この戦いに死力を尽くす。
――ア、とても眩シい……アァ……素晴らシきかな……あの、命の輝き……。
ヒジリの刃傷が増えてゆく。が、やはり紙一重で致命傷は避けている。
しかも出血多量を防ぐべく傷口を焼きながら戦っている。
焼く際にもその沈着な表情は苦悶にまで至らぬ。
短い悲鳴すら上げぬ。揺らがぬ。まさに――もののふ。
その時だった。
大好き、と――ヒジリが妹に対し口走った。
言葉と共に発された覚悟。言霊のように、それはヨミビトの中を駆け抜けた。
諦めてはおらぬのに――ここを、死地と決したか。
よかろう。ならばその覚悟、全力をもって斬り捨て――
「――――【始號・雷人】――――」
その、刹那――

危機察知能力が、ほぼ全力でそのもう一つに警鐘を鳴らした。
突如としてもう一人のタカオが化けた――己にとっての脅威に。
本能が、そう告げている。
何が起こったのかヨミビトも理解できない。
両手両足に雷撃のかたまりを纏わせたイツキが迫る。イツキは――泣いていた。
「姉貴！　スキル――スキルが進化した！　やれるっ……アタシまだ、やれるがらっ！
ぐすっ……！　やる！　やるよ！　やる、から！」
纏う雷撃の重圧感が、これまでの比ではない。
「……――、……、――……」
イツキのステータスは表示されたままになっていた。
ヴィシスの神徒であるヨミビトには勇者のステータスが視える。
先ほどヒジリに注意を割きつつ、イツキの妖力は確認していた。
妖力――エムピーが、減っていない。今のイツキはエムピーを消費しないのか？
これは……戸惑い？
なんて――――――眩しい。
本能が。今のイツキが優先すべき脅威であると、そう判じている。
ヨミビトは戸惑いを投げ捨て、再び意思を戦いへと赴かせた。

捨てた戸惑いを切り裂き、己も確かなもののふとしてゆく。この脅威を、討つ。

ヒジリへの警戒も怠らない。諦めていなかった以上、まだ何かしてくるやもしれぬ。

危機察知能力はイツキに大きく振り分けられているが、ヨミビトの目は常に視界の端にヒジリを捉えている。ただやはり、イツキの勢いが――

「絶対に倒す！　アタシが、こいつを！　まだ姉貴と一緒にやりたいごど、バカみたいにあるがら――助けてもらってばっかだった、からッ……今度はアタシがッ――アタシが姉貴を、助ける！　そして――一緒に帰る！　一緒じゃなきゃ、絶対ヤだから……ッ！」

「樹（いつき）……」

無駄口――つまり〝しゃべる〟ということは。

限られた容量を幾分そこに割く、ということ。

感情的になる、ということは。

危機察知能力を鈍らせる、ということ。

にもかかわらず。むしろ速度が――上がっている。どころか、重圧感すら増している。

これまでわずかに見え隠れしていた隙も、塞がれていく。理解不能。

イツキが斬撃をくぐり抜けてくる。迎撃――否、危険。

ヨミビトは距離を取ろうと自らの動きを調整するも、
ドゴォッ！

圧縮された雷撃のこぶしに、手甲を砕かれる。

ごっそり削り取られた、と言ってよいかもしれない。

四本腕のうち三本は対イツキへ回している。しかし、やはりヒジリへの警戒を完全に解くのは危険に思えた。一本は向こうへ残しておきたい。

そこでヨミビトは、この局面にきて硬力の移動を試みる。

これは初めての試みであった。元来、これはヲールムガンドの業。

あれは便利な業だと思っていた。けれどヨミビトがやれたことは一度もない。

が、やれなければここで敗北の二文字を刻むかもしれぬ。やるしかない。

ヨミビトは——硬力を一カ所に集め、イツキの雷撃打を受け止めた。

やれた。見事、防げた。

——ビリリッ——

「……——、ッ!?、——……」

受け止めるのには成功したが内部に電撃が——核にまで、通電してきた。

これまでの戦いではなかった感覚が、ヨミビトを襲う。

具合が微妙に……悪くなった？　吐き気がする——、……吐き気？

果たしてそれはいつぶりの感覚であったろう？

今まで受けた攻撃では、こんなことは起きなかった。

外殻の中で逃げ場もなく、どんどん具合が悪くなっていく……。

あれを食らい続けるとまずい。否、まずいではなく――嫌だ、と思った。

いよいよヨミビトは、イツキを激しく嫌気してゆく。

しかし、やはりここでもヒジリへの警戒は外さない。

ヒジリにはまだ【グングニル】が残っている。捨て置くなど――愚昧の極み。が、

「姉貴！　よくわかんないけどMPが減らないみたいだ！　だから――ここで決める！　アタシがこいつを倒す！　倒しきってみせる！」

ヨミビトは、選択を迫られていた。

攻めに転じられない。

イツキがこれほどの戦才の持ち主とは完全に想像の埒外。この強さはスキルのみにあらず――そう判断する。元々開花しきっていなかった戦才がこの局面で完全覚醒し、狂い咲きを遂げたか。純粋な闘争に限れば、遥かにヒジリを凌駕している。

まさかここまで斬撃が当たらないとは。少し前までとは、まるで別人。

が、このような局面にあっても――

ヨミビト、ヒジリへの警戒を完全には緩めず。

それは、脳裏に先ほどの連係が何度も再現されるからである。
おそらく【グングニル】をとどめとして使用してくる。
あるいは【グングニル】で核を露出させ、イツキが【始號】とやらで決める。
現状、こちら側は攻めに転じられないというだけの話。
つまり防戦に回りさえすれば現状を維持できる。
否——むしろそれがあちらの狙いか？　時間を稼ぎ、何かを待っているとしたら？
やはり【グングニル】再使用までの時間稼ぎ——そう考えるべきか。
ヒジリが口にした再使用時間をヨミビトは鵜呑みにしていない。
いつ使ってきてもおかしくない。そう思っている。それでも——
——バリリッ——
炸裂めいた音を発する稲光を纏ったイツキの猛攻。
威力、速度、感性——どれもが尋常でない領域へ突入している。
その壮絶な姿はまるで、命を燃料として動いているかのようでもある。
今のイツキにはそのような凄みがあった。
この姉妹は……どちらかのために。
どちらともが懸けられるのか——己が命を。
イツキの絶え間ない必殺級の雷攻がその苛烈さを増幅させる。そして——

ドゴォッ！
ついに、その時が来た。
斬撃をかいくぐってヨミビトの懐へと潜り込んだイツキ。
二匹の終の雷虎を呼ばずとも。始まりの雷鳥による、たった一撃にて——
腹を覆う外殻が破壊され、核を露出させられた。
まずい。
命の危機を覚え、ヨミビトの生存本能が総動員される。
が、目の方はしかと今もヒジリを捉えている。
否——違う！　イツキはこのまま自らの手で核を破壊できる……ッ！
しまった、とヨミビトは己の不明に気づく。
ヒジリの方を警戒しすぎた。
イツキにすべてを割くべきだったのだ。
間に合うのか——否——間に合わない。
——あァ、こんなにも眩シくて。
ここにきて、ヨミビト。
よもや——再びの進化気配を、発露。
巨なる脅威と化したイツキタカオから己が命を守るべく、今、その進化が——

始まろうと、していた。

ズブッ

「……——、?、——……」

外殻の脇腹——やや、斜め後ろの辺り……。
どちらかと言えば、背中に近い側。
何かが核に、触れている。これは——手?
急変。危機察知能力が——本能が。
まずい、と危機を告げる。しかし——なぜ?
なぜ、おまえがそこにいる? なぜ、そこにいて——

核に、触れていいる?

——外殻は? 外殻は、いつ破壊された?
危機察知は? イツキの方に振っていたから働かなかった?
けれど——視ていたはずだ。確かに、視ていたはずなのに。

なぜ、外された――機を。ありえ、な――

「【グング――】」

□

ヨミビトの進化は、対イツキのみを想定し起きようとしていた。
つまり進化の起点は今回、対ヒジリをまったく想定に置いていない。
しかし生存本能は、現在、急激にヒジリの方へと引っ張られてしまった。
これによりヨミビトの進化は〝起点〟を喪失。
機を外され、その〝起点〟が行き場を失ってしまったのである。
輝く瞬間を――失った。
ヨミビト、その進化……始まりの雷鳥ではなく――――
かつて女神に牙を剝きし神槍の使い手をもって、不成とす。

◇【高雄聖】◇

高雄聖は、ヴィシスとヨミビトが共有している情報について考えていた。
過去の戦いの情報を共有している可能性は高いと見ていい。
高雄聖が死んでいたとしても、あの女神なら語るのではないか？
哀れな反逆者をはね除け、そして最後は毒によって殺すまでの〝武勇伝〟を。
ヨミビトの目がいいのは戦いの中で確信を得た。視野も驚くほど広い。
樹と挟み撃ちの形で動いていた理由。まず、この視野の広さを確認するためだった。
一方で、視界に捉えきれない部分への反応——対処行動も確認された。
そちらは、気配や危機を感覚的に察知して反応していると思われた。
目のよさと、危機察知能力——ヨミビトはこの二つを備える。
聖は、そう前提条件を作った。
これらを利用して空隙を作れないだろうか？
聖は思考を回転させ、一つ気づく。
思った以上に、ヨミビトの動きが精確であることに。
精確さは、それが乱れた時に隙を生みやすい。
では、どうやって乱れさせせればよいいか？

〝目がいい〟

これは、視力や視野に限った表現ではない。

対応力からして、ヨミビトは観察力や洞察力も優れている。

裏を返せば、これは視界から〝情報を注ぎ込める〟ということでもある。

こうして聖は傷を負うたび、ごく微弱な反応をしてみせた。

傷を負う〝予兆〟は周囲に纏(まと)った風の流れが教えてくれる。

そして傷を負うたび、微弱な〝痛み〟の反応を演じた。

ヨミビトは狙い通りこれに気づいたらしい。

痛みに対する反応は完全に消せない。恐怖を克服できても身体(からだ)の方は反応してしまう。

痛覚がある以上これは仕方のないことであり――絶対である。

聖もこれについては承知していた。

ヴィシスと戦った時も痛みを覚えていなかったわけではない。耐えていただけだ。

痛みがあれば、どうやってもその本能的反応を消すことはできない。

が――もし、その痛覚がなかったなら？

聖が見せていた反応が、偽物であったなら。

しかし……では、何をもってそれを可能とするのか？

補正値のＨＰは痛みを和らげる効果があるとされるが、痛みを消せるわけではない。

では、何がそれを可能としたのか？　それは――

〝複数を対象とした能力強化と、単体を対象とした能力弱化〟

〝触れた相手のステータスを自らの同値まで引きずり下ろす能力〟

上記は、戦場浅葱の固有スキルである。

ただし彼女の固有スキルの能力は、実はもう一つある。

過去に起きた大魔帝軍による大侵攻の時である。ヨナトの王都防衛戦が終わったあと
……そう、その際に戦場浅葱がヨナトの負傷者に使用したという――

――【痛覚遮断】――

聖はこの話を聞いており、突入前に浅葱からこれを付与してもらっていた。

『聖たんからのこの協力要請は、あっしを信じる証と受け取ってもよいのかにゃーん？』

『三森君が突入メンバーに入れると決めた以上、信じるしかないわね。だったら使えるものは使わせてもらう――どうかしら？』

『効果時間が切れる前に気まぐれで解除しちゃうかも？』

『その時はその時ね。まあ、嫌ならしなくてもいいけれど。お互いがんばりましょう。それじゃあ』

『いやいや、どこぞのスピードなワゴンさんみたくそうクールに去らんでくださいよぅ！　じゃあさぁ……一つ質問してよい？　浅葱、ご褒美くらいほしいですのニャ！』

『どうぞ』

『聖ちゃん、恋愛的に男の選択肢ってあんの……？』

『？　いえ……別に、あるわよ？』

『あ、そうなんだ。へー』

『……ここでそんな質問？　変なことを聞くのね。質問の仕方も、まるでもう一方の性別にしか興味がないみたいな仕方だったけれど』

『だって聖パイセン、キャラ的におねーさまじゃんかー』

『？　双子だけれど、元から私は一応お姉さんよ？　あと、パイセンって何……？』

『………おねーさんさ、実はビミョーに天然なとこありまセン？　アタシ、微妙にキャラ読み違えてマシタ？　えーマジかー……パーフェクトかと思ったら、存外こっち属性あったのかよー……マジでぇ～？』

天然扱いされたのは、ともかく。付与はしてくれた。

そう、ゆえに——実は聖は痛みを感じていない。

周囲に発生させていた風を聴き、気配を察知し、反応を作り出していただけ。

単純に言えば、演技。

ただし〝痛みを感じたフリをする〟——これは、想像以上に神経を磨り減らす作業だった。回避できる斬撃を〝反応を合わせられる〟と感じた時だけ、致命傷を避け、皮膚をわざと斬らせる。そして、演技の反応をする。

指を斬られた時は肝が冷えた。想定外だったため〝反応が遅れてはいけない〟と少し焦りが出た。が、どうにか痛みの反応を合わせるのに成功した。

ヨミビトの様子を見る限り、無痛状態は露見しなかったとみえる。

攻撃は思うより躱しやすかった。周囲に纏った風が刃の軌道と射程を教えてくれたからだ。もちろん――余裕だったかといえば、そんなこともなく。ギリギリではあったけれど。

ちなみに長剣でヨミビトの刀と打ち合った時は、痺れがあった――らしい。

自分の感覚は痺れを〝痛み〟と判断した。

だからあの時、感覚はなかったが手の痙攣状態から〝痺れている〟と判断した。

そして最後の一撃を放つ時、聖はこの〝嘘の反応〟をやめた。

ヨミビトは聖の痛みによる反応を加味し、動きを組み立てていた。

それによって精確な対処ができていた。

だから乱した。

くるべき場所で、くるべき反応がこない。

ヨミビトはこう考えていたはずだ。聖が最後の一撃のため動き出すその最初の〝起こり〟の一瞬――一撃を入れれば、やはり痛みの反応によりほんのわずか高雄聖の動きを鈍らせられるだろう、と。そして、そのための切り傷をつけるのにはずっと成功していた。

これにより、聖の攻撃がヨミビトへ届くのがわずかに遅くなる。
で、あるからして。
こちらも——つまりヨミビトも、一瞬遅い対応でも高雄聖への対処は十分間に合う。
今はそれよりも高雄樹の方だ、と。
おそらくヨミビトはそう判断し——タイミングを、見誤った。
そう、発生させてしまったのだ。
聖を接近させる、ほんのわずかな空隙を。
さて、ではヨミビトの外殻はどのようにして破壊されたのか？
これは、風刃をいわゆる錐のようにして腕一本突っ込めるほどの穴を開けた。
今までで、最大の速度で。
加えて〝仕込み〟として、すでにわずかながら外殻全体を風刃で削っておいた。
これらは危機察知能力で気づかれなかったのか？
これまでの戦いで、ヨミビトは風刃をずっとスルーしていた。
風刃による攻撃はほぼ絶えず続けていたが、一顧だにしていなかった。
どうせ外殻が多少削れようとすぐに再生できる。内部に到達するほどの威力はない。
ヨミビトは己の感覚を、その方向へ調整していったはず。
本来いらぬものに意識を割くほど無意味なことはない。

ヨミビトはこの戦い、実に合理的に戦っていた。
だから無意味なリソースは使わない――聖はそう判断した。
狙い通り、次第にヨミビトの風刃そのものへの警戒は削がれていった。
〝風刃は問題ではない〟
外殻に感覚がないだろうことは、すでに戦闘中に確認済み。
熱さや冷たさにも反応しなかった。
戦闘中の反応からして、ある段階以後は意識すらしていない――聖はそう判断した。
ゆえに風刃で穴を開けられていても〝風刃〟を意識できなかった。こう考えられる。
ヨミビトに回避の手があったとすれば……思考し、至るべきだったのだ。
樹の【終號】が圧縮による攻撃力強化を可能とした時点で――
聖の【ウインド】による風刃も同じことができるのかもしれない、と。
ただしこれらの憶測のいくつかについては、聖の想像にすぎない。
これらのみが突破口を開いたかどうかについては少々怪しい部分がある。
なぜなら危機察知能力のほとんどは、高雄樹へ向けられていたはずだからである。
高雄樹の存在がこの戦いの決め手となったのは、言うまでもない。
この戦いで想定外だったのは、やはり樹のＭＰ問題とスキル進化であろう。
おそらく途中で樹は【終號】を二回放つＭＰがなくなった。

これは樹の視線と反応を見て推測できた。
この時、聖はリスクを負い【終號】の一回分を自分が受け持つ覚悟を決めた。
樹を責める気はなかった。
MPを【壱號】による回避に多く割かねば避けきれなかったのだろう。
そもそも、土壇場での敵の突発的な進化など明らかな想定の範囲外。
が、その後に起こった樹のスキル進化――これが、戦いの流れを完全に一変させた。
いや、そのおかげで〝この結果〟へと到達できた。
樹の覚醒によりあらゆる勝利の確率が上昇していった。
妹の動きを見て、自分の読みは正しかったと確信した。
樹の戦才はやはり自分を遥(はる)かに上回っている。
三本の刀と共に、樹はヨミビトの危機察知能力の大半も引き受けてくれた。
ヨミビトは前回の連係攻撃をいやでも思い浮かべていただろう。
樹が破壊し開けた穴に【グングニル】を撃ち込んでくる、と。
あるいは順序を逆にしても、同じ箇所へ連続攻撃を叩(たた)き込んでくると。
樹がもし覚醒していなければ確かにそれしか手はなかった。
より困難な道のり――過程が待っていただろう。
命を落とすのも覚悟しなくてはならない、そんな結末が。

しかし樹が――双子の妹が、新たな未来への過程を開いてくれた。
ゆえにこの命を差し出すことを考えずとも……私は、この一撃へと辿り着けた。
あなたの片割れとしてこの世に生まれ落ちた奇跡を、私は、心から誇りに思う。
さあ――――我が唱えを以て、その敵を穿て。

「【グングニル】」

直後、ヨミビトが――破裂した。
爆散、と言ってもいい。
外殻めいた鎧はバラバラに飛散し、赤き血がその破片を追う。
鎧の中にあった白い肉のかたまりも弾け、飛び散った。
四本の腕も千切れ、地面に落ちる。膝から下が残っていた足も塔が傾くように倒れる。
煙を上げて、溶けてゆく……ヨミビトが。
神徒は神族と違い、致命傷を受けた場合は聖体と同じく溶解するそうだ。
つまりこれは――死に至る合図。
通路を塞いでいたドス黒い壁も溶けてゆく。
あの壁の出現以降、柱の攻撃をしてこなかった。

ヨミビトは自分たちの退路を断った。

攻撃の選択肢を一つ、減らしてまで。

何か、どうしても逃がしたくなかった理由でもあったのだろうか？　真相は不明だが……そのおかげで柱の攻撃を戦いから除外できた、ともいえるのか。

「や、った……」

腕を振り切った姿勢でしばらく停止していた樹が、言葉を発した。しかしすかさず、

「――っ!?　姉貴……ッ!?　右手が……ッ」

聖の右肘から先は、なくなっていた。

発動寸前で内部の口に噛みつかれでもしたのか。痛覚がないため、手を突っ込んだ先で何があったかはわからない。ただ、さすがに身体は悲鳴を上げている。

汗が聖の頬にじわりと滲み、ほつれた髪が密着していた。

聖は蠅騎士装のポケットから紐を取り出す。

出血を止めるために、付け根を縛る。

「大丈夫……幸い、痛みもないし……」

当初は少し別の意図があって付与を頼んだ【痛覚遮断】。

まさか、このような形で敵の空隙を生み出す役に立つとは。

今回の戦いは熾烈を極めた。

考えようによっては複数の裂傷、そして指二本――腕一本で済んだ、とも言える。

妹の死に別れは、避けられた。

十分なのではないか――今の、自分には。

「終わったわ、樹」

「う、うん……」

樹が【始號】状態を解除する。

聖は吹き飛んで転がっているヨミビトの頭部を一瞥し、

「……どう？　あなたは？　このあとの戦い……いけそう？」

「あ――えっと……無理、かも……実は、MPが……」

樹のMPは、ゼロになっていた。

おそらく【始號】は発動中にMPを消費しないスキル。

が、解除されるとすべての補正値分のMPを失うのだろう。

MPだけではない。

樹自身も、消耗している。

「私も――この決戦での働きは、ここまでの……よう、ね……」

がくっ、と膝が折れる。

「姉貴！」

樹が駆け寄り、前のめりに倒れる前に聖を受け止める。

両膝をついた状態で樹に身体を預ける形になった。

樹は、聖を抱きとめている。

「私たちは……ここまでね」

「……十分、やったよな……アタシたち」

「私たちの前にヨミビトが誰とも遭遇していなければ、あの神徒を他の突入メンバーと遭遇させずに済んだ……そしてもちろん、このあと他のメンバーがヨミビトと遭遇するのも防げた。これだけでも、なかなか貢献できたんじゃないかしら……」

「うん――うんっ」

あるいは、

(三森君や十河さんなら、もっと簡単に倒せたのかしら……)

聖は一瞬だけ、二人の顔を思い浮かべた。

ヨミビトは、もう金眼一つを残すだけになっていた。

無機質な金の瞳に、すべてをやりきった双子が映っている。

やがて……残った金眼も、蒸発するようにして消滅した。

聖はもたれかかったまま、左腕で樹を抱き締める。

「改めて……よくやってくれたわ、樹。ヨミビトとの戦い……勝てたのは、あなたのおかげよ」

樹も、抱き締め返してくる。

「そんなわけ、ないだろっ……二人で勝ったんだっ……アタシたち、二人で！　姉貴が言ったんだろっ？　アタシたちは二人で一つ、だって……ッ」

「……この子は、また泣いて。でも……いいわ。今だけは、あなたのすべてを肯定してあげる……」

わっ、と樹が泣き出した。

膝をついて抱きしめ合ったまま――ぽんぽん、と。

聖は目を閉じて、樹の背を優しく叩く。

「元の世界に、戻ったら」

「ゔん」

「二人で、もっと色んなことを始めてみましょう」

「ゔんっ」

「――それじゃあ……少し、休みましょうか」

樹が落ち着くまで、聖は、妹を優しく抱擁していた。

互いに支え合うような姿勢のまま、二人はその場を動かなかった。

ただ、そうしていたのは――ほんの数分。

いや、あるいはもっと短かったかもしれない。

それでも。

双子は抱きしめ合ったまま目を閉じ、二人だけの時間に揺蕩っていた。

と、樹がおずおずと口を開いた。

「あの、さ――姉貴」

「ん？」

「声が……聞こえなかった、ていうか」

樹はちょっと照れ臭そうにぼそりと言って、続ける。

「だから……もう一回――ちゃんと聞きたいな、とか……」

双子は互いに響き合う存在。

なんとなくだけれど。

互いの望むことが、わかる。

だから、妹が何を言ってほしいのかはすぐにわかった。

わかることが、できる。

なぜなら。

私たちは――どこにも代替の存在しない、こんな双子なのだから。

聖は微笑み、言った。

「大好き」

エピローグ

ピギ丸が転送された場所は、白い壁と天井の空間だった。
周りには誰もいない。足音もしない。
「ピニュイ～？」
——早く誰かと、合流しなくちゃ。
ふよふよ移動を始める。
……心細い。
トーカの仲間にしてもらったあとは、基本的に誰かと一緒だった。
自分がいかに誰かから守られていたかがわかる。
トーカやセラス、イヴ……リズやスレイ、ニャキやムニン。
誰かと一緒かどうかだけで、こんなにも違うなんて。
不安に包まれるピギ丸だったが、
「ピニッ！」
不安を振り払い、気合いを入れる。
だめ！　自分が、誰かを助けられるくらいじゃないと！
鳴き声を出してみようか。そう考えるも、思いとどまる。

この状態で逆に敵を引き寄せてしまうかもしれない。
周りは白い壁や天井だらけ。でも、地面は所々が石畳だから全部じゃない。
元々あっただろう建物も不格好に露出している。
ここはどうやら街の中らしい。
みんなはお城を目指すはず。だからきっと、どこかで会える。
目指さなくちゃ。お城の方を。
突入前、王都の地図を見ながら説明は受けた。
方向を調整しながら、ピギ丸は城の方角を目指す。
あの建物が多分あれだから……こっちかな？
「ピユ〜」
敵を見つけたら建物かどこかに隠れよう。自分の大きさなら見つからないと思う。
と、急に足音が現れた。
壁は音を吸収するが、ある程度の距離まで来れば音は聞こえるようになる。
ピギ丸は隠れる準備をする。そして、
「ピユッ？」
あれは――
ピギ丸は、姿を現したその人物に呼びかけた。

「ピニュイーッ！」

「ピギ丸、さん？」

ムニンだった。ぱぁ、とムニンの顔が明るくなる。

「あぁ、よかった！　まず誰かと合流できて……ピギ丸さんは、無事？」

「ピッ♪」

「それじゃあ、一緒にいきましょ♪　ほら」

身体に飛び乗るよう言われ、ピギ丸はムニンの懐に入った。

「プユ〜♪」

「ふふ、喜んでくれてるのよね？　ええ、わたしも嬉しいわ」

苦笑し、ムニンが続ける。

「鴉に変身した方が安全かもと思ったんだけど、トーカさんからリズさんの使い魔の話を聞いてたから……逆に危ないかなと思って」

鴉の使い魔がヴィシスに気づかれ、始末された。なので鴉状態だと使い魔だと思われ、殺される可能性がある。また、鴉の姿だと人間状態より無防備になりかねない。

なるほど、とピギ丸は思った。

そして——ピギ丸の中には、急激な安心感が広がっていた。

誰かとまた一緒なのが、こんなにも嬉しい。

懐から顔を覗かせるピギ丸をムニンが笑顔で撫でてくれる。

「一緒にみんなを捜しましょうね？」

「プユ〜♪」

二人、通路をゆく。

でも、まだまだ油断はできない。

トーカやセラス、他の人と違って決して戦いには向かない二人。

しかもムニンはこの戦いでとても大事な役割がある。

絶対、自分が守らなくちゃいけない。トーカのためにも。

また、改めて感じるのは意思疎通の面だった。

トーカと比べるとやっぱり、あまり意思が伝わらない。

これがトーカとだと、言語で会話しているくらいの感じになる。

だからやっぱりトーカは特別なんだ、と思う。

そして警戒しながら通路を進む二人は——それと、遭遇した。

「……ッ！　気づかれてしまった、みたいね……」

険しい表情で、得意武器である打撃用のスタッフを構えるムニン。

逃げ道を塞ぐように立ちはだかったのは、両手がそれぞれ斧と槍の形になっている中型の聖体だった。

「ピ！」

ピギ丸は、刺突もできる先の尖ったスタッフを生成する。

ムニンが礼を言い、それに持ち替えたところへ——

ヒュッ！

聖体が、槍による突きを放った。

ムニンはその攻撃をよく見て、スタッフで巧みにいなす。

「わたしだって、伊達にセラスさんから戦い方を学んでないわっ」

いなしたスタッフをくるりと回転させ、そのまま刺突を繰り出すムニン。

聖体は斧の腹の部分でそれを受ける。

「くっ……！」

この間、槍による聖体の攻撃が再び迫る。

ピギ丸はムニンの腕に絡みつき、面積を広げて盾代わりになった。

硬度を高めたおかげか、槍は受け止めることができた。

——少し、痛いけど。

「ピ、ピギ丸さんっ……、——ありがとう！　助かったわ！」

聖体に対し、毅然と構えを取り直すムニン。

ピギ丸は考えていた。

ムニンだけでも逃がした方がいい？

それとも、ここでムニンと一緒にこの聖体を倒すべき？

ムニンも戦えないわけではない。

自分が盾になって、また、ある時は矛となって戦えば勝てるかも――

「きゃっ!?」

ムニンが、尻餅をついた。

「ピィッ!?」

「くっ……ピ……ピギ丸さん、大丈夫？」

今、聖体の連撃を二人で防ごうとしたところだった。

この聖体は――強い。腕力も速度も、自分たちより遥かに上だ。

あの感じだと……あれを倒すには、ムニンの攻撃力も足りない気がする。

「ピィー……」

やっぱり勝つのは、難しいかもしれない。

でも、ムニンにはこのあと大事な役目がある。だったら――

いよいよとなったら自分が、ムニンを逃がさなくちゃいけない。

巨大化とか……まとわりついて、時間を稼ぐとか……。

やれるかな……ううん、やるんだ。

ムニンの……そして――自分を相棒と呼んでくれた、あの人のために。
攻撃に移るかどうか機を見極めていたらしい聖体が、動く。
……大丈夫だよ、トーカ。
こんなところで絶対、ムニンを死なせたりなんかしない。
命に代えても、ムニンだけは守ってみせる。
……初めて出会った時。トーカは、自分に勇気を与えてくれたわけじゃなかった。
立ち向かった勇気を認めてくれた。
だから主従関係じゃなくて〝相棒〟に、してくれた。
それがあとでわかって――嬉しかったんだ。
本当に……嬉しかったんだよ、トーカ……。
……よかった。この前、伝えることができて。
世界でいちばん大好きな相棒に――

いっぱいのありがとうを、ちゃんと伝えることができて。

今までたくさんの〝嬉しい〟を、もらえた。
みんなから……トーカから。

だからね、トーカ――

「――【パラライズ（麻痺性付与）】――」

その声の方へ振り向こうとしたと思（おぼ）しき聖体の動きが――止まった。

「【バーサク（暴性付与）】」

あっさり弾（はじ）け散る聖体の横を通り過ぎ――蠅王（はえおう）の面を被（かぶ）ったその人は、言った。

「……悪い。少し、遅くなった」

もし……自分が人間みたいに涙を流すことができたなら。

今の自分は、きっとそれを流していたんだろうなと思う。

こんなにも――再会できたことが、嬉しくて。

溢（あふ）れ出しそうな安心感を、全身いっぱいに与えてくれる人。

それが。自分を最高の相棒と呼んでくれた――この人なんだ。

ピギ丸は、そう思った。

「ピ、ニュィイイ――――ッ！」

トーカッ！

◇【三森灯河】◇

ピギ丸とムニン。

二人は、迷宮内に放たれた中型聖体と遭遇していたようだ。

あの二人では厳しい相手だったかもしれない。最悪の事態になる前に合流できたのは幸いだった。何より、この二人と早めに合流できたのは大きい。

ピギ丸はあのあと、

「ピニュィ〜！」

と、ムニンの肩から俺の懐へジャンプしてきた。で、いつものスペースに収まった。

しばらくやたらと甘えていたが……ま、不安だったんだろう。

しかしムニンを守ろうとよくやってくれてたようだ。

褒めてやったら、いつも以上に喜んでいた。

……喜びを通り越して感動してた、って感じだったが。今は、

「ピユ〜……♪」

やっぱりここが落ち着く〜……、みたいな感じになっている。

俺たちは、移動を開始した。

「助かったわ、トーカさん」

並走するムニンが礼を言う。

「この突入後の最大の気がかりが、合流を優先する相手と早めに合流できるかだったからな……そういう意味じゃ、こうしてあんたとピギ丸に合流できたのはでかい」

ロキエラはないと予測していたが。万が一ヴィシスがセオリーを破壊していた場合――つまり、神徒に【女神の解呪】が付与されていた場合である。

禁呪を放てるクロサガであるムニンの存在は、俺にとってかなり大きい。

「ロキエラさんは？」

「いや、まだ合流できてない」

ムニンたちも十河や高雄姉妹とは出会っていなかった。

ただ一応、俺やムニン、ピギ丸はこうして合流できている。

〝入った順番が近いほど、近くに転送される確率が高い〟

聞いていた通りではあるのだろう。

が、絶対ではない。確率は所詮、確率でしかない。

十河や高雄姉妹が離れた位置に転送された可能性もある。

ロキエラや――セラスも。

通路を抜ける。気配はなさそうだが……、――いいや。

「何か、来る」

俺は一旦、気配の現れた側と違う通路に入った。
「この通路の向こう側の監視は頼んだぞ、ピギ丸」
ムニンは身を潜めるようにして、黙って後ろに控えている。
……奇襲を避けるために【スロウ】使用も選択肢に入れておくか。
が、MP残量を考えればいつもの節約コンボでいきたいところである。
身を隠し、通路から出てくる何者かを確認する。
気配の主が、姿を現した。
……中型聖体。神徒でなかったのは、幸運と考えるべきか。
逆に、俺がここで神徒を始末できた方がよかったと考えるべきか。
……？　この、気配……
続々と、聖体が集まってきている。連なって行進でもしていやがるのか。
どうやら聖体の〝かたまり〟に遭遇してしまったらしい。
ゾンビ系の作品なんかで言う〝群れ〟みたいなもんだろう。
ただ、あのくらいの数なら状態異常スキルで対処できる。
「――チッ」
別の通路の方からも、聖体が集まってきてやがる……。
まさか……ローラー作戦みたいにこの辺を虱潰しにあたってるのか？

ピギ丸が俺の首を突起でつついた。

ピギ丸が監視してた通路の方からも、群れがきている。

この空間と繋がっている通路は三つ。

三つすべてから聖体が流入してきているようだ。

ピギ丸との合体技でやるか？――ここで？

戦いを始めれば、俺に気づいて一気に三方から流入してくるだろう。

いや、自分一人なら特に問題なくいける自信はある……。

しかし、と俺はムニンを見る。

スタッフを両手で力強く握り締め、こく、と頷くムニン。

わたしもやるわ、という意思表示だった。

……今回の群れの問題は、ただの聖体とは個体性能が違うことだ。万が一の事態――俺の意識が行き届かずムニンがやられてしまった、なんてパターンだけは避けたい。

「危ういと感じたら一度【スロウ】でも使って離脱――あるいは、あんたを守りながら戦いやすい場所を探して移動する。場所的に、どこか戦いやすい建物があるはずだ。もしあれ以上聖体どもの後ろが詰まってるとしたら……数の暴力による万が一が、あんたの身に起こるかもしれないからな」

迷宮内でのＭＰ回復の手段はないに等しい。

だから消費の激しい【スロウ】はできれば使用を控えたかった。

が、ここで極端な温存を選択してムニンを失うわけにはいかない。

……鴉変身も選択肢にはあるが。

視線を一瞬、上へやる。白い天井で空への道は塞がれている。

……空へ逃がせない以上、微妙な選択肢だな。

適当な建物を見つけてそのどこかに鴉状態で隠れるのは……まあ、アリか。

もちろん〝変身するところを聖体に見られない〟という条件は必要かもだが。

ともあれ、まずは移動だ。

「ピギ丸、あの蠅王剣を頼む」

「ピ！」

ピギ丸が蠅王剣を生成。俺はスライムウェポンを手にする。

色合いはこの前と同じだが、今回はギザギザ部分のないシンプルな両刃剣。

「まず背後の方から迫ってるあいつらを突破する。そしてムニンを守りながら戦いやすいポジションを取る。あと、ピギ丸は危ない時は硬質化なりでムニンを守ってやってくれ。ムニンは、自分の身を守ることを優先して欲しい」

「わかったわ」

「――行くぞ」

背後から迫る数体の聖体に【パラライズ】をかけ、そちらへ駆け出す。

通り過ぎざまに蠅王剣で、麻痺(まひ)状態の聖体を斬り伏せる。

ここにいる聖体は通常のよりサイズが大きい。一回の斬撃で殺せるのはＭＡＸでも二体が限界か。刃をこれ以上長くすると、今度は切れ味が足りなくなる可能性がある。

実際さっき斬った手応えだと、一回で寸断できるギリギリの切れ味だった。

そういう意味では、ピギ丸の調整が絶妙だったとも言える。

「……来たか」

別の通路から来てたヤツらもこちらに気づいたようだ。

振り向くと、迫ってきているのが確認できる。

スキルの射程距離を知ってか知らずか——射程距離外で、弓矢を構えてるのがいる。

いち早く気づいていたらしいピギ丸が〝任せて！〟と鳴く。

矢がムニンへ放たれた。しかし、硬質化したピギ丸が盾になって防ぐ。

三回目の強化によってピギ丸の強度が格段に向上したのはでかい。

聖体を斬り殺し、麻痺と【バーサク】のコンボも織りまぜつつ進む。

他に【スリープ(眠性付与)】や、念のため【ポイズン(毒性付与)】もまいておく。

……数体ずつ相手にする分には、問題ない。

十分やれる。ただ——、……数か。

半端にサイズがでかいため、まとめて斬り殺せない。

が、でかすぎるわけでもないため敵の数は嵩む。

つまりあの数でドッと押し寄せられた場合——対象数制限に引っかかる危険がある。

特に【パラライズ】だ。麻痺自体に殺傷能力はない。無理に動いてくれるなら自滅で始末できる。が、動きを止めたままだとどんどん制限数の枠を喰う。

これを回避するには——麻痺させた敵をこちらが殺し、数を減らすしかない。

「【パラライズ】」

——ピシッ、ビキッ——

改めてこういう時、大切さがわかる。

俺と同時に動きつつ敵を次々と始末してくれる、前衛の大切さが。

「ピギー！」

ピギ丸も気づいたらしい。

俺たちが進む方向の先から、さらに聖体の増援が来ている。数で押し潰すつもりか。

数の暴力ってのは意外と侮れない。

突入時の転送で分散させ——それを、強力な神徒や聖体の数で押し潰す。

神創迷宮の特性を活かした戦略と言えるだろう。

逆にこちらが結集した際には、聖体による数の暴力は意味をなさない。

これはエノーへ至るまでの戦いでも証明されている。

そういう意味では——敵側もやっぱり、考えていやがる。

こっちの強みを推察し、きっちり潰すやり方を仕掛けてきてる。

……こうなると他の突入メンバーも少し気がかりだ。

が、逆に聖体の分散は容易に各個撃破されるだけ——つまりヴィシスが過度な分散を無意味と判断し、こうして群れで動かしている聖体の数が限られるとするなら……。

ここでこの群れを始末できれば、他の突入メンバーが楽になる。

ムニンが言った。

「トーカさん、わたしのことはそんなに気にしなくても大丈夫よっ。こういう場合を想定した戦い方は、ほらわたし、セラスさんから習ったものっ。特訓だってあんなにしたし……それに、わたしの方はピギ丸さんがちゃんと気にかけてくれているからっ。だから……トーカさんは、思いっきりやって！」

「——、……そうだな」

といっても……聖体がこれ以上、道を塞ぐようにぞろぞろ出てきやがるとなると——壁を背にして〝麻痺状態の聖体の壁〟を作って戦う形になる、か。

となれば、これは廃棄遺跡に落とされた直後の再現に近い。

あの戦法がこいつらにも通用すればいいが——

「ピッ？」

俺たちが通ってきた通路の方にいる聖体たちの群れが、振り返る。

極めて小さいが……音が、近づいてくる。

大きさを上げながら、その音はすさまじい速度でこちらへ迫ってくる。

薙ぎ払って何かを蹴散らしているかのような、あの斬撃にも似た音——

……多分、これは——


「トーカ殿ッ！」


——、…………ったく。

思わず口端が、自然と吊り上がる。

「なんつー嬉しいタイミングで来てくれるんだよ、おまえは」

まるで豆腐でも切断するかのように、聖体を撫で切りにして迫るそいつは——

姫騎士、セラス・アシュレイン。

「セラスさん！」

ムニンの表情に安堵が迸る。

セラスはどうやら剣だけ起源霊装化しているようだ。光の刃なら射程も伸ばせるし、ほぼ確実に一撃で仕留められる。つーか、あんな器用なこともできるようになってたのか。

剣だけなのは今後を考えての温存だろう。

何より、なくとも問題なし——そう判断したに違いない。

……だめだな。ああいう戦いのレベルは、やっぱり俺と桁が違いすぎる。

いわゆる無双状態のセラスがそのまま合流し、俺たちに背を向けて構えを取る。

「お待たせいたしました」

「まさに来て欲しい時に来てくれるっていう、絶妙なタイミングでの合流だったな」

「ピユ〜ッ！」

セラスがいれば——ムニンに十分な気を配りながらの戦いは、可能。

「トーカ殿」

「ああ」

まずは——

「こいつらを、片付けるぞ」

体感としては、十分もかからなかった気がする。

俺が【麻痺性付与(パラライズ)】で麻痺させ、セラスが斬り殺していく。

逆に聖体たちはセラス相手だとなすすべがなかった。

ほとんど何もできず死んでいったと言っていい。

溶けて消滅してゆく聖体を横目にセラスが光の刃を消す。

ムニンが「セラスさんっ」と抱きついた。

セラスは「お怪我(けが)がないようで何よりです」とムニンに微笑(ほほえ)みかける。

そして、ここに来た経緯を俺に説明した。

「仲間を捜して走り回っていたところ、聖体たちが行進しているのに遭遇しまして。その先に誰か仲間がいて戦っているかもしれない――そう思い、私も聖体たちが目指す方角へ向かったのです」

「神徒とは遭遇してない感じか」

「はい。何体か迷宮内をうろついていた聖体には遭遇しましたが、苦戦するような相手にはまだ出会っていません」

あるいは、今の〝苦戦するような〟の前には〝セラスにとっては〟がつくのだろうか。

セラスはまだ他の仲間の誰とも出会っていなかった。

近い順番で入った十河(そごう)や高雄(たかお)姉妹とも出会っていない、か。

「王都民なんかの人間には？」

「いえ」

俺たちも今のところ王都民には出会っていない。思ったよりエノーに残った王都民はいないのかもしれない。というか、普通に考えれば建物の中に隠れてる可能性も高いか。

となると、王都民のことはそこまで考えずともよさそうに思えるが……。

「いずれにせよ……この顔ぶれがほとんど無傷で合流できたのは、幸運と言っていい」

「他に近い順番で入ったというと、ロキエラ殿ですが……」

ロキエラとはできれば早めに合流しておきたいところだ。

俺は地図を思い出し、目に入る周囲の建物や看板を確認した。そして、城の方角を見る。

「知っての通り突入メンバーには、特に判断材料がない場合は王城の城門前を目指すよう言ってある。全員が迷宮の中心部——つまり城の方へ向かうなら、転送先の周辺で下手に足踏みしてるより、途中で合流できる可能性は高いはずだ」

ロキエラの分析と、リズが必死で得てくれた情報通りなら。

現状、ヴィシスが城から離れる可能性はやはり低いと思われる。

聖眼(せいがん)の破壊を待ち望むのなら〝待ち〟が最適なのは、すでに予測した通り。

それにもう一つ——場に発動者を縛ることで強化を行うという刻印だ。

もしそれをゴール地点の近くで使用しているなら、ゴール地点の近くから離れるのは避けるはず。なぜなら、実質的にその強化は聖眼破壊へ向かった聖体にも効果を及ぼすらしいからだ。聖眼をさっさと破壊して天界へ〝勝ち逃げ〟したいなら……。

迷宮のゴール地点近くで待つのが今、ヴィシスにとって最も勝率が高い。
……ただまあ、必ず城でジッとしていると決めつけるのも危ういか。
たとえば、俺たちがゴール地点から動かないと読むのを前提としていたら。
あえてそこから出てくるパターンだって、十分ありうる。
………打てるだけの布石は、打ったつもりだ。
揃(そろ)えられるだけの〝力〟は揃えたつもりだ。
勝利を紡ぐ可能性を秘めた糸は考えうる限り、たぐり寄せたつもりだ。
ただし——イレギュラーも含め、あらゆる事態は常に起こりうる。
だからもうここまできた以上……。
適宜、俺たちは状況に自分たちを適応させ——各自、最善を尽くすしかない。
「俺たちも一旦、城を目指す」
ただ、どうあれ——
「ヴィシスとはこの王都(ここ)で、決着をつける」

あとがき

終章第二節にあたる今巻では、トーカがアライオンの王都に帰還し、いよいよ最終決戦の様相を呈してきた感じでしょうか。終章ともなってくると挿絵のキャラクター配分も多様になってきたり、あの人物が再登場したり、あの面々が再結集したりと、どことなくオールスター感も出てきますね。

敵役もいよいよ役者が出揃った感がありますが、三体（三人）の神徒たちについてはこれまで作中で描いてきた悪役とは少し違う描き方をしています。彼らが〝敵役〟として上手く輝いてくれたら、と思います。

また、神創迷宮での一連の流れは、どこか漫画的なイメージを頭に思い浮かべて書いていました（短い視点変更を刻んだりしているのも、漫画的な構成や見せ方が頭の中にあったからかもしれません）。一方、活字だからこそやれる表現も盛り込めた巻になったのではないかと思います。その辺りも読み味として活きてくれていたら、嬉しいです。

ここからは謝辞を。担当のO様、まだまだ作者として至らぬ点もございますが、引き続きどうぞよろしくお願いいたします。ＫＷＫＭ様、今巻もイラストによって各キャラクターの魅力が大いに膨らんだ巻となりました。今巻のイラストに限らず、様々な面で今作をイラストで彩ってくださり感謝しております。内々けやき様、鵜吉しょう様、最新刊や最新話であのシーンやあのシーンを漫画で読むことができて、大変嬉しく（そして楽しく）思っております。また、今作の出版に携わってくださった皆さまにも変わらぬ感謝を——さらに、今作のアニメに携わってくださっているとても多くの方々に、この場を借りて、重ねて深くお礼申し上げます。皆さま、今作のためにご尽力くださり本当にありがとうございます。

長らく応援し続けてくださっているＷｅｂ版読者の皆さま、引き続き、やはり変わらぬ感謝を申し上げます。そして、ついてきてくださっていると言えば、今巻までご購入を続けてくださっているあなたにやはり引き続きの感謝を。

あともう少し、トーカたちについてきていただけたら嬉しいです。

それでは〝もうここまできたら、やるしかないだろう〟な覚悟で臨む（予定の）次巻でお会いできることを祈りつつ、今回はこの辺りで失礼いたします。

篠崎　芳（しのざきかおる）

作品のご感想、
ファンレターをお待ちしています

あて先

〒141-0031
東京都品川区西五反田 8-1-5 五反田光和ビル4階
ライトノベル編集部
「篠崎 芳」先生係／「KWKM」先生係